Marco Malvaldi
Verbrechen auf Italienisch

PIPER

Zu diesem Buch

Als der italienische Bestsellerautor Giacomo aus dem Urlaub zurückkommt, ist sein Heim ausgeraubt. Die einzige Fassung seines neuen Buchs war in seinem geklauten Laptop gespeichert! Den allerdings haben die Diebe im Eifer des Gefechts unter dem Fahrersitz des gestohlenen Peugeots vergessen, mit dem sie unterwegs waren. Der rechtmäßige Besitzer des Kleinwagens wiederum ist der Computerspezialist Leonardo. Als er sein Auto zurückbekommt und dort den Laptop findet, hackt er sich aus Neugierde in Giacomos Computer ein – und stößt darin auf dessen Romanmanuskript. Und er beginnt zu lesen … Ab jetzt nimmt ein Verwirrspiel seinen Lauf, das das Leben so einiger Leute gehörig durcheinanderwirbelt.

Marco Malvaldi, geboren 1974, wurde durch seine erfolgreiche Toskana-Krimireihe um vier Senioren und einen jungen Barbesitzer bekannt. Seine anderen heiteren Kriminalromane, darunter »Das Nest der Nachtigall« und »Toskanische Verhältnisse«, liegen ebenfalls auf Deutsch vor. In Italien erobert jedes neue Buch des Autors die vorderen Plätze der Bestsellerliste und erntet stürmisches Lob von der Kritik. Der Autor lebt mit Frau und zwei Kindern in seiner Heimatstadt Pisa.

Marco Malvaldi

VERBRECHEN AUF ITALIENISCH

Kriminalroman

Aus dem Italienischen
von Luis Ruby

PIPER
München Berlin Zürich

Mehr über unsere Autoren und Bücher:
www.piper.de
Aktuelle Neuigkeiten finden Sie auch auf Facebook, Twitter und YouTube.

Von Marco Malvaldi liegen im Piper Verlag vor:

Krimiserie um den Barista Massimo
Im Schatten der Pineta
Die Schnelligkeit der Schnecke
Die Einsamkeit des Barista
Schlechte Karten für den Barista
Eine Frau für den Barista

Eigenständige Kriminalromane
Das Nest der Nachtigall
Toskanische Verhältnisse
Verbrechen auf Italienisch

MIX
Papier aus verantwortungsvollen Quellen
FSC® C083411

Ungekürzte Taschenbuchausgabe
Februar 2017
© Marco Malvaldi 2013
Titel der italienischen Originalausgabe:
»Argento vivo«, Sellerio Editore, Plaermo, 2013
© der deutschsprachigen Ausgabe:
Piper Verlag GmbH, München/Berlin 2015
erschienen im Verlagsprogramm Piper Paperback
Umschlaggestaltung: FAVORITBUERO, München
Umschlagabbildung: Oleg Znamenskiy/Shutterstock.com
Satz: Kösel Media GmbH, Krugzell
Gesetzt aus der Scala
Druck und Bindung: CPI books GmbH, Leck
Printed in Germany   ISBN 978-3-492-31024-6

Für Bruna,
erwachsene Komplizin einer glücklichen Kindheit

Die Zukunft ist auch nicht mehr das, was sie mal war.

Niels Bohr

DAS SPIEL DER PAARE

DIE ERFAHRUNG

Giacomo
Golfspieler, von Beruf Autor. Liebt Paola, was er aber manchmal zu vergessen sucht.

Paola
Architektin. Liebt schöne Dinge und ein ruhiges Leben. Trotzdem liebt sie auch Giacomo.

DIE JUGEND

Leonardo
Für den Lebensunterhalt programmiert er, fürs Überleben liest er. Liebt Letizia.

Letizia
Für den Lebensunterhalt bringt sie anderen das Lesen bei, fürs Überleben programmiert sie Leonardos Leben. Den sie liebt, trotz allem.

DAS GESETZ

Corinna
Polizistin im Rang eines *agente scelto*. Reich an Statur, nicht ganz so reich an Perspektiven.

Dr. Corradini
Polizeipräsident. Hoher Posten, niedere Beweggründe.

DIE ÜBELTÄTER

Der Bucklige
Im Einzelhandel tätig (verkauft nur für den Eigenkonsum).

Gutta
Wenn du ihn siehst, dann weißt du, wer er ist. Hauptsache, er weiß nicht, wer du bist.

DIE FACHMÄNNER

Costantino
Ohne Job, nicht ohne Sorgen. Die Variable, die verrücktspielt.

Tenasso
Ingenieur. Eine universelle Konstante.

DER VERLAG

Angelica
Giacomos Lektorin. Hält sich für hochprofessionell. Giacomo hält sie für eine professionelle Zimtzicke.

Dr. Luzzati
Verleger. Im fortgeschrittenen Alter, freundlich, herzkrank. Liest viel, veröffentlicht wenig, schläft noch weniger, lacht nie.

ANFANG

Die Bedeutung eines Anrufs hängt immer stark von der Uhrzeit ab.

Klingelt das Telefon frühmorgens, so verheißt das in der Regel irgendetwas Unerwartetes: manchmal Lästiges, etwa eine Mutter, die mit Halsschmerzen aufgewacht ist und sich daher nicht in eine Großmutter verwandeln und das Enkelkind vom Kindergarten abholen kann, manchmal auch Angenehmes (da fällt mir gerade nichts ein), aber in jedem Fall Unerwartetes.

Im Laufe des Vormittags nehmen die eingehenden Anrufe verschiedene Bedeutungen an, nahezu alle mit dem Wort »Arbeit« verbunden: Da sind Meetings zu organisieren, Projekte abzuschließen, Rechnungen zu bezahlen und so weiter. Zur Mittagszeit wiederum klingelt das Handy so gut wie immer aus familiär-organisatorischen Gründen: Wenn du etwas essen gehst, dann lauf doch vorher noch schnell zum Bäcker; wenn du bei der Arbeit bleibst, holst du das Brot heute Abend im Supermarkt, da kannst du auch gleich noch Toilettenpapier mitbringen und ein Antistatikspray, danke.

Im Laufe des Nachmittags behelligt uns Meuccis geniale Erfindung aus sehr unterschiedlichen und nicht recht systematisierbaren Gründen, die jedoch häufig der persönlichen Sphäre zuzuordnen sind: Da werden telefonisch noch Mitspieler für den Hallenfußball gesucht, Geliebte vermelden, ihr Mann (oder ihre Frau) komme wegen Schneefalls nicht aus Bologna weg (oder aus Frosinone, das ist zwar selten, aber es kommt vor), und so weiter und so fort. Für das 21. Jahrhundert ist festzustellen, dass derartige private Mitteilungen in Form von SMS eingehen und oft nur dem Adressaten etwas sagen. Ihrem Wesen nach sind solche Nachrichten bewusst kryptisch, sie enthalten stets einen verborgenen Sinn, der einem externen Beobachter entgeht: Mal steckt das Rätsel in der Ausdrucksweise (»OK wr shn ns pkt 7 h m stdn ;)«), mal ist der Zusammenhang zwischen Sender und Inhalt unbekannt. (Trägt eine Nachricht wie: »In Bologna schneit's ununterbrochen … hab das Spitzenhöschen an …« die Absenderadresse »Dipl.-Ing. Benazzi, Büro für Vermessungstechnik«, so kann das nur heißen, dass eine ausschließlich dem Empfänger bekannte Person ihn an einem diskreten Ort zu einem netten kleinen Quickie erwartet. Und zwar weder seine Ehefrau noch der Vermessungstechniker Benazzi.)

Wesentlich leichter lässt sich die Bedeutung eines Anrufs beschreiben, der zwischen acht und neun Uhr abends eingeht; was immer Ihnen der Anrufer partout zu der Zeit mitteilen muss, in der Sie Ihre wohlverdienten Bucatini auf die Gabel rollen, wird Ihnen mit an Sicherheit grenzender Wahrscheinlichkeit den Abend verderben. Unschwer zu deuten ist auch der Grund eines Anrufs mitten in der Nacht: In seltenen Fällen geht es um die Geburt eines Neffen, viel wahrscheinlicher jedoch um den Tod eines älteren Verwandten.

Um es kurz zu machen, der Augenblick des Tages, an dem man am häufigsten aus angenehmem Anlass telefoniert, ist nach dem Abendessen: Da melden sich zum Beispiel Freunde, um zu besprechen, welchen Film man sich ansehen oder in welcher Kneipe man sich auf einen kurzen Plausch treffen könnte. Oder es kommt der lange und erfreuliche Anruf von jemandem, den man seit Längerem nicht gesehen hat, der weit weg wohnt und mit dem man nur zu gern mal wieder ein schönes Stückchen Zeit verbringen würde. Zum Beispiel ein Sohn, der im Ausland studiert.

»Dauert diese verdammte Telefoniererei noch lange?«

Paola sah ihren Mann an und holte schon Luft, um zu antworten. Dann beschloss sie, es bleiben zu lassen, und vertiefte sich wieder in den *Architectural Digest*.

Die Stille wurde unverzüglich, wenn auch nicht vollständig vom fernen Klimpern einer unverständlichen Sprache überdeckt, und deren Kadenz war so wellenartig wie unerbittlich. Der charakteristische Tonfall eines Kombattanten, der noch nicht aufgegeben hat, sondern alles nur Menschenmögliche tun zu müssen glaubt, um seinen Gesprächspartner zu überreden, und der zu diesem Zweck auf drei oder vier immer gleichen, nutzlosen Argumenten herumreitet. Paola wandte sich ein weiteres Mal ihrem Mann zu, der erneut aufgestanden war und nun begonnen hatte, im Zimmer auf und ab zu laufen.

»Giacomo, beruhige dich doch.«

»Wir haben schon einen im Haus, der es ruhig angehen lässt. Und der telefoniert seit geschlagenen fünfundvierzig Minuten.«

»Er spricht mit seinem Sohn, Giacomo. Der meldet sich doch nie. Und jetzt, wenn er einmal angerufen wird ...«

»Ja, ja, das glaube ich gern. Wenn er dem armen Sohnemann jedes Mal so auf die Nerven geht, sobald er ihn am Apparat hat, dann ist das doch kein Wunder. Und sag jetzt nicht, es liegt an der Entfernung und daran, dass sie sich nie sprechen. Wenn du mich fragst, hat er ihm schon den letzten Nerv geraubt, als er noch zu Hause wohnte. Dass der Junge zum Studium nach London gegangen ist – übrigens auf meine Kosten –, wird wohl seinen Grund haben.«

Paola erhob sich seufzend und ging langsam Richtung Küche. Von dort aus hörte man, wie sie Seelan in höflichem Ton fragte, ob er das Telefonat vielleicht etwas abkürzen könne. Giacomo erwarte einen wichtigen Anruf.

Giacomo malte sich den Blick seines Hausdieners aus. Seelan verstand es, einem mit beiläufiger Miene das Gefühl zu geben, ein Sklaventreiber zu sein, und zwar immer, wenn etwas von ihm verlangt wurde (eine der Verrichtungen, für die Giacomo ihn im Einklang mit dem Gesetz und seinem eigenen Gewissen bezahlte, und nicht zu knapp). Das Ansinnen, mit dem Paola gerade an ihn herangetreten war, hatte er wahrscheinlich mit dem Ausdruck eines Schäferhunds quittiert, der an Leukämie erkrankt ist. Kurz darauf kam Paola zurück ins Zimmer, und die beiden Eheleute sahen sich an.

Seit Menschengedenken, genauer, seit er sich einem chirurgischen Eingriff am Knöchel unterzogen hatte, um einen kleinen Geburtsfehler zu korrigieren, machte Seelan keinen Finger mehr krumm. In den ersten Tagen nach seiner Rückkehr war er bei Giacomo wie ein Kriegsheld empfangen worden. Es erschien ganz natürlich, dass er nicht gleich wieder voll arbeitete, sondern sich immer mal wieder ein Päuschen im Sessel gönnte, den Fuß ordentlich auf

einen Schemel gestützt zur Förderung der Durchblutung.
Doch dann vergingen die Wochen, die Pausen wurden unmerklich länger, anstatt sich nach und nach wieder zum
üblichen Arbeitsrhythmus zu verdichten, und etwa sechs
Monate nach der Operation mussten Giacomo und Paola
der Wahrheit ins Auge sehen: dass Seelan nur herumhing,
den ganzen Tag las, Obstsaft trank (ausschließlich Ananas, anderes Obst konnte er nicht leiden) und nur hin und
wieder den Kaminsims abstaubte, in der stolzen Pose eines
Überlebenden. All das, wohlgemerkt, nicht bei sich zu
Hause, sondern bei Giacomo. An dem Ort also, wo er jeden
Morgen um acht Uhr vorstellig wurde, mit derselben metronomischen Pünktlichkeit, mit der er auch seinen Lohn
einstrich, jeweils am 27. eines Monats zuzüglich Weihnachtsgeld im Dezember. Ihn zu entlassen kam schlichtweg nicht infrage: Einmal hatten sie sich nach einer
schlaflosen Nacht dazu durchgerungen, Maßnahmen zu
ergreifen, aber noch bevor sie am Morgen etwas sagen
konnten, teilte Seelan ihnen mit dem gebührenden väterlichen Stolz mit, Junis, sein Erstgeborener, sei am Imperial
College in London angenommen worden. Ein prestigereicher Studienort und seit Tony Blairs Zeiten auch ein kostspieliger: etwa dreitausend Pfund Sterling im Jahr allein
für die Einschreibung, wie der Hausdiener sie mit besorgter, aber auch gewitzter Miene wissen ließ. Die Absichten
seiner Arbeitgeber lösten sich begreiflicherweise in Luft
auf, um sich dann unerklärlicherweise zu einem paradoxen Angebot zu verdichten. Seelan nahm das vierzehnte
Monatsgehalt nach einem ersten höflichen Abwinken
großzügig an.

Während die beiden Blicke wechselten, in denen sich all dies widerspiegelte, betrat der Hausdiener mit gewohnt abgekämpfter Miene den Raum.

»Na, Seelan, was gibt es Neues von Junis?«

Der Hausdiener sammelte sich kurz und stieß dann einen Seufzer aus, der noch einen an Zahnschmerzen leidenden Kriegsverbrecher zu Mitleid gerührt hätte.

»Ich glaube, es geht ihm nicht gut, Signora.«

»Probleme mit den Prüfungen?«, fragte Paola mit Erstaunen, das nicht vorgetäuscht war. Seelans Sohn war aufgeweckt, intelligent und überaus eifrig, außerdem neigte er nicht zu Klagen. Wahrscheinlich kam er nach der Mutter.

»Nein, mit den Prüfungen kein Problem. Das läuft gut, wie immer. Aber jetzt er hat Mädchen kennengelernt und will sie vorstellen. Ein gutes Mädchen, sagt er. Denk an dein Studium, sage ich. Ich weiß nicht, was er sich hat gesetzt in den Kopf.«

»Ach komm, Seelan. Er ist doch noch jung.«

»Das ich sage ihm auch. Du noch jung. Aber er ist jung und stur. Er glaubt, dass er es schafft, weil er bis jetzt immer hat geschafft. Und ich sage: Lenk dich nicht ab, sage ich. Du musst denken an Studium, nicht an Mädchen. Und dann er lacht.«

»Na ja, Seelan, das ist doch normal ...«

»Ja, ich schon kapiere. London ist schwieriger Ort zum Leben. Und er sich fühlt allein. Vermisst Zuhause. Vermisst Zuhause, die Familie. Bruder und Eltern.«

»Ihr könntet dorthin ziehen«, wagte sich Giacomo vor, der einen Hoffnungsschimmer aufblitzen sah. Während Paola ihm einen bitterbösen Blick zuwarf, schüttelte Seelan wehmütig den Kopf.

»Ach, glaube ich nicht. Klima in London nicht gut für meinen Fuß. Tut immer noch viel weh. Jeden Tag, der geht vorbei, ich fühle immer schlechter. Ich ...«

Zum Glück klingelte in diesem Augenblick das Telefon.

»Einunddreißig bis sechsunddreißig ... einundvierzig bis sechsundvierzig ... Nummer einundfünfzig und dreiundfünfzig. Da haben wir's.«

Die Tür ging auf, und zwei Typen betraten das Abteil. Der erste war klein und mager und hatte eine schwarze Lederjacke, schwarze Brillengläser und spitz zulaufende Koteletten. Kurioserweise war er gleichzeitig kahlköpfig und langhaarig: Die wenigen Strähnen, die an den Seiten seines Schädels überlebt hatten – auch sie waren schwarz –, hatten offenbar seit Längerem keine Schere gesehen; sie waren zu einem Pferdeschwanz zusammengebunden, vermutlich um das Selbstvertrauen zu stärken. Dem Langhaarigen folgte wortlos ein Bursche im Trainingsanzug und mit millimeterkurz gestutzten Haaren. Er hatte einen prallen Bierbauch und strahlte etwas Beunruhigendes aus. Vielleicht lag es an seinem Gesicht, das vollkommen ausdruckslos war, vielleicht auch daran, dass am rechten Ohr ein Stück von der Ohrmuschel fehlte – allem Anschein nach war es einem Biss zum Opfer gefallen.

Das Abteil war bis dahin nur von einem schmächtigen jungen Mann um die dreißig besetzt gewesen. Er hatte blondes Haar und ein ungepflegtes Spitzbärtchen, machte aber im Ganzen einen ordentlichen Eindruck. Nur wirkte er sichtlich nervös.

Und diese Nervosität schien sich auch dann nicht legen

zu wollen, als der Lederjackenträger ihn mit ausgesuchter Freundlichkeit begrüßte:

»Da ist ja auch Costantino. Hast du gesehen, Gutta, da ist Costantino. Ich habe dir ja gesagt, dass er kommt. Na, Costantino, wie läuft's?

Gutta, die Hände in den Taschen vergraben, setzte sich neben Costantino, doch ohne das geringste Zeichen von Begeisterung über dessen Anwesenheit.

»Gute Idee, das mit dem Zug«, sagte Costantino nach einem denkbar flüchtigen Blick auf seinen neuen Sitznachbarn.

»Ja, oder?«, gab der andere mit unübersehbarer Genugtuung zurück. »Ein Zug ist der ideale Ort, um sich in Ruhe zu unterhalten. Da gibt es gar nichts. Besonders in solchen Zügen, die immer halb leer sind. Da reservierst du dir ein Abteilchen, und keiner geht dir auf den Zeiger. Nicht wie in der Kneipe oder im Stadion. Ich kannte mal einen, der hat im Stadion über Geschäfte geredet. Weißt du noch, Gutta, der arme Manfredi?«

Gutta nickte, ohne ein Wort zu sagen.

»Der hat im Stadion über Geschäfte gequatscht. Das war vielleicht ein Stress. Schon allein, um sich zu finden, das war der Wahnsinn. So, wie wir's machen, hat man seine Ruhe und konzentriert sich auf seinen eigenen Kram, stimmt's?«

»Ja, das stimmt ...«

»Gut, sehr gut. Also, Costantino, es gibt große Neuigkeiten. Ich habe da was aufgetan, das ist wirklich eine Gelegenheit. Eine prächtige kleine Villa, so was Herrschaftliches draußen auf dem Land. Kennst du die Straße von Nodica nach Vecchiano, die, die am Berg vorbeiführt? Da steht auf halbem Weg diese gelbe Villa direkt am Hang. Anders als in der Stadt kann man problemlos den Wagen abstellen, und dann wäre da ja auch noch der Park rundherum. Alles zusammen locker ein halber Hektar. Das Haus hat zwei Stockwerke mit ausgebautem Dach. Ich schätze, gut zweihundert Quadratmeter. Dazu noch ein Balkon, so wie du's gernhast. Im ersten Stock läuft eine Terrasse rund ums Haus. Einfach optimal. So wie's bei den Eigentümern aussieht, habe ich mir gedacht, wir könnten der Villa am kommenden Sonntag einen Besuch abstatten.«

»Kommenden Sonntag?«

»Das wäre ideal.«

Costantino schüttelte den Kopf.

»Ich brauche noch ein paar zusätzliche Informationen. So aus dem Stand kann ich dir das nicht versprechen ...«

»Hör mal zu, das ist eine Gelegenheit, die kann man nicht einfach auslassen. Wirklich, das muss man einfach ausnutzen. Das Haus steht allein da, außen rum nur Felder und Stille. Dazu die Terrasse rundherum. Was willst du mehr?«

»Ich will zum Beispiel wissen, woraus die Türen und Fenster sind. Neu oder alt, aus Aluminium oder aus Holz. Und ich möchte wissen, was sie für eine Alarmanlage installiert haben. Ist natürlich schön, wenn das Haus einzeln steht und einen großen Park hat, aber ich suche ja keine Ferienwohnung. Jedenfalls brauche ich so viele Informationen wie möglich. Wenn wir das Ding durchziehen, dann machen wir's richtig. Falls wir's überhaupt machen. Mir scheint die Sache nämlich immer noch zu riskant.«

Der Lederjackenträger seufzte kurz, dann nahm er die

Sonnenbrille ab und schob sie nach oben auf die rosa Freifläche.

Das beunruhigendste körperliche Merkmal des Buckligen waren seine wässerigen Augen, blassblau und mit einer von roten Äderchen durchzogenen Sklera. Zwei Augen, die derart unheimlich wirkten, dass sie sich wahrscheinlich vor sich selber fürchteten. Wenn der Bucklige seine linke Pupille auf jemanden heftete, blieb sein rechter Augapfel Richtung Ohr gerichtet. Warum einer, der so übertrieben schielte, ausgerechnet »der Bucklige« genannt wurde, war Costantino ein Rätsel. Er wusste nur zweierlei: a) Der Grund waren weder ein körperliches Gebrechen noch fußballerische Sympathien für Juventus Turin. Und b) Der Spitzname wurde einzig und allein in der dritten Person verwendet – und in Abwesenheit des Betroffenen.

»Pass auf, Costantino, mir gefällt die Sache ja auch nicht. Das hier ist eine Notmaßnahme. Schuld ist nur diese vermaledeite Krise, durch die wir alle ohne Arbeit dastehen. Das betrifft jeden. Ich war ein ganz normaler Typ, genau wie du. Ich hatte einen Job. Ich hatte meine Kunden und meine Zulieferer. Ich habe sie bezahlt und sie mich. Und dann kam die Krise.«

»Du warst im Einzelhandel? Das wusste ich gar nicht.«

»Aber klar doch. Ich war der einzige Vertreter der Brüder Cardelli hier in Pisa. Alles italienische Ware, sogar direkt aus Pisa. Das Hasch wurde in Lajatico angebaut, und das Acid kam aus einem Labor bei Santa Croce. Ich war der einzige Dealer in ganz Italien, der ausschließlich Stoff aus regionalem Anbau im Programm hat. Und dann kam die Krise. Auf einmal war kein Geld mehr da, und da kommt natürlich auch kein Geld in Umlauf. Da muss sich auch ein ruhiger Typ wie ich, der keinem auf den Sack geht, etwas einfallen lassen, um seine Brötchen zu verdienen. Toll findet das keiner, ja? Ich so wenig wie du. Aber was sollen wir machen?«

Costantino hätte gerne tief Luft geholt, aber er wusste nicht, ob das angebracht war, während ihn dieses eine Auge durchbohrte. Wahrscheinlich hielt man am besten die Klappe.

Während Costantino sich fragte, was er tun sollte, warf ein Mann mit einer kleinen Reisetasche einen Blick ins Abteil. Obwohl der Bucklige das eine Auge auf Costantino gerichtet hatte und das andere prüfend durchs Fenster sah, bemerkte er den Neuzugang auf der Stelle.

»Guten Tag.«

»Guten Tag«, sagte der Bucklige auf einmal wieder ganz freundlich.

»Entschuldigen Sie bitte, aber das wäre hier mein Platz.«

»Ach, verstehe. Sie sitzen gern am Fenster, klar. Dürfte ich Sie trotzdem bitten, mir den Platz zu überlassen und das Aufstehen zu ersparen? Ich habe ziemliche Rückenprobleme, und wenn ich jetzt noch mal den Koffer heben muss« – der Bucklige sah zu dem schweren Seesack hinauf, den Gutta kurz zuvor ins Gepäcknetz gehievt hatte –, »dann wäre das nicht sehr hilfreich, verstehen Sie? Aber Sie wollen ja gern am Fenster sitzen, mehr noch, Sie haben ein Recht darauf. Und wahrscheinlich sitzen Sie auch gern in Fahrtrichtung. Wenn Sie gestatten – der Zug ist halb leer, würde es Ihnen etwas ausmachen, sich in ein anderes Abteil zu setzen? Da sind einige völlig unbesetzt, ich habe es vorher gesehen.«

»Also, Sie müssen entschuldigen, aber ich fahre bis Rom und ich weiß nicht, wie viele Leute da noch zusteigen«, sagte der Mann mit unverkennbarer Gleichgültigkeit gegenüber den leidgeprüften Wirbeln des Buckligen. »Wenn ich schon reserviere, dann möchte ich die Reise nicht auf einem Klappsitz im Gang verbringen. Ich helfe Ihnen gern dabei, den Koffer herunterzuheben, wenn Sie möchten. Aber jetzt wäre ich Ihnen sehr verbunden, wenn Sie meinen Platz freigeben würden.«

Damit wandte er sich von dem Buckligen ab, stellte sich auf die Zehenspitzen und hievte die Reisetasche ins Gepäcknetz.

Ein Augenblick verging, prall von Stille.

Während Costantino feststellte, dass ihn die am Fenster vorüberziehende Bäumen geradezu hypnotisierten, richtete der Bucklige sein gutes Auge auf Gutta. Ohne eine Miene zu verziehen, stand Gutta auf und hob die Reisetasche des Neuankömmlings wieder herunter. Er drückte sie ihm in die Hand und sagte schlicht: »Mein Freund hat Sie um einen Gefallen gebeten.«

Ob es an dem neutralen Ton lag, am Balkanakzent oder an dem fehlenden Stück Ohr – Dorinel Belodedici, im engeren Freundeskreis als »Gutta« bekannt, erntete nur selten Widerspruch, wenn er seine Wünsche kundtat. Sowenig Costantino wusste, woher der Bucklige seinen Spitznamen hatte, so sicher war er sich doch, dass »Gutta« die Abkürzung von Guttalax war: In den nicht sehr gehobenen Kreisen von Pisa und Umgebung war man sich einig, dass ein Blick auf Gutta genügte, um sich ins Hemd zu machen.

Auch diesmal blieb die abführende Wirkung nicht aus. Nach einer relativ kurzen Zeitspanne – allenfalls drei oder vier Bäume – hörte Costantino, wie die Abteiltür sich leise schloss; als er sich umdrehte, stellte er fest, dass seine Begleiter und er wieder unter sich waren.

»Also, Costantino, was die Informationen angeht, hast du schon recht. Wir müssen das Haus etwas näher unter die Lupe nehmen. Aber die Sache steigt Sonntagnacht, keine Diskussion. Ich weiß schon, du hast wenig Zeit und gehst gerne gründlich vor. Aber die Sache muss Sonntagnacht über die Bühne gehen.«

»Gibt es da einen Grund, den ich nicht kenne?«

Über das Gesicht des Buckligen huschte ein überhebliches Grinsen.

»Einer von meinen Stammkunden arbeitet im Reisebüro. Jetzt haben wir diese besagte Krise, und da hat der Junge bei mir ein paar Schulden angesammelt. Kein Problem, sage ich. Geld ist nicht alles. Kehren wir doch zurück zum guten alten Tauschhandel: Du informierst mich einfach, wenn einer deiner Kunden eine schöne Fernreise macht, sagen wir eine Woche Traumurlaub in der Karibik. Bei reichen Leuten kommt so was doch vor, oder? Irgend so ein Geschäftsführer und seine Frau, so eine große Schlanke, die sonst zu nichts gut ist, aber eine richtig scharfe Nummer. Und weil sie so gestresst sind von der ganzen Trickserei, den Transaktionen in ihren Steuerparadiesen, packen sie alle drei, vier Monate die Koffer und fahren für eine Woche in ein Tropenparadies, zur Entspannung. Als ob die wirklich arbeiten würden. Na gut, jedenfalls gab es zwei-, dreimal Fehlalarm, aber neulich hat er mir Bescheid gesagt, dass so ein berühmter Schriftsteller ein Wellnesswochenende auf einer Schönheitsfarm gebucht hätte. Er ist für drei Tage in der Provence, von Freitag bis Sonntag. Nach Hause kommt er erst wieder am Montag. Wir haben also drei Tage Zeit. Wir bereiten alles vor, spazieren gemütlich dort rein, sacken ein, was uns gefällt, und ziehen in Ruhe wieder ab. Aber das muss Sonntagnacht passieren.«

»Da wäre doch Samstag besser.«

»Theoretisch schon. Aber praktisch gibt es ein Stück weiter die Straße rauf eine Disko. Nicht supernah, aber es lässt sich nicht ausschließen, dass uns einer sieht. Am Sonntag hat der Laden Ruhetag. Und mir ist nun mal am liebsten, wenn wir bei unserer Unternehmung möglichst wenig Gesellschaft haben. Also würde ich halt den passenden Tag nehmen.«

»Verstehe«, sagte Costantino. »Und das heißt?«

»Das heißt, auf geht's. Wir sehen uns ein Haus auf dem Land an, und dann haben wir ein paar Sächelchen, die wir wegbringen müssen. Als Erstes brauchen wir ein Auto.«

»Ja, bitte?«

»Wer lässt sich hier bitten! Ich versuche dich seit einer Dreiviertelstunde zu erreichen.«

Giacomo atmete ein viertes Mal tief durch. Die ersten drei Atemzüge hatte er ganz bewusst gemacht, bevor er den Hörer abnahm. Eine unabdingbare Maßnahme, wenn am anderen Ende der Leitung Angelica Terrazzani angezeigt wurde, seine Lektorin.

In der Verlagsbranche kannte man die Terrazzani unter dem Kürzel VWE (Von Wegen Engel), ein Beiname, der unter anderem auf Angelicas äußerst geschäftsmäßige Einstellung zu ihren Autoren anspielte. Wäre Giacomo durch irgendeinen Zufall den Eltern dieses Skorpionweibchens begegnet, so hätte er sie wohl als Erstes nach dem Grund für diesen Vornamen gefragt, der ihm mehr Ironie als Hoffnung auszudrücken schien.

»Hallo, Angelica. Das tut mir leid, aber Seelan hat noch mit seinem Sohn telefoniert, der ist zurzeit in London ...«

»Seelan? Ist der immer noch bei euch? Wolltet ihr den nicht feuern? *Hattet* ihr den nicht gefeuert?«

»Ja, stimmt schon. Aber im Moment ist das alles nicht so einfach. Sein Sohn studiert in London und hat die Masterprüfung vor sich. Und dann sind noch ein paar andere Sachen dazugekommen, mit den Einzelheiten verschone ich dich lieber. Jedenfalls ...«

»Jedenfalls geht es im Hause Mancini mal wieder drunter und drüber. Ich hab's übrigens auch auf dem Handy versucht, könnte ja sein, dass die Sterne günstig stehen und in der Gegend um Nodica und Vecchiano mal ausnahmsweise eine Verbindung zustande kommt. Ich dachte ja, das wäre in der Provinz Pisa, aber durch die Arbeit mit dir hat sich das geklärt – es liegt im Bermudadreieck. Also, pass auf, Giacomo, ich habe ein Interview für dich arrangiert.«

»Ein Interview?

»Mhm. Ein Interview. Mit dem *Corriere.*«

»Dem *Corriere.*«

»Ja, Giacomo. Dem *Corriere.* Der Tageszeitung. Du weißt schon, so ein Ding aus Papier, heutzutage auch auf dem Tablet zu lesen. Erscheint täglich, damit die Politiker uns erklären können, warum gestern passiert ist, was gestern passiert ist. Auch wenn sie nie zu einem Entschluss kommen, was heute zu tun wäre, oder gar erraten, was morgen passieren wird.«

»Ja, Angelica. Ich meine nur, im *Corriere* hatte ich doch schon eine ganze Menge Interviews.«

»Richtig. Das letzte liegt allerdings über fünf Jahre zurück.«

»Stimmt. Aber ich bin immer noch derselbe Mensch wie vor fünf Jahren. Und die Fragen, das sehe ich schon kommen, die werden auch dieselben sein wie vor fünf Jahren. Warum sind die Hauptfiguren Ihrer Bücher so oft Sportler? Warum nehmen Sie Golf als Metapher für das Leben? Und dann erkläre ich des Langen und Breiten: Also, beim Golf weiß man so ungefähr, wo das Loch ist, aber genau erkennen kann man es nicht. Und auch wenn die Richtung stimmt, sieht man erst nach einer längeren Wegstrecke, wie weit man danebengetroffen hat, und bla bla bla. Ich sehe nicht, was die mir sonst noch für Fragen stellen könnten.«

»Sie könnten fragen, warum du seit fünf Jahren keine Bücher mehr verkaufst.«

Giacomo holte schon Luft, doch dann hielt er inne. Nach einem kurzen Moment fuhr Angelica fort:

»Reden wir nicht um den heißen Brei herum, Giacomo. Du warst einer der produktivsten und verkaufsträchtigsten Schriftsteller der letzten dreißig Jahre. Du schreibst intelligente Sachen und hast es trotzdem geschafft, Hunderttausende von Büchern zu verkaufen, in Italien ist das schon beachtlich. Über die Sportschiene hast du es geschafft, auch Männer zum Lesen zu bringen, und das grenzt in Italien an ein Wunder. Aber wenn wir den Tatsachen ins Gesicht sehen, gehört das alles der Vergangenheit an. Und das weißt du auch. Deine letzten zwei Bücher waren nicht gerade Bestseller.«

Wieder setzte Stille ein. Diesmal gelang es Giacomo auszuatmen, ohne den Stimmapparat zu beteiligen.

»Von *Neuner-Eisen* haben wir eine Auflage von vierzigtausend Exemplaren gedruckt. Verkauft haben wir neuntausendsechshundert. Ein paar Tausend Stück, großzügig geschätzt fünftausend, liegen noch in den Buchhandlungen, Supermärkten und auf Lager. Vor allem auf Lager.«

»Das ist mir schon klar«, erwiderte Giacomo heldenhaft.

»Bravo. Dann ist dir sicherlich auch klar, was aus den restlichen fünfundzwanzigtausend geworden ist. Weißt du's, oder stürze ich dich mit dem Wort ›eingestampft‹ in eine Identitätskrise?«

Stille. Auch stillschweigendes Einverständnis, rein technisch gesehen, was soll man machen.

»Langer Rede kurzer Sinn«, fuhr Angelica fort, »wenn wir das neue Buch verkaufen wollen, dann müssen wir schon ein bisschen zubuttern. Da sollte auch jenen Lesern, die noch ohne die dritten Zähne auskommen, bekannt sein, wer Giacomo Mancini war.«

Ein glücklicher Mensch, bis er dann dich kennenlernte.

»Der Journalist heißt Stagnari. Michele Stagnari. Ich mache mit ihm einen Termin für … Wann wolltest du noch mal wegfahren?«

Giacomo sah, wie sich das Blatt auf wundersame Weise zu seinen Gunsten wendete.

»Ich ›wollte‹ nicht. Ich fahre am Freitagnachmittag.«

»Hm. Das ist aber unpraktisch. Könntest du nicht vielleicht …«

»Den ersten Urlaub seit über einem Jahr verschieben? Aber sicher doch. Die Anwälte für die Scheidung zahlst allerdings dann du.«

»Ist ja gut. Ich sehe zu, dass ich etwas für morgen Vormittag ausmachen kann. Ach, eine letzte Frage: Das Buch ist fertig, nicht wahr?«

»Da freut man sich doch, wenn die eigene Lektorin das fragt, und dazu noch am Schluss des Gesprächs. Ja, das Buch ist fertig.«

»Oha.«

Auch Giacomo war, als der Journalist bei ihm vor der Tür stand, ein zweisilbiges Wort durch den Sinn gegangen, das auf der ersten Silbe betont wurde.

Gottchen. Wen haben die mir denn da geschickt, den Enkel des Lehrlings, der kürzlich eingestellt wurde?

In der Tat sah der Journalist so aus, als käme er direkt vom Pausenhof. Strubbeliges Haar, um den Hals dicke Kopfhörer und auf dem Rücken einen riesigen Rucksack, aus dem – verblüffend – kein Skateboard hervorlugte. Giacomo bat den Burschen herein und fragte, ob er ihm einen Kaffee anbieten könne oder vielleicht eine Limo. Der junge Mann, womöglich von der Unmenge Bücher, die die Wände des Hauses säumten, in Bann geschlagen, lehnte beides ab.

Während der Journalist (Stagnari, wenn Giacomo sich recht erinnerte) sich weiter umsah und jeden Band einzeln zu zählen schien, atmete der Gastgeber tief durch.

Wenn er mich jetzt fragt, ob ich das alles wirklich gelesen habe, dann werfe ich ihn hochkant hinaus.

»Würde es Ihnen etwas ausmachen, wenn ich unser Interview auf etwas ungewöhnliche Weise beginne?«

»Nur zu.«

»Wären Sie vielleicht so freundlich, mir Ihre Bibliothek zu beschreiben?

»Wie bitte?«

Stagnari lächelte mit einem Anflug von Schüchternheit.

»Wissen Sie, um zu verstehen, wer jemand ist, eignet sich in meinen Augen nichts so gut wie eine über Jahre gewachsene Bibliothek. Besonders so eine wie diese hier. Borges hat einmal gesagt, er lege größeren Wert auf die Bücher, die er gelesen, als auf die, die er geschrieben habe. Aus seinem Mund ist das ziemlich beeindruckend, nicht wahr?«

»Durchaus. Na, dann fragen Sie mal weiter.«

»Könnten Sie mir zunächst einmal erklären, wie die Bücher geordnet sind?«

»Geordnet? Ganz einfach, junger Freund. Nach Ausdrucksform. Also nicht nach Themen und ebenso wenig nach dem inneren Wert. Einige Abteilungen sind klar: Dahinten stehen zum Beispiel die Comics und unten beim Kamin die Krimis.«

»Das ist die längste Wand im Raum.«

»Und nicht durch Zufall. Dort drüben haben wir Philosophie und Religion und da die großen Klassiker. Natürlich stehen nicht alle Bände hier im Raum. Die Kochbücher sind in der Küche, die Reiseführer unterm Dach und die Bildbände auf dem Klo.«

»Und was ist das hier für eine Sektion?«

»Leben bedeutender Menschen.«

Der junge Mann fuhr mit dem Zeigefinger über den Rücken von G. H. Hardys *Apologie eines Mathematikers*. Dann hielt er inne und strich mit demselben Finger über das Buch daneben; er zögerte ein wenig und zog es dann sanft heraus.

»Und was, wenn Sie entschuldigen ...«

»Ja?«

»Was hat die Biografie von Zlatan Ibrahimović in der Reihe bedeutender Menschen verloren?«

»Treffen Sie das Tor per Fallrückzieher aus dreißig Metern?«

»Nein, natürlich nicht.«

»Was glauben Sie, wie viele Leute dazu imstande sind?«

»Die wenigsten.«

»Und wie viele würden das in einem offiziellen Spiel – nicht etwa in einem Freundschaftskick – versuchen und auch noch Erfolg haben?«

»Wohl nur er.«

»Da haben Sie es. Also ist Ibrahimović eine Ausnahmeerscheinung. Und ich finde ganz naheliegend, erfahren zu wollen, woher ein Mensch mit solchen Fähigkeiten kommt. Sie nicht?«

»Ich bin mir nicht ganz sicher ... Aber ich kann an das, was Sie sagen, mit einer überaus wichtigen Frage anknüpfen. Was bedeutet Ihnen Sport? Und insbesondere Golf?«

Giacomo seufzte. Dabei hatte der Junge so gut angefangen. Er begann, im Zimmer auf und ab zu gehen, und setzte zu einer Antwort an.

»Sehen Sie, ich betrachte Sport als Metapher für das Leben. Und Golf ganz besonders. Man weiß so ungefähr, wo sich das Loch befindet, und schlägt den Ball wohl auch in die richtige Richtung, aber was dann passiert, lässt sich nicht voraussehen. Mehr noch, dass man den Ball im ersten Versuch einlocht, ist so gut wie ausgeschlossen. Erst nach einer langen Wegstrecke ... ja?«

»Entschuldigung, wenn ich Sie unterbreche, aber meine

Frage war eigentlich anders gemeint. Lassen Sie es mich so formulieren: Spielen Sie Golf?«

Giacomo hielt einen Augenblick inne und lächelte breit.

»Natürlich spiele ich Golf. Ich übe regelmäßig. Wenn ich demnächst in Urlaub fahre, nehme ich die Schläger selbstverständlich mit.«

»Und wie spielen Sie? Haben Sie ein Handicap?«

»Selbstverständlich.«

»Und das liegt bei ...«

»Offiziell bei zwölf. Ich glaube, dass die Zahl realistischerweise um einiges höher liegen müsste, aber ich habe schon länger kein Turnier mehr gespielt. An Wochenenden bin ich in der Regel beschäftigt, und die meisten Turniere werden nun einmal wochenends ausgetragen. Jedenfalls darf ich sagen, dass ich mich beim Üben nicht allzu dumm anstelle. Einfach so zur Veranschaulichung – just Anfang der Woche habe ich die Neunerrunde in Tirrenia einen Schlag unter Par gespielt. Kennen Sie den Platz in Tirrenia?«

»Nicht so richtig. Wissen Sie, ich spiele kein Golf, ich habe nur hin und wieder was drüber gelesen, von daher ...«

»Es gibt da ein besonders übles Loch, ein sogenanntes Dogleg, wo die Bahn fast fünfundvierzig Grad abknickt. Wenn da beim Abschlag der Wind bläst und du machst etwas falsch, landet der Ball schon mal in der Provinz Livorno.«

»Verstehe. Also, wenn Sie erlauben, dass ich auf das neue Buch zurückkomme, an dem Sie schreiben, oder, besser gesagt, überhaupt darauf komme ...«

»Ja?«

»Bewegt sich die Hauptfigur in diesem neuesten Buch auch in der Welt des Golfsports?«

»Nein, nein. Überhaupt nicht. Der Protagonist ist Akademiker. Ein Mathematiker, um genau zu sein. Ein Mathematiker auf der Suche nach der Schönheit. Entschieden anders als meine letzten Bücher.«

»Also ein Bruch mit Ihrer Produktion der jüngeren Zeit. Wie werden Ihre Leser das aufnehmen? Befürchten Sie da nicht, dass die Reaktionen anders ausfallen könnten als gewohnt?«

»Ob ich das befürchte?« Giacomo lachte kurz auf. »Nein. Wirklich nicht.«

Das wichtigste Talent eines guten Polizisten besteht darin, warten zu können.

Unter den widrigsten Bedingungen, angesichts der unterschiedlichsten Anforderungen und in den verschiedensten Situationen ist die Fähigkeit zu warten für einen guten Polizisten fundamental. Stunden vergehen, Tage, manchmal sogar Monate, in denen man die Stellung hält, um schließlich etwas eintreten zu sehen, wovon man vorher nicht weiß, wann es eintreten wird (manchmal weiß man noch nicht einmal, wie, und manchmal noch nicht einmal, ob). Während man wartet, wiederholen sich die immer gleichen Momente der Stille, der Kälte, der Gedanken an den Ehepartner, der allein zu Hause sitzt, jedenfalls hofft man das. Und dabei darf man den Gegenstand des Interesses nicht einmal für einen kurzen Moment aus den Augen lassen. Wenn es gut läuft, ist dieser Gegenstand eine verschlossene Tür in einer dunklen Straße.

Ana Corinna Stelea, Polizeibeamtin im Range eines

agente scelto, wartete nun schon seit vierzig Minuten, und sie fühlte sich nicht gerade wie ein guter Polizist.

Das lag, nebenbei bemerkt, nicht so sehr an der recht kurzen Wartezeit, einer Lappalie im Vergleich zu den Fällen von mittelalterlicher Belagerung, mit denen die Kollegen prahlten. Das Problem war eher der Kontext, in dem das Warten, wenn man so sagen kann, ausgeübt wurde. Denn Wartezeiten ergeben sich ja in den unterschiedlichsten Situationen, aber wenn man die Minuten zählt, bis man in der Münzwäscherei endlich drankommt, dann ist das nicht gerade was für den Lebenslauf.

Im Grunde galt das allerdings auch für die Obliegenheiten, die ihr auf dem Präsidium zugeteilt wurden. Von wegen *agente scelto*. Bei der Aufnahme auf die Polizeischule war viel davon die Rede gewesen, dass hier eine handverlesene Auswahl getroffen würde. In der Tat fiel die Wahl auch jetzt häufig auf Corinna: zum Beispiel wenn es darum ging, die Schranke an der Einfahrt zum Präsidium zu öffnen. Aber das war das genaue Gegenteil einer Tätigkeit, die eine Respektsperson auszuüben hatte. Teils wegen der Aufgabe an sich, die ziemlich mühselig war; teils wegen der unvermeidlichen Scherze des Polizeipräsidenten Dr. Alfredo Maria Corradini, der an jedem verdammten Morgen, an dem es sie wieder einmal traf, den überaus eleganten und immer wieder originellen Spruch vom Stapel ließ: »Tja, niemand lässt den Schlagbaum so schön hochgehen wie unsere Corinna, nicht wahr?« Was in Corinna unweigerlich den Wunsch aufkommen ließ, ihm einmal ordentlich ins Scharnier zu treten.

Wie immer, wenn ihre Gedanken in diese Richtung abschweiften, begann Corinna, mit offenen Augen zu träumen. Doch als sie einige wohlige Sekunden in ihrem Tagtraum geschwelgt hatte und sich gerade anschickte, Dr. Corradinis nutzloser Manneszierde den Gnadentritt zu verpassen, gab der Wäschetrockner einen satten dreifachen Piepton von sich, und Corinna blieb nichts anderes übrig, als sich in Bewegung zu setzen.

Als Erstes galt es, den Trockner zu leeren, wenn der Vorbenutzer nicht vor Ort war: eine Pflicht, die man schicklicherweise so absolvierte, dass die Wäsche weder Falten noch Schmutz abbekam, und neugierig geschnüffelt wurde möglichst unauffällig.

Unglaublich.

Corinna fand es unglaublich, wie die Leute es überhaupt dazu kommen ließen, dass ein anderer als sie selbst ihre Wäsche aus dem Trockner holte. Zum einen: Wenn man die Sachen nicht gleich ordentlich zusammenlegte, sondern in einem Knäuel im Trockner liegen ließ, dann bekam man sie völlig zerknittert wieder, so viel war klar. Und dann war es eben eine Frage des Anstands. Du kennst mich nicht, du weißt nicht, wer ich bin, ich habe keinen Zugang zu deinem Facebook-Profil, aber deine Unterhosen, die darf ich in Augenschein nehmen. Das verstehe, wer will.

In einem zweiten Schritt war der Trockner wieder zu füllen: Man legte die Wäsche hinein, wählte die niedrigste Temperatur (heute ist sowieso fast alles aus Kunstfaser), legte die Trockendauer fest und warf drei blutige Euro in den Rachen des Monsters. Einen Rachen, der sich aus Gründen, die sich keinem vernunftbegabten Wesen erschlossen, in etwa zwei Meter Höhe befand, und so sah Corinna sich immer mal wieder genötigt, der Witwe Trotti oder irgendeinem anderen Mütterchen, das den modernen

Standardmaßen der Europäischen Gemeinschaft nicht genügte, die Münzen einzuwerfen. Ein weiteres in der Reihe der Leiden, die Corinna auferlegt waren.

»Signorina, Sie sind doch so groß, könnten Sie mir den Fensterreiniger herunterreichen? Wissen Sie, ich komme nicht dran.« »Signorina, Sie sind doch groß genug, wären Sie so nett, mir die Magermilch zu geben? Die stellen sie einem da oben aufs vierte Bord.« Und Corinna hievte mit einem gezwungenen Lächeln den fraglichen Gegenstand herunter.

Als Jugendliche war Corinna auf ihre Körpergröße stolz gewesen, sie hatte sich dadurch erwachsen gefühlt. Rein objektiv kann man eine junge Frau von einem Meter und neunzig nun einmal nicht wie ein Kind behandeln. Je weiter sie heranwuchs, oder, besser gesagt, je älter sie wurde, desto mehr empfand sie ihre Körpergröße wenn nicht als problematisch, so doch als lästig. Und es wäre ihr sicher noch lästiger gewesen, wenn sie erfahren hätte, dass die Kollegen ihr den Spitznamen »Frau Malerpinsel« gegeben hatten, was sich jedoch glücklicherweise Corinnas Kenntnis entzog.

Der dritte Schritt im Waschsalon bestand darin, sich hinzusetzen und wieder zu warten. Und während man wartete, stellte man sich die Frage, wie lange man wohl noch im Fegefeuer von Pisa schmoren musste. Einer Stadt mit hundertzwanzig Regentagen im Jahr, die an den restlichen zweihundertfünfundvierzig Tagen eine Luftfeuchtigkeit von amazonischen Ausmaßen aufweist. Einer Stadt mit einhunderttausend Einwohnern, von denen die Hälfte Studenten sind: nach Adam Riese zwischen zehn- und zwanzigtausend junge Männer, die in der Happy Hour nach einer verwandten Seele suchen und glauben, bei Bedarf könnten sie es ja mal bei der hübschen Langen mit den grünen Augen probieren, die alleine da drüben sitzt. Nur schade, dass sie dich schon komisch anschauen, wenn du auf die Frage nach deinem Studienfach sagst: »Also, ich bin berufstätig.« Und wenn sie dich dann fragen, was für einer Arbeit du nachgehst, und du antwortest: »Ich bin Polizistin«, dann müssen sie fünf Minuten später gehen. Und du, die du praktisch niemanden kennst, und wenn du jemanden kennst, so sind das Kollegen, die du ohnehin schon acht Stunden pro Tag sehen musst, du also sitzt wieder einmal wie eine Blöde alleine da und wartest, dass wer weiß was passiert. So wie jetzt.

Der einzige Unterschied besteht darin, dass in der Wäscherei auf dem Display steht, wie lange man noch warten muss. Dreißig Minuten. Für einen guten Polizisten so gut wie nichts.

MONTAGMORGEN

»Sagen Sie doch selbst, was soll ich tun?«

Leonardo stand vor dem Schreibtisch, noch den Anorak über seinem dicken Pullover, den er in der Eile verkehrt herum angezogen hatte, darunter ein vom Laufen nass geschwitztes Hemd. Stand da und blieb stumm. Ingenieur Tenasso hakte nach: »Nein, wirklich, sagen Sie mir, was ich jetzt tun soll.«

Bereits am ersten Tag war Leonardo die Neigung seines Brötchengebers aufgefallen, ein und denselben Gedanken drei- oder viermal zu wiederholen, angereichert mit Interjektionen, Konjunktionen, Spezifikationen und anderem Zierrat, der zwar völlig überflüssig war, aber zweifellos notwendig, um seinen Aussagen größeren Nachdruck zu verleihen.

»Sagen Sie mir, wie ich es anstellen soll, jemandem wie Ihnen zu vertrauen.«

Offen gestanden hatte Ingenieur Tenasso da nicht ganz unrecht. Genau dasselbe war auch Leonardo durch den Kopf gegangen, als er an diesem Morgen um 8:46 Uhr aus Wagen Nummer 5 des Regionalexpresszugs 3130 gestiegen war, die Nase noch tief in den Seiten von *Treffen sich zwei Elemente*, vor sich den Bahnhof von Navacchio. Besser gesagt, nicht exakt in dieser Minute. Und auch nicht um 8:47 Uhr, als er aus der hypnotischen Vertiefung in sein

Buch auftauchte, weil ihm einfiel, dass er den Firmencomputer auf seinem Sitz hatte liegen lassen, worauf er unverzüglich wieder einstieg (in selbigen Wagen Nummer 5), um sich den Rechner zurückzuholen. Form angenommen hatte Leonardos Gedanke gegen 8:48 Uhr, als der Zugführer nach Maßgabe des offiziellen Fahrplans von Trenitalia sein grünes Halstuch schwenkte und mit einem entschlossenen, durchdringenden Pfeifen das Zeichen zur Abfahrt gab. Dem antwortete (man ahnt es, aus Wagen Nummer 5) ein Ausruf des Erstaunens, gefolgt von einer feurigen Salve ausgewählter Flüche. Und gleich danach kam der erwähnte Gedanke.

»Einem Menschen, der nicht nur unfähig ist, pünktlich zur Arbeit zu erscheinen, sondern der auch noch glaubt, mich an der Nase herumführen zu können.«

Und auch hierin hatte Tenasso nicht ganz unrecht.

Denn nachdem Leonardo am folgenden Bahnhof wieder ausgestiegen war (Empoli, 9:03 Uhr), hatte er schleunigst den nächsten Zug in die Gegenrichtung bestiegen und war schließlich um 9:26 Uhr am Bahnhof Navacchio angekommen, um im Laufschritt auf die LeaderSoft GmbH zuzusteuern, wo er eine befristete Stelle als Junior-Programmierer innehatte. Mit Arbeit eingedeckt wurde er allerdings, als ob er für alle Ewigkeit dort bleiben sollte, dafür sorgte sein direkter Vorgesetzter Tenasso Pierpaolo, Dipl.-Ing., also kein Geringerer als der Geschäftsführer der Firma selbst. Einer Firma, an deren Sitz Leonardo an diesem Morgen keuchend und mit genau siebenunddreißig Minuten Verspätung eingetroffen war.

Als Leonardo zur Rechtfertigung seiner Verspätung und unter Berücksichtigung des Umstands, dass keiner seiner

Kollegen mit demselben Zug kam, das Lügenmärchen vorgebracht hatte, der Regionalexpress sei aus ungenannten Gründen zu spät gekommen, hatte er eines nicht bedacht: Tenasso war, neben anderen Charakterschwächen, auch Ingenieur. Mit anderen Worten ein Mensch, der sich in allem, was mit Maschinen zu tun hatte, durch ein profundes Wissen auszeichnete, Züge eingeschlossen.

Ein profundes Wissen ist für viele Ingenieure häufig das Äquivalent für romantische Liebe. Und obwohl Tenasso im Erwachsenenalter den Computer für sich entdeckt hatte, interessierte er sich seit seiner Kindheit leidenschaftlich für Züge. Das erste profunde Wissen seines Lebens aber vergisst man nie. Bis heute wusste Tenasso schlichtweg alles über Züge. Alles. Er kannte die verschiedenen Modelle aus dem Effeff, ihre Höchstgeschwindigkeit, die zulässige Betriebsspannung und nicht zuletzt auch die Fahrpläne. Mitsamt der Zugnummer.

Und so hatten Tenasso zwei Tastatureingaben auf dem Smartphone genügt, um mithilfe der App »ProntoTreno« herauszufinden, dass der Regionalexpress 3130 an diesem Morgen pünktlich um 8:46 Uhr in Navacchio eingetroffen war, also um die eingangs erwähnte Uhrzeit. Was ganz automatisch einen Anschiss ausgelöst hatte.

Und zwar einen gesalzenen.

Nach der dreifachen Wiederholung rhetorischer Fragen ließ sich Tenasso in seinem Bürostuhl zurücksinken.

»Sie müssen endlich kapieren, dass wir hier im Team arbeiten. Und Teamarbeit ist in erster Linie eine Frage von Vertrauen. Ver-trau-en. Ich muss sicher sein, dass ich Ihnen vertrauen kann. Und Vertrauen, merken Sie sich das, ist ein Kapital, das man ganz schnell verspielt hat. Haben Sie mich verstanden?«

Leonardo nickte. Tenasso erhob sich aus dem Sessel und ging zur Tür.

»Gut. Jetzt gehen Sie sich mal kurz frisch machen, Sie sehen ja aus wie ein Herumtreiber, und dann los, wir haben schon genug Zeit verschwendet. Es gibt jede Menge zu tun. Beim nächsten Mal sehen Sie zu, dass Sie am richtigen Bahnhof aussteigen. Oder fahren Sie mit dem Auto, wie sonst auch, wozu haben Sie eines.«

»Tja, wenn ich könnte, würde ich das schon machen. Aber zurzeit ist das nicht der Fall.«

»Werkstatt?«

»Schön wär's. Der Wagen wurde mir gestern Nacht geklaut.«

»Ach herrje. Wirklich?«

Tenasso, der im Begriff war, die Tür zu öffnen, verharrte mit der Hand auf der Klinke, und über sein Gesicht zog ein Ausdruck des Bedauerns, der nicht ganz unaufrichtig war. Wenn einem ein persönliches technisches Gerät gestohlen wurde, war das schon eine gravierende Sache. Als Leonardo ein wenig das Gesicht verzog und nickte, hielt es der Ingenieur für geboten, sich etwas eingehender davon berichten lassen.

»Sie hatten den Wagen wohl schon lange?«

»Oh ja. Seit gut dreizehn Jahren. Ein Geschenk meines Großvaters zum 18. Geburtstag. Wir waren gestern Abend im Kino, und danach sehe ich den leeren Parkplatz und denke: ›Ich habe doch das Auto hier abgestellt?‹ Im selben Moment sagt meine Frau: ›Leo, hattest du nicht hier geparkt?‹«

»Na so was. Aber er lief noch gut, oder?«, fragte Tenasso, mehr an Technischem interessiert als an menschlichen Reaktionen. »Sie sind doch jeden Morgen damit gekommen.«

»Er lief ausgezeichnet. Na ja, manchmal hatte er so seine Macken, aber das betraf vor allem die Elektronik. Neulich hat zum Beispiel die Benzinanzeige gesponnen. Da wurde der Tank immer als halb voll angezeigt, egal was tatsächlich drin war. Aber wenn man das weiß, ist es kein Problem, da braucht man nicht gleich zweihundert Euro in der Werkstatt zu lassen.«

»Aber angezeigt haben Sie den Diebstahl schon, oder? Was hat Ihnen die Polizei gesagt?«

»Pff, nichts Besonderes. Sie wollen der Sache nachgehen.«

»Na klar, Sie werden schon sehen, die finden den Wagen. Heutzutage ist es ein Kinderspiel, ein Auto ausfindig zu machen. Wollen wir bloß hoffen, dass es nicht als Fluchtwagen eingesetzt wird.«

»Was?«

»Ja, ja, mein Bester. Wenn die Ihnen das Auto geklaut haben, um es als Fluchtwagen zu verwenden, dann können Sie davon ausgehen, dass sie es hinterher in Brand stecken, um keine Spuren zu hinterlassen. Und dann war's das.«

»Ja, aber ... Glauben Sie wirklich, die könnten das Auto als Fluchtwagen geklaut haben? Das ist doch nur eine alte Kiste. Ein dreizehn Jahre alter Peugeot.«

»Eben. Ein silberfarbener Peugeot 206. Die gibt's wie Sand am Meer. Der Wagen fällt nicht so ins Auge, das ist doch optimal.«

»Der fällt nicht so ins Auge?«

Die Hände in die Seiten gestützt, den Kopf vorgeschoben, den Mund halb geschlossen und mit leicht vorgerecktem Kiefer, so hatte der Bucklige den Wagen gemustert. Dass er das tat, hätte man zur Tatzeit (also vor etwa dreißig Stunden) mit Sicherheit nur aus seiner Kopf- und Körperhaltung ableiten können: Denn von den beiden Augen sah eines Richtung Auto, das andere ging fast in rechtem Winkel zum Monte Serra.

»Der fällt nicht so ins Auge?«

Beim Wort »Auge« drehte sich der Bucklige um und starrte Costantino gerade (wenn man das so sagen kann) in selbiges. Zu einem anderen Zeitpunkt hätte Costantino lachen müssen.

»Also, ja«, versuchte er zu argumentieren. »Das Modell gibt's wie Sand am Meer. Ich hab's im Internet recherchiert. In absoluten Zahlen ist das in Pisa und Umgebung der am häufigsten verkaufte Pkw.«

»So, so, er hat's im Internet recherchiert«, sagte der Bucklige und drehte sich zu Gutta um, der seinerseits Costantino mit der gewohnten lustlosen Gleichgültigkeit ansah. »Na, dann sag mal, du Beppegrillo, hast du bloß im Internet geschaut, oder hast du dich vielleicht auch ein bisschen selbst umgeguckt?«

»Was ist das Problem? Wir wollten ein gängiges Modell, oder? Das ist das häufigste Auto in der ganzen Provinz.«

»Das ist das *kleinste* Auto in der ganzen Provinz. Ach was, auf der ganzen Welt. Nimm doch gleich einen Smart, dann kann Gutta zu Fuß zum Einbruch kommen. Wie soll ich mit der Karre was abtransportieren, kannst du mir das sagen?«

»Der Wagen hat doch einen ganz ordentlichen Koffer-
raum. Da passen fast vierhundert Liter rein.«

»Na super! Hast du das gehört, Gutta? Fast vierhundert
Liter. Großartig. Wenn wir mal die Zentralmolkerei aus-
nehmen wollen, dann ist das sicher das ideale Fahrzeug.
Bloß schade, dass wir uns darauf verständigt haben, mit
einem Einfamilienhaus anzufangen. Einem Haus voll hüb-
scher Sachen. Da erwarte ich, dass du mit einem Lieferwagen kommst, einem Station Wagon, einem Kombi, nenn
es, wie du willst, jedenfalls ein Wagen, in den was rein-
passt. Wir brauchen das Auto, um die Beute abzutransportieren, und nicht für einen Sonntagsausflug, Herrgott. So
eine Mühle« – der Bucklige zeigte mit ausgestreckter Hand
auf den armen Peugeot –, »was soll ich mit der abschlep-
pen? Vielleicht die Gemäldesammlung. Und da müssen
wir hoffen, dass die Rahmen nicht allzu dick ausfallen.«

Ein Augenblick begreiflicher Peinlichkeit folgte, in dem
Costantino sich zum hundertsten Mal, seit diese ganze Geschichte begonnen hatte, einen Volltrottel nannte.

Genauer gesagt seit vor zwei Wochen: Da hatte Ottaviano Maltinti alias Costantino, Elektronikfachmann mit
einer Schwäche für Zaubertricks und Poker, sich zur üblichen Donnerstagspartie an den Tisch gesetzt, und ihm
gegenüber saß der Bucklige.

Normalerweise saßen an dem Tisch neben Costantino
noch Marcello Cioni, seines Zeichens Lehrling in einer Tra-
ditionsmetzgerei in Orzignano, Davide Taddei, Informatik-
fachkraft bei der Società Autostrade, und ein vierter, gelegentlich wechselnder Spielpartner. Dieser ersetzte den
armen Loni, einen Vermessungstechniker, bei der Stadt

angestellt. Ursprünglich hatte das Quartett in mehr oder weniger fester Zusammensetzung gespielt: vier ehemalige Schulkameraden, leidenschaftliche Zocker, deren Bekanntschaft sich seit dem zweiten Jahr auf der Fachschule immer weiter gefestigt hatte, wenn auch nicht vertieft.

Im ersten Jahr Gymnasium war Ottaviano Maltinti einen Meter neunundfünfzig groß gewesen, bei einem Gewicht von etwa fünfundvierzig Kilo. Sein großsprecherischer Taufname in Verbindung mit diesem Körperbau, der direkt ins Sanatorium zu führen schien, hatte die Mistkerle aus seiner Klasse zu allerlei Verballhornungen inspiriert und zu hübschen kleinen Reimen: Oktavian, wächst nicht nach Plan, haha. Nachdem er die Schnauze vollhatte von Spitznamen wie Zwerg Nr. 8 und sonstigen Schikanen, war er auf die Fachoberschule gewechselt. Dort nahmen ihn die neuen Mitschüler mit einer ordentlichen Partie Hallenfußball in Empfang. Sie waren alle Jungen, fast alle gute Kerle und fast alle seine künftigen Freunde, wenn auch so ungehobelt, wie es nur losgelassene Fünfzehnjährige sein können. Als nun der Torwart, dem soeben der dritte Ball unter der Wampe durchgerutscht war, schon wieder fluchte wie ein Fuhrmannsknecht, gab unser Freund zurück:

»Der Herrgott kann nichts dafür, dass du so 'ne Nulpe bist. Also hör auf zu fluchen und konzentrier dich einfach mal.«

Als Antwort brüllte der Torwart (kein anderer als der arme Loni, damals allerdings noch nicht in festen Händen) aus dreißig Metern Entfernung:

»Hört ihr's, Seine Heiligkeit hat gesprochen. Wenn du ein Kaiser bist, dann Konstantin!«

Seitdem hieß er für Alltagszwecke weiterhin Ottaviano,

die Freunde aber riefen ihn nur noch Costantino, was er selbst nicht allzu sehr bedauerte, und Loni hatte seinen Spaß.

Doch seit Loni geheiratet hatte, waren seine zunächst sporadischen Abwesenheiten so dauerhaft geworden, dass die anderen drei ihn nicht einmal mehr anriefen. Wenn sie überhaupt noch von ihm sprachen, nannten sie ihn unwillkürlich den »armen Loni« und äußerten sich über ihn, als wäre er praktisch tot. Für die Pokerpartie wurde von Mal zu Mal herangezogen, wer gerade die Lücke füllen konnte, ob Kunde oder Kollege.

Nur selten kam es vor, dass auch dem Ersatzmann in der letzten Hundertstelsekunde etwas dazwischenkam und er seinerseits einen Kandidaten anbrachte, quasi den Ersatzmann hoch zwei. Manchmal war ihnen der Betreffende sympathisch, manchmal nicht ganz so sehr. Aber einen wie dieses Schielauge, der Costantino von Anfang an auf die Eier ging, so etwas hatte es noch nie gegeben. Das fing bereits beim Äußeren an – ich weiß, man soll Leute nicht nach dem Äußeren beurteilen, aber wenn einer schon mit spitz zulaufenden Koteletten ankommt, den Hemdkragen überm Revers und Schlangenleder-Stiefeletten an den Füßen, dann fallen bestimmte Urteile ganz von selbst –, vor allem aber lag es an seinem Geschwätz. Der Bursche bekam einfach das Maul nicht zu. Nie. Weder beim Geben noch beim In-Empfang-Nehmen der Karten, weder mit einem Bombenblatt auf der Hand noch wenn er so schlechte Karten bekam, dass er passen musste.

Schon recht, Poker ist ein Spiel, bei dem man reden muss, aber das war einfach übertrieben.

So kam es, dass Costantino, der bei seinen Freunden

nie auch nur auf die Idee gekommen wäre, seine Fähigkeiten als Zauberkünstler einzusetzen, nach einer halben Stunde ununterbrochenen Gelabers den Entschluss fasste, sich ein wenig zu amüsieren.

Als sie sich ein paar Stunden später vom Tisch erhoben, waren Cioni und Taddei sichtlich gut drauf. Teils wegen der Biere, teils wegen der gut hundert Euro, die dank Costantinos Hilfe aus den Taschen dieses Koteletten tragenden Proleten in die ihren gewandert waren. Costantino hatte es vorgezogen, die Karten nicht zum eigenen Vorteil zu beeinflussen, und es stattdessen auf den Nachteil dieses Bauerntölpels angelegt. So versicherte er sich, ihn nie wieder am selben Pokertisch vorzufinden. Der Prolet, das musste man zugeben, hatte den Verlust sportlich genommen, er hatte sich von seinen drei Mitspielern verabschiedet und war nachdenklich, aber gelassen von dannen gezogen. Dieselbe Gelassenheit legte er an den Tag, als er zehn Minuten später scheinbar zufällig Costantino über den Weg lief, der gerade Cionis Haus verließ.

Leider strahlte sein Begleiter nicht dieselbe Gemütsruhe aus, was der Umstand, dass ihm ein Stück Ohr fehlte, auf ziemlich beunruhigende Weise unterstrich.

»Hübsches Spielchen mit den Fingern«, sagte der Prolet lächelnd.

»Was für ein Spielchen?«, entgegnete Costantino, während ihm trotz der zwei Bier auf einmal der Mund trocken wurde.

»Na, beim Geben vorher. Wie du meine Karten unten aus dem Stapel gezogen hast und die von dem Typ rechts aus der Mitte. Da, wo dein Ringfinger lag, damit du die

Stelle auch findest. Ja, wirklich hübsch, Hut ab. Er hier« –
der Prolet deutete auf den Burschen, dem das Stück Ohr
fehlte – »kann auch ein hübsches Spiel mit den Fingern.
Das heißt, mit deinen Fingern. Soll ich's dir erklären, oder
reden wir lieber gleich von was anderem?«

Als er diesen letzten Satz sprach, blieb sein Ton völlig
unverändert. Doch was er über seinen Begleiter sagte, ließ
keinen Zweifel zu: Wenn Costantino jetzt irgendeinen Versuch unternahm, sich herauszureden oder zu verteidigen,
dann würde er vom nächsten Tag an lernen müssen, die
Fernbedienung mit der Nase zu benutzen.

»Also gut. Machen wir's so: Ich gebe dir wieder, was du
verloren hast, und Schwamm ...«

»Ach was, wegen der paar Groschen. Etwa hundert Euro,
hundertsieben, um genau zu sein, geschenkt. Nein, ich
wollte dich was anderes fragen. Bin ich richtig informiert,
dass du bei einer Firma für Alarmanlagen arbeitest?«

»Ich habe dort gearbeitet. Hatte nur einen Zeitvertrag,
und der ist vor zwei Monaten abgelaufen.«

Der Bucklige schüttelte mitfühlend den Kopf.

»Ein Jammer. Da hat einer was auf dem Kasten, und
die Firma wirft ihn raus, ohne auch nur eine Sekunde lang
nachzudenken. Das ist doch ein Jammer, du arbeitest jemanden ein, und dann schickst du ihn wieder weg. Das
kostet Humankapital, all die Fähigkeiten, die der Betreffende sich angeeignet hat. Das ist es doch, was zählt. Und
einer wie du hat eine Menge Fähigkeiten. Einer wie du, der
zum Beispiel was von Alarmanlagen versteht und so hübsche Kartentricks draufhat, vielleicht kann der ja auch mit
Schlössern umgehen?«

»... und wo das soundsovielte Sachbuch zu Turing wohl durchsichtig und langweilig wäre, da gelingt es dem Comic von Tuono Pettinato und Francesca Riccioni, Wirkung zu erzielen. Das geht so weit, dass sich der Leser fast schon für etwas schämt, woran er keinerlei Schuld trägt. Das Buch steckt voller prächtiger Einfälle, aber einer ist besonders treffend: die Darstellung von Turing als junger Mann, der hoch konzentriert ein Buch mit dem Titel How to Beat the Nazis liest, während uns die Bildunterschrift in Erinnerung ruft: ›Zur selben Zeit sucht eine kleine Gruppe von Überfliegern nach einer Möglichkeit, Hitlers Vormarsch aufzuhalten.‹ Wenn wir also heute nicht allesamt Deutsch reden und im Stechschritt marschieren, so verdanken wir das in erster Linie diesem extravaganten britischen Schwulen und seiner gewaltigen Bildung, Neugier und Intelligenz. Und auch denjenigen, die Vertrauen in ihn setzten und ihn mit nur siebenundzwanzig Jahren zum Leiter von Bletchley Park machten. Lichtjahre von unserem wundervollen Land entfernt, der Heimat von Galileo und Leonardo ...«

»Leonardo!«

Leonardo fuhr herum. Vor ihm stand in einer Küchenschürze mit der Aufschrift »Buon appetito« und eingehüllt in den Duft von frisch Gebratenem Letizia und musterte ihn neugierig.

»Bin gleich so weit, Leti. Ich schalte nur noch schnell ...«

»Also, wenn ich du wäre, würde ich nicht den Firmencomputer nehmen, um Blogeinträge zu schreiben«, sagte Letizia, während sie zur Treppe schlenderte. »Wenn Tenasso dich dabei erwischt, trägt er dir das bis zur nächsten Papstwahl nach.«

»Wie soll er mich denn erwischen, Letizia, komm schon.«

»Ach, stimmt. Heute Morgen ist er dir ja auch so was von gar nicht draufgekommen, als du behauptet hast, dein Zug hätte Verspätung gehabt.«

»Wechseln wir lieber das Thema. Das hat zum Wochenende gerade noch gefehlt. Erst klauen sie mir das Auto, und dann noch dieses bescheuerte Pech mit dem Zug«, antwortete Leonardo, der inzwischen am Fuß der Treppe angekommen war, wo ihn die Quelle des Dufts erwartete: vorgebratenes Gemüse, das nun in der Pfanne frittiert wurde. »Weißt du, was mich wirklich nervt?«

»Dass du nicht gleich alles essen kannst, weil du sonst noch dicker wirst?«

»Sehr witzig«, erwiderte Leonardo und machte der ersten frittierten Zucchiniblüte in weniger als zwei Sekunden den Garaus. »Nein, was mir wirklich gegen den Strich geht, ist, dass ich diesmal recht hatte. Vollkommen recht.«

Hier unterbrach sich Leonardo, um gleich das nächste Stück Frittiertes zu verschlingen, während Letizia in die Küche ging, um den Rest zu holen – im Ofen gegarte Hühnerstückchen, Kartoffelpüree und Salat, alles frisch aus der Packung. Zubereitungszeit glatte zehn Minuten, wie Leonardo mit unverhohlener Freude konstatierte.

»Oh, ein richtiges Festmahl. Wundervoll. Wäre da vielleicht irgendwo noch ein Bierchen?«

»Pass auf, mein literaturbeflissener Schatz, ich hatte heute bis zwei eine Klassenbesprechung und dann bis um sieben Sprechstunde«, sagte Letizia, während sie mit zwei Flaschen Corona in der Hand zurückkam. »Beim nächsten Mal siehst du davon ab, deine zweieinhalb Leser zu beglücken, ziehst dir eine Schürze an und hilfst mir ein bisschen. Dann erledigt sich auch das mit den Blogeinträgen auf dem Firmenlaptop, und Tenasso hat noch einen weiteren Anlass, dich zur Schnecke zu machen.«

Leonardo sah auf, während er sich ein neues Stück in den Mund schob, und musterte seine frisch Angetraute.

In der Natur ziehen sich Gegensätze bekanntlich an und stabilisieren einander in ihrer wechselseitigen Wirkung. Eine positive elektrische Ladung findet keinen Frieden, bis sie sich an ihren negativen Widerpart geheftet hat, und ein Angreifer fühlt sich nie so erfüllt, wie wenn er auf den Torwart zuläuft. Ebenso hatte Leonardo, ein bulimischer Leser und heilloser Wirrschädel, der zu pathologischen Ausmaßen von Zerstreutheit imstande war, dank Letizia sein Gleichgewicht gefunden: einer sanften, entschlusskräftigen jungen Frau mit mediterranem Lächeln und österreich-ungarischer Disziplin, die Italienisch unterrichtete und höchstens mal einen Krimi las. Die beiden waren grundverschieden, und es vereinte sie nur die gegenseitige Überzeugung, dass der andere genau der Richtige sei für den Versuch, den Rest des Lebens unbeschadet zu durchqueren.

»Grmpf«, brummte Leonardo. »Um' wie war die S'preffhumbe?«

»Wenn du mir vielleicht *ein* Stückchen übrig lassen würdest, das wäre nett, danke«, sagte Letizia und schnappte sich eine Zucchiniblüte. »So wie immer. Einige Damen um die fünfzig, im Hauptberuf Anwaltsgattin, die einem erklären kommen, wie fleißig ihr Sohnemann doch lernt. Und dann erklärt man ihnen, dass er, wenn das stimmt, schon ganz schön vernagelt sein muss, den Ergebnissen nach zu urteilen. Aber was soll man bei so einer Mama schon erwarten? Der Apfel fällt nicht weit vom Stamm.«

»Mhm …«, sagte Leonardo mitfühlend und griff sich ein letztes verbotenes Stück Frittiertes.

»Das Problem ist halt, dass die lieben Kleinen keine Disziplin kennen. Die haben vor nichts und niemandem Respekt. Heute hat mir zum Beispiel die Giannetti erzählt, dass der Rektor in die Klasse gekommen ist, als sie kurz zum Kopieren draußen war. Da ging es rund, du kannst es dir ja vorstellen. Kein Witz, zwei von den Schülern tanzten glatt auf ihrer Bank. Der Rektor kommt rein und durchbohrt sie mit seinem Blick. Null Reaktion. Da haut Direktor Manfredonia mit der flachen Hand aufs Pult und brüllt: ›Hey, Leute, wo sind wir hier überhaupt?‹ Und einer von den beiden sagt im Weitertanzen: ›Jungs, der Rektor ist mal wieder hacke. Der weiß noch nich' mal, wo er ist!‹«

Leonardo fing an zu lachen und prustete Panade.

»Aber das Problem liegt anderswo«, fuhr Letizia fort, als auch sie zu lachen aufgehört hatte. »Das Problem ist. dass diese Spinner der Giannetti alles brühwarm erzählt haben, als sie zurückkam. In aller Seelenruhe, richtig stolz waren die. Sie hatten nicht die geringste Befürchtung, dass man ihnen daraus einen Strick drehen könnte. Einfach null Respekt.«

»Jetzt mal im Ernst, ich kann sie verstehen«, sagte Leonardo, während er sich schon wieder den Teller volllud. »Respekt muss man sich verdienen.«

»Schon klar, aber wir sprechen hier vom Direktor, Leo.«

»Ach ja, von Rektor Manfredonia? Du meinst schon den mit dem schwarzen Toupet, der jeder Schülerin, die im Minirock herumläuft, auf den Hintern starrt, als hätten sie ihn gerade aus dem Knast entlassen? Der noch beim Schnarchen den Konjunktiv falsch verwendet? Ich bitte dich, Leti. Respekt ist Respekt vor der Person. Wenn du den jungen Leuten einen vorsetzt, der sich ständig lächerlich macht, dann ist doch klar, dass sie ihn nicht respektieren.«

»Zu unserer Zeit war das anders.«

»Ja, ja, ganz bestimmt. Weißt du noch, wie es bei uns im Klassenzimmer zuging, wenn die Hirtin reinkam?«

Stille. Im Jetzt, versteht sich. Die einzige Art von Stille, die möglich war, wenn die Rede auf Alberta Mareggini alias die Hirtin kam, die unvergessene Zeichenlehrerin, während deren sogenannter Unterrichtsstunden Leonardo, Letizia und ihre Klassenkameraden Karten und Fußball gespielt, Dartturniere organisiert und durchgeführt und eine heimliche Doku mit dem Titel »Fünfte Stunde: Kunst« gedreht hatten, samt etlichen Zwischenspielen beim Hausmeister.

»Und was war, wenn die Birne reinkam, weißt du das noch?«

»Ja, schon. Aber genau das meine ich doch. Die Birne haben wir respektiert. Und warum haben wir sie respektiert?«

»Na, die war halt ein K.-u.-k.-Feldwebel mit Stahlhelm.«

»Nein. In erster Linie konnte sie was. Und dazu kam dann noch, dass sie ein Feldwebel mit Stahlhelm war, und zwar einer, der nicht herumgebrüllt, sondern Sanktionen ausgesprochen hat. Du kommst dreißig Sekunden zu spät? Da bleibst du am besten gleich draußen. Und deine Eltern dürfen dir eine Entschuldigung schreiben. Erinnerst du dich an Paglianti?«

Wiederum Stille. Das musste sein, wenn es um Federico Paglianti ging, der im dritten Jahr Gymnasium eine Fünf in Mathe bekommen hatte und deshalb im September noch mal antreten musste. Den Sommer über hatte er keinen Gedanken an die Nachprüfung verschwendet: »Mit einer einzigen Fünf lassen die dich doch nicht durchrasseln.« Leider hatte sich die Birne im September als Odysseus verkleidet, und Paglianti ging fortan zu den Salesianern, wo er mit ausgezeichneten Noten seinen Abschluss machen sollte, wenn auch ein Jahr später als seine ehemaligen Schulkameraden.

»Wenn die Birne was gesagt hat, dann hat sie sich auch dran gehalten. Vor so jemand hatte man Respekt. Auch weil man bei ihr wirklich was lernen konnte. Aber was soll ich von einem Manfredonia halten, der Italienisch unterrichtet, aber selbst keinen ordentlichen Satz zustande bringt? Wie soll ich Tenasso respektieren, der ein Zehntel von dem draufhat, was ich kann. Spielt sich als Guru für IT-Sicherheit auf und merkt nicht mal, dass ich auf allen Rechnern der Firma den Zugang zu Porno-Websites entsperrt habe?«

Letizias Gabel, auf die sie ein paar Salatblätter gespießt hatte, blieb in der Luft stehen.

»Du hast was?«

»Ich habe auf den Rechnern bei LeaderSoft sämtliche Websites freigegeben. Mit Ninja Cloak. Das geht im Handumdrehen.«

»Bist du bescheuert? Wenn Tenasso das merkt, was glaubst du, was er dann macht?«

»Erstens: Damit Tenasso das merkt, müsste er erst mal merken, dass er überhaupt am Leben ist, und als Ingenieur wird er dafür noch ein Weilchen brauchen. Zweitens: Selbst wenn er Verdacht schöpfen sollte, habe ich das mit einer amerikanischen IP-Adresse gemacht. Überhaupt hole ich mir jedes Mal, wenn ich an den Firmenrechnern was drehe, eine neue Adresse. Ich bin doch kein Anfänger.«

»Jedes Mal? Heißt das, du hast das schon öfter gemacht?«

»Also, ein- oder zweimal. Ich meine ...«

»Hör mal, Leo, das gefällt mir überhaupt nicht. Tenasso hat dich auf dem Kieker, seit du dort angefangen hast.«

»Weil ich keine Krawatte trage. Das muss man sich mal vorstellen ...«

»Weil du keine Krawatte trägst, weil du vielleicht mehr draufhast als er, aber es ihm auch noch unter die Nase reibst, weil du bei den Leuten gut ankommst und er nicht, nenn es, wie du willst. Jetzt ist auch noch das mit dem Zug passiert, also komm. Mach lieber keine Dummheiten. Wenn du mir wirklich zeigen willst, was für ein toller Hecht du bist, dann geh doch auf die Seite von Equitalia und lösch das Bußgeld.«

Leonardo, der aufgestanden war, um den Flaschenöffner zu holen, hielt inne.

»Das Bußgeld?«

»Ja. Das legendäre Bußgeld, das wir uns an dem Abend eingefangen haben, als Ferretti seinen Abschluss gefeiert hat.«

»Damals? Das ist doch drei Jahre her«, sagte Leonardo und machte sich beruhigt wieder auf den Weg in die Küche. »Ich dachte, das ist verjährt.«

Zurück im Wohnzimmer, öffnete Leonardo die beiden Bierflaschen und nahm zufrieden Platz.

»Und überhaupt, dass ›wir‹ uns das eingehandelt hätten, ist relativ«, nahm er den Faden wieder auf. »Das Bußgeld hast du dir eingefangen, als du zwei- oder dreimal durch die verkehrsberuhigte Zone gerauscht bist. Da sollten wir schon bei den Fakten bleiben.«

»Na gut, dann nehmen wir halt die unpersönliche Form. Der Bescheid ist gekommen, und er wird bezahlt. Wie du möchtest.«

Leonardo nahm gedankenverloren einen Schluck.

Objektiv gesehen waren die letzten vierundzwanzig Stunden einem Scheibenschießen mit Guano-Patronen gleichgekommen. Aber Leonardo war im Grunde Optimist und fühlte sich schon wieder ein wenig gelassener. Dazu beigetragen hatte natürlich, dass er zu Hause war, ebenso wie sein geliebtes Blog, die Exfreundin, die seit Kurzem seine Frau war, und der frisch angebrochene Frühling. All das reduzierte eine Lappalie wie den Diebstahl des Wagens aufs rechte Format.

»Das ist schon eine Glückssträhne zurzeit. Erst wird mir das Auto geklaut, und jetzt soll ich auch noch ein Bußgeld zahlen. Na schön«, sagte er schließlich und nahm die Zahlungsaufforderung von Equitalia zur Hand, »schlimmer kann's ja wohl nicht werden.«

»Ja, Onkel? Hallo, ja, ich bin's, Letizia.«

Am anderen Ende der Leitung begrüßte der Anwalt Paolo Chioccioli seine Nichte mit fröhlicher Stimme.

»Hallo, Letizia! Schön, dich zu hören. Wie geht's?«

»Gut, gut. Hör mal ...«

»Und wie geht's Leonardo?«, fragte Paolo. Nicht nur aus Höflichkeit. Der Mann seiner Nichte war ihm von Anfang an sympathisch gewesen. So ging es übrigens den meisten. »Ist er das da im Hintergrund?«

»Na klar, das ist Leo. Wer denn sonst?«

»Ja, jetzt kann ich auch hören, was er sagt, das muss er sein. Was gibt's denn zu fluchen?«

»Tja, da ist ein Brief gekommen … Ein Schreiben von Equitalia …«

»So, so, verstehe. Wie komme ich auch darauf, dass du dich melden könntest, um dich nach meinem werten Befinden zu erkundigen. Du wolltest nicht mit Onkel Paolo reden, sondern mit dem Avvocato Chioccioli, stimmt's?«

»Äh, ja, Onkel. Das stimmt.«

»Na, dann lass hören. Worum geht es?«

»Also … Wir haben da ein Bußgeld für das Auto.«

»Erzähl mal ein bisschen genauer. Wie hoch ist dieses Bußgeld?«

Letizia seufzte.

»Tja, das sind … das sind dreizehntausendachthundertvierundzwanzig Euro.«

»*Was?*«

»Und null Cent. Wenn du's genau wissen willst.«

MONTAGNACHMITTAG

»Können Sie sich ausweisen?«

Mit gespielter Ruhe zog Giacomo seine Brieftasche aus der Jackentasche und zückte den Führerschein. Neben ihm rang Paola sich ein Lächeln ab.

»Danke. Also, Mancini Giacomo, geboren in Pisa am 29. Januar ...«

Corinnas Stimme wurde kurzzeitig zu einem Murmeln, während ihre Finger Giacomos persönliche Daten temperamentvoll in den Computer tippten. Als sie fertig war, hob Corinna den Blick.

Wäre Giacomo in entsprechender Stimmung gewesen, so hätte er wahrscheinlich bemerkt, dass die junge Frau zwei wunderschöne Augen hatte, die ihr durch ihre Mandelform etwas leicht Orientalisches verliehen. Zusammen mit dem olivfarbenen Teint ergab das einen herrlichen Kontrast zu den grünen, am Rand ins Braune changierenden Pupillen. Gefolgt wäre dieser Beobachtung ein kurzer Moment des Bedauerns über den Altersunterschied, den man nur erheblich nennen konnte, und Giacomos unleugbaren Familienstand, der vielleicht nicht ganz so erheblich war, aber doch auch nicht zu vernachlässigen.

Der Umstand, dass er bei seiner Rückkehr aus dem Urlaub das Haus von Einbrechern verwüstet vorgefunden hatte, dämpfte allerdings seine Empfänglichkeit für weibliche Reize. Und einer Fremden erklären zu müssen, was vorgefallen war, und das auch noch in der Küche, machte das Ganze nicht besser.

Denn diese Mistkerle hatten nicht nur Haus und Keller ausgeräumt, sondern auch die Küche geplündert. Selbst den Roboter und die Espressomaschine hatten sie eingesackt. Vor allem aber waren die Drecksäcke, nachdem sie bis auf die Herdplatten alles eingeladen hatten, seelenruhig zum Kühlschrank spaziert und hatten sich mit dem, was sie dort fanden, einen kleinen Imbiss gegönnt. Zeugnis davon gaben die Brotkrümel, die Rinde des Pecorino und die zwei leeren Champagnerflaschen auf dem Tisch.

Und das war das Schlimmste von allem.

»In Ordnung. Dann erzählen Sie mal bitte, was bei Ihrer Ankunft zu Hause passiert ist.«

»Ja. Wir sind heute Abend zurückgekommen …«

»Um wie viel Uhr?«

»Gegen halb neun. Ich habe den Wagen in die Garage gestellt und …«

»Wieso gerade um diese Uhrzeit?«

Giacomo hielt kurz inne. Bevor er den Mund wieder öffnen konnte, sprach glücklicherweise Paola, die mit ineinander verschlungenen Händen dasaß und es vermied, sich umzusehen. Seit sie vor Corinna Platz genommen hatte, hielt sie den Blick auf ihren Laptop geheftet.

»Wir waren auf Reisen.«

»Auf Reisen. Sind Sie häufig verreist?«

»Es war nur fürs Wochenende«, sagte Paola. »Von Freitag bis heute.«

»Waren Sie weit weg?«

»In Villeneuve. In der Provence.«

»War an dem Wochenende sonst jemand im Haus? Kinder, die Putzfrau …«

»Meine Kinder leben beide in Zürich, sie studieren dort. Wir haben einen Hausangestellten, aber er schläft nicht hier.«

»Sagen wir's so, nachts schläft er bei sich«, schaltete sich Giacomo ein.

»Jedenfalls«, sprach Paola weiter und warf Giacomo einen bitterbösen Blick zu, »hatten wir ihm für das Wochenende freigegeben. Ich glaube nicht, dass er ins Haus gekommen ist, und wenn er dieses Chaos gesehen hätte, dann hätte er uns sicher angerufen.«

»Ja, bestimmt.« Giacomo nickte freudlos. »Telefonieren, das kann er noch am besten.«

Während Paola ihrem Mann einen noch böseren Blick zuwarf, klapperten Corinnas Finger einige Sekunden lang im Mamborhythmus über die Tastatur. Dann überflog sie auf dem Bildschirm, was sie eingegeben hatte, und hob schließlich den Kopf.

»Gut, weiter. Sie sind angekommen, haben geparkt, und …«

»Uns ist gleich aufgefallen, dass etwas nicht stimmt.«

»Im ersten Stock war der Fensterladen auf«, erklärte Paola. »Wir hatten vor der Reise alles verschlossen. Das machen wir immer so, auch wenn wir nur für wenige Stunden ausgehen.«

»Und dann?«

Dann hatte Giacomo, während Paolas entsetzter Blick von dem Fensterladen zu ihm wanderte, auf einmal gespürt, wie ihm die Knie weich wurden. Aber das behielt er für sich.

»Dann bin ich in den Geräteschuppen gegangen, habe mir eine Spitzhacke genommen und bin ins Haus ...«

»Dachten Sie, da ist noch jemand? Hatten Sie irgendeinen Hinweis, dass das der Fall sein könnte?«

»Nein, ehrlich gesagt nicht. Das war eine reine Vorsichtsmaßnahme. Hätte ich den geringsten Verdacht in diese Richtung gehabt, hätte ich sofort die Polizei gerufen. Ich bin also zur Tür gegangen ...«

»Die Tür war in Ordnung? Verschlossen, unbeschädigt?«

»Wenn Sie mich ausreden lassen, Signorina, dann war ich vielleicht gerade dabei, Ihre Frage zu beantworten«, sagte Giacomo. Paola verdrehte die Augen. Schon die merkwürdige Zeitenfolge in seinem Satz war ein klares Zeichen dafür, dass die Sache aus dem Ruder lief.

»Bitte sehr.«

»Die Tür war unbeschädigt. Ich habe also aufgesperrt. Drinnen herrschte ein heilloses Durcheinander. Die ...«

»Entschuldigen Sie, ließ sich die Tür gut öffnen? Ich meine, war das Schloss ...«

»Nein, ich musste mir mit der Spitzhacke behelfen. Selbstverständlich ließ sie sich gut öffnen!« Und jetzt platzte Giacomo, wie vorausgesehen, der Kragen. »Wenn Sie mich reden lassen, ohne mir ständig ins Wort zu fallen, dann komme ich vielleicht sogar dazu, Ihnen alle nötigen Informationen zu geben! Macht ihr Polizisten das eigentlich absichtlich, dass ihr die Leute ständig unterbrecht?«

Genau so ist es, dachte Corinna. Dann muss unser Kandidat nämlich richtig überlegen, sofern er überhaupt ehrlich ist, oder es gelingt ihm nicht, die Geschichte zu wiederholen, die er sich zurechtgelegt hat, und er kommt durcheinander. Wie schade, dass ich Ihnen das nicht ins Gesicht sagen kann, mein lieber Signor Mancini.

»Ich meinte, war die Tür einfach zugezogen, oder war das Sicherheitsschloss ...«

»Nein, die Tür war ordentlich geschlossen so wie bei unserer Abreise. Die Einbrecher sind nicht durch die Tür ins Haus gekommen. Sie müssen durch das Fenster im oberen Stockwerk eingestiegen sein. Und sie müssen irgendeinen Weg gefunden haben, die Alarmanlage abzustellen. Das einzig halbwegs Raffinierte, was diese Mistkerle gemacht haben. Als sie dann drin waren, haben sie alles auf den Kopf gestellt. Möbel umgekippt, Polster aufgeschlitzt, Schubladen rausgerissen.«

»Ich verstehe.« Corinna klappte den Laptop zu. »Gut, jetzt müssten wir uns ein wenig im Haus umsehen. Anschließend würde ich Sie dann bitten, mir aufzulisten, welche Gegenstände fehlen. Das Beste wird sein, wenn Sie einen Blick in jedes einzelne Zimmer werfen, da fallen Ihnen die größten Lücken sofort auf. Fühlen Sie sich dazu in der Lage?«

Paola nickte langsam, aber entschlossen. Giacomo nickte ebenfalls, ohne sich zu der Polizistin umzudrehen.

»Da, schauen Sie«, sagte Corinna und zeigte auf einen kleinen weißen Quader unterhalb des Fensters. »So haben sie den Kreislauf unterbrochen.«

Die drei standen inzwischen auf der Terrasse vor der Glastür, durch die die Halunken ins Haus eingedrungen sein mussten. Giacomo wandte den Blick von seiner Ehefrau ab, die am Geländer lehnte, und musterte den fraglichen Gegenstand. Der Quader bestand aus zwei gleichartigen kleinen Klötzen, zusammengehalten von etwas, das wie Klebstoff in Metallicfarbe aussah. Das äußere Teil hatte an der Seite zwei Bohrungen, die vage an die Löcher einer Steckdose erinnerten.

»Das Element hier«, sagte Corinna und deutete auf den Quader, der an die Wand anschloss, »steht unter Strom. Das andere« – sie zeigte auf das aufgeklebte zweite Teil – »müsste normalerweise an die Tür oder das Fenster geschraubt sein, das ist die Steuereinheit. Solange die beiden Teile in Kontakt stehen, wird kein Alarm ausgelöst. Öffnet jemand die Tür, so bricht der Kontakt ab, und der Alarm geht los.«

Nachdem er Paola einen raschen Blick zugeworfen hatte, um zu überprüfen, ob sie ebenfalls hinsah (nein), konzentrierte sich Giacomo wieder auf die Erläuterungen der Polizistin.

»Die Einbrecher haben zwei Löcher in den Türrahmen gebohrt, und zwar auf Höhe der beiden Schrauben, sehen Sie? Dann haben sie die Löcher mit Säure gefüllt und gewartet, bis die Schrauben ein Stück weit durchgefressen waren. Die Säure hat also die Schrauben angegriffen und sie immer dünner gemacht, anders als das Plastik, das nicht mit Säure reagiert. Am Ende konnten sie die Schrauben schlicht und ergreifend mit einer Pinzette herausziehen.«

Corinna zeigte auf die Verbindung zwischen den zwei Bauteilen.

»Davor haben sie allerdings einen ziemlich starken Klebstoff in den Kontaktbereich zwischen den beiden Bauelementen gespritzt, wahrscheinlich mit einer Einwegspritze. Sie mussten ja vermeiden, dass sie sich voneinander lösten. Anschließend konnten sie in aller Ruhe die Schrauben abnehmen und den Fensterladen aufmachen: Die Steuereinheit hing zwar nicht mehr daran, aber sie war noch mit ihrem Zwillingsstück verbunden, und deshalb wurde kein Alarm ausgelöst. Sehen Sie?«

Corinna deutete mit dem Zeigefinger auf den Fensterladen, dessen Rahmen die zwei erwähnten Löcher aufwies. Giacomo war es, als hörte er in der Stimme der jungen Frau eine Spur von Bewunderung für diese ausgeklügelte Methode, was seine Gereiztheit noch verstärkte.

»Als das alles erledigt war, haben sie mit einem Messer die Verriegelung aufgeschoben und den Fensterladen geöffnet. Und der Alarm hatte keinen Grund, loszugehen.«

»Weil die zwei Elemente weiterhin in Kontakt standen, schon verstanden. Dann waren das also Profis.«

Corinna schüttelte den Kopf.

»Nein, das glaube ich nicht. Wenigstens nicht so ganz. Wer die Alarmanlage außer Betrieb gesetzt hat, verfügt über eine gewisse Sachkenntnis, aber ...«

»Ja?«

Corinna senkte den Blick, bevor sie antwortete.

»Gehen wir noch mal nach oben in die Mansarde, ja?«

»Also, aus dem Wohnzimmer haben die Einbrecher Folgendes mitgenommen.« Corinna sah auf das Blatt. »Vier Ölgemälde, einen Sony-Fernseher mit 37-Zoll-Bildschirm, zwei wertvolle alte Bücher. Aus der Küche einen Mixer der Marke Bimby, eine Mikrowelle, eine Espressomaschine, mehrere Flaschen Wein. Aus dem Arbeitszimmer eine

Bang-&-Olufsen-Stereoanlage, einen Laptop, zwei Desktop-Computer, zwei Serigrafien.«

»Genau. Worauf wollen Sie hinaus?«

Corinna zeigte mit einem picobello lackierten Fingernagel auf eine der Wände, über die sich ein Megaflachbildschirm erstreckte, der einem weißrussischen Mafiaboss gut angestanden hätte.

»Das hier ist das neueste LG-Heimkinomodell. Vierundachtzig Zoll. Wert: circa sechzehntausend Euro. Besonders konscquent waren die Burschen nicht, oder? Sie nehmen einen Fernseher mit, eine Küchenmaschine und eine Stereoanlage, aber den Bildschirm lassen sie da. Mir fallen dafür nur zwei mögliche Gründe ein.«

»Und zwar?«

»Entweder sie sind nicht bis hoch in die Mansarde gekommen, was heißen würde, dass sie nicht das ganze Haus abgesucht haben. Oder sie hatten kein ausreichend großes Fahrzeug, um dieses Ding abzutransportieren. Beides fände ich nicht sonderlich professionell.«

»Verstehe«, sagte Giacomo. »Mal wieder so eine Bande rumänische Stümper, die Klebstoff schnüffeln, um dann irgendwo einzubrechen und das Haus auseinanderzunehmen.«

»Wie kommst du darauf, dass das Rumänen sind?«, fragte Paola.

»In einem von zwei Fällen sind es welche. Das ist statistisch erwiesen. Sie kennen sich doch aus, *agente*: Habe ich recht oder nicht?«

Nun war Corinna zwar um einiges größer als Giacomo, aber bestimmt nicht um so viel, dass sich die beiden in unterschiedlichen Klimazonen bewegt hätten. Doch obwohl in Giacomos Regionen eine Temperatur von etwa zwanzig Grad herrschte, lag Corinnas Stimme ein ganzes Stück weit unter Null.

»Stimmt schon, in Italien wimmelt es nur so von rumänischen Kriminellen. Die wandern haufenweise ein. Wahrscheinlich, weil sie hier so richtig Karriere machen können. Überlegen Sie mal, wenn hier einer nach Strich und Faden abräumt, dann bringt er es bis zum Ministerpräsidenten. In Rumänien wirft man Diebe einfach ins Gefängnis. Wie sehen Sie das?«

»Paola ...«

Im Schlafzimmer war Paola dabei, sämtliche Wäsche, die die Einbrecher aus den Schubladen gezogen hatten, in einen Wäschesack zu stopfen. Giacomo stand an der Tür; er hatte sich eine Zigarette angesteckt, um zu einer cooleren Haltung zurückzufinden, und versuchte nun, die Aufmerksamkeit seiner Frau auf sich zu ziehen.

»Jetzt hör doch mal zu, Paola, wie hätte ich das denn wissen sollen?«

»Sie hatte ein Namensschild. Hier, auf der Brust.«

»Ich starre ihr doch nicht auf das Namensschild.«

»Nein, natürlich nicht. Du warst ja voll und ganz damit beschäftigt, ihr auf die Titten zu starren. Da hätte es dich sicher abgelenkt, etwas zur Kenntnis zu nehmen, das einen Zentimeter daneben steht.«

»Und was stand da so Wichtiges? Polizistin mit kurzer Lunte?«

»Stelea. Der Name ›Stelea‹. Und dass das ein rumänischer Nachname ist, versteht ja wohl der letzte Depp.«

Giacomo verharrte einen Augenblick lang stumm.

Paola hatte recht. Noch während seine Frau sprach, war ihm kraft der höchst wirkungsvollen, wenn auch absolut sprunghaften Funktionsweise unseres Gedächtnisses etwas eingefallen – Stelea (Bogdan Stelea, um genau zu sein), so hieß der rumänische Ersatztorwart bei der Fußball-WM 1994 in den USA. Er war klug genug, das unkommentiert zu lassen. Da er sich jedoch außerstande sah, noch weiter stumm zu bleiben, sagte er das Erste, was ihm in den Sinn kam:

»Bist du deshalb sauer?«

Paola, dem Anschein nach weiterhin damit beschäftigt, den Wäschesack zu malträtieren, antwortete nicht.

»Also, tut mir leid. Aber Herrgott noch mal, es ist doch wohl verständlich, dass man als Opfer eines Einbruchs ein bisschen genervt ist.«

»Das ist auch so ein Problem. Wenn dir etwas passiert, reagierst du dich grundsätzlich am Nächstbesten ab, der dir über den Weg läuft. Auch wenn er damit überhaupt nichts zu tun hat. Aber nein, ich bin nicht deshalb sauer.«

»Sondern?«

Paola gab ihrem Wäschesack den Rest, indem sie ihm eine letzte Socke in den Mund stopfte und ihn dann mit dem Zugband strangulierte. Während sie die Treppe hinunterging, die Leiche fest im Griff, erwiderte sie:

»Du weißt genau, warum ich sauer bin. Aus demselben Grund wie du.«

»Und der wäre?«

Paola blieb stehen und starrte einen Moment lang auf den Boden. Dann hob sie den Blick, sah Giacomo an und erklärte:

»Was habe ich dich gefragt, bevor wir gefahren sind? Ich

habe dich gefragt, ob du eine Sicherungskopie von dem Roman hast. Und was hast du geantwortet? ›Ja, ja, natürlich habe ich eine Sicherungskopie, ist doch klar. Ich habe sie auf dem Desktop-Computer.‹ Aber mir kann man's ja nie recht machen, also habe ich dich gefragt, ob du den Roman vielleicht auch per Mail verschickt oder in der Dropbox gespeichert hast. Und was hast du dazu gesagt?«

Giacomo wurde bewusst, dass es nun an ihm war, auf den Boden zu starren. Die Frage war natürlich rhetorisch gemeint.

Er brauchte seine Frau gewiss nicht daran zu erinnern, dass er ihr wortwörtlich geantwortet hatte: »Mensch, Paola, du gehst mir manchmal wirklich auf die Nerven! Glaubst du, dass sie uns das Haus ausräumen?«

DIENSTAGMORGEN

Dr. Corradini saß zurückgelehnt in seinem hyperedlen Sessel, bezogen mit dem Fell eines Tieres, das ein besseres Ende verdient gehabt hätte, und schwieg. Sein Blick ruhte allem Anschein nach auf dem Foto, das ihn beim Shakehands mit dem Staatspräsidenten zeigte und angemessen gerahmt an der Wand neben ihm hing. Dieselbe Wand zierten noch etwa zwanzig weitere Schnappschüsse von Dr. Corradini in wechselndem Alter, aber stets kahlköpfig und in Gesellschaft von Generälen, Politikern, Schauspielern und sogar ein paar Päpsten; dazwischen prangten die unvermeidlichen Zeugnisse und Auszeichnungen, auf die Einer Der Wirklich Etwas Zählt In Dieser Welt unter keinerlei Umständen verzichten kann.

Nach ein paar Sekunden schüttelte Dr. Corradini leicht den Kopf.

»Kommt überhaupt nicht infrage.«

Corinna – die einzige andere Person im Raum, jedenfalls in Fleisch und Blut – hätte ihre Reaktion gerne überspielt, aber sie erstarrte.

Nicht, dass sie zuvor besonders entspannt gewesen wäre. In Anwesenheit Dr. Corradinis konnte Corinna ihre Deckung nie ganz fallen lassen. Die äußere Erscheinung des Polizeipräsidenten und sein tatsächliches Verhalten wirkten aufs Vortrefflichste zusammen, und dieser Synergie-effekt machte ihn zu einem der schleimigsten Wesen, die Mutter Natur jemals ins Rennen geschickt hatte: ein baumgroßer Mann von krankhafter Fettleibigkeit, den kahlen Schädel von Muttermalen und ins Graue spielenden Flecken gesprenkelt. Seine Hände zogen durch fortlaufendes Betatschen der Ellenbogen die Aufmerksamkeit des Gegenübers auf sich, wer auch immer das sein mochte, und sein Blick fixierte gelegentlich mal ein Auge, dafür aber so gut wie jeden Hintern. Zum Glück für die Wissenschaft war eine persönliche Begegnung zwischen Charles Darwin und Dr. Corradini ausgeblieben, denn Ersterer wäre sonst zweifellos zu dem Schluss gekommen, dass der Mensch im Begriff sei, sich zum Reptil zurückzuentwickeln, und hätte seine Mutmaßungen zur Evolution der Spezies allesamt in die Tonne getreten.

»Dürfte ich fragen, weshalb, Dottore?«

Dr. Corradini drehte nicht einmal den Sessel in Corinnas Richtung.

»Ich bin nicht gehalten, meine Amtsführung vor Untergebenen zu rechtfertigen, *agente* Stelea.«

Noch immer etwas steif, senkte Corinna den Blick auf ihre Hände. Diese zitterten inzwischen leicht.

»Aber wenn Ihnen so sehr daran liegt«, fuhr Dr. Corradini großmütig fort, wenngleich noch immer dem Präsidenten zugewandt, »so ist das Opfer des Einbruchs, Signor Mancini, eine nicht ganz unbedeutende Persönlichkeit.«

»Ich weiß. Ich habe etliche seiner Bücher gelesen.«

Und du kein einziges, darauf würde ich einen Wirbel verwetten.

»Sehen Sie«, sagte Corradini, während er den Sessel

langsam auf Corinna zudrehte, aber nicht so weit, dass er ihr ins Gesicht geblickt hätte, »in Fällen wie diesem ist es meine Pflicht, dafür zu sorgen, dass die Ermittlungen zügig und effizient durchgeführt werden.«

Doch auch bei allen anderen, oder?

»Aus diesem Grunde«, sprach Dr. Corradini weiter, dem Anschein nach an Ministerpräsident D'Alema gewandt, »benötige ich für den vorliegenden Fall Mitarbeiter, auf deren Erfahrung ich mich hundertprozentig verlassen kann. Mitarbeiter, die in der Lage sind, ihre Arbeit schnell und effizient durchzuführen.«

»Das sehe ich auch so«, sagte Corinna, nachdem sie tief Luft geholt hatte. »Und ich glaube, dass es eben deshalb angebracht wäre, diejenige in die Ermittlungen einzubeziehen, die als Erste am Tatort war.«

Also mich. Zugegeben, nicht aufgrund einer Wahl: Die übrigen Kollegen waren zu Hause oder im Krankenhaus, Opfer einer Magen-Darm-Grippe, die neunzig Prozent des diensthabenden Personals in die Knie gezwungen hatte (sowie zu ausgiebigen Sitzungen). Vermutlich war die Infektion durch einen Käsekuchen verursacht worden, den der stellvertretende Polizeipräsident Anniballe aufs Revier gebracht hatte, um sein zehnjähriges Dienstjubiläum zu feiern. Der Kuchen hatte einen geschlagenen Tag bei Raumtemperatur herumgestanden, während man auf das Eintreffen des Herrn Polizeipräsidenten wartete, und in der Zwischenzeit fröhlich zu gären begonnen. Als der Polizeipräsident endlich eintraf, hatte er den Kuchen nicht angerührt, da er an einer Laktoseunverträglichkeit litt, genau wie Corinna: Und, Überraschung, wer sind die einzigen Kollegen, die am nächsten Tag zum Dienst antreten können?

»Was die Arbeitsweise angeht, kann ich Ihnen versichern, dass ich mit der höchsten Sorgfalt vorgehen werde, in strikter Befolgung der Anweisungen meiner Vorgesetzten und« – ein Lächeln, so falsch wie Judas, an die Adresse Dr. Corradinis – »unter Anleitung derer, die über mehr Erfahrung verfügen als ich.«

»Gut so«, sagte Dr. Corradini und erhob sich aus seinem Sessel, um der Unterredung ein Ende zu setzen. »Vertrauen Sie demjenigen, der über mehr Erfahrung verfügt als Sie. Sie sind jung, Sie haben die gesamte Zukunft vor sich und werden noch Gelegenheit haben, Ihre Fähigkeiten unter Beweis zu stellen. Für diesmal überlassen Sie die Sache denen, die schon länger dabei sind. Aber passen Sie ruhig auf. Sehen Sie zu, was Ihre Kollegen machen, wie sie vorgehen, und lernen Sie von ihnen.« Während er Corinna zur Tür geleitete, versuchte er sich in Mitarbeitermotivation. »Jetzt machen wir uns mal alle beide ans Werk, denn solange keine Verstärkung eintrifft ... Was steht heute an?«

»Telefondienst.«

»Lassen Sie sich doch nicht hängen, *agente* Stelea. Glauben Sie, ich bin zu meinem Vergnügen hier?« Dr. Corradini sah auf seine Reverso-Uhr, die mindestens zwei oder drei Monatsgehälter wert sein musste. Monatsgehälter von Corinna, versteht sich. »Sie übernehmen das Telefon, Stelea, mich erwartet der Herr Bürgermeister. Und der wird sich eine Stunde lang darüber beschweren, dass unsere Präsenz auf der Piazza delle Vettovaglie zu wünschen übrig lässt. Und wenn ich ihm dann erkläre, dass man dort Videokameras installieren lassen müsste, dann sagt er mir, dass das nicht geht, aus Datenschutzgründen. Also jedem das Seine.«

»Jedem das Seine, wie es so schön heißt. Also hübsch der Reihe nach.«

Der Bucklige deutete mit seinem Stift auf die Stereoanlage, die schon brav darauf wartete, an die Reihe zu kommen, in dem beruhigenden Bewusstsein, einer der wertvollsten Gegenstände zu sein.

»Die Stereoanlage nimmt Donciu, ein Freund von Gutta. Und er gibt uns dafür ...«

»Eins fünf.«

»Eintausendfünfhundert.« Der Bucklige nahm den Schreibblock, packte den Stift wie einen Kochlöffel und schrieb neben »Bang und Olzen« eine dicke »1500«, langsam, in fein säuberlicher Handschrift. »Die Küchengeräte genauso. Für das Zeug gibt er uns insgesamt ...«

»Achthundert. Küchenmaschine, Mikrowelle, elektrische Kaffeemaschine, achthundert.«

Weitere drei Ziffern, groß und entschlossen, erschienen unterhalb der ersten. Dann wurde der Kochlöffel wieder zum Zeigestab, und der Bucklige wandte sich den Weinkisten zu.

»Weiter. Für die Flaschen brauchen wir jemand, der auch mal ohne Lieferschein auskommt. So einen oberschlauen Restaurantbesitzer, der dir beim dritten Besuch zuzwinkert und sagt: ›Dienstags haben wir manchmal Nudeln mit Seedatteln.‹ So einen Typ. Kennst du da jemanden?«

»Keine Ahnung«, sagte Costantino, nachdem er ein paar Sekunden lang so getan hatte, als ob er nachdenken würde. »Freunde von mir waren früher oft bei Ivano, unter den Arkaden. Wenn ich dich richtig verstanden habe, könnte der interessiert sein. Übrigens auch ein großer Zocker. Das soll so ein superjovialer Typ sein, wenn er dich entsprechend einschätzt, schreibt er die Rechnung auf die Tischdecke und zieht zehn Euro ab. Und wer verlangt schon eine Quittung, wenn ihn der Wirt wie einen Kumpel behandelt?«

Tatsächlich war Costantino mit Ivano bestens bekannt. Er hatte in seinem Lokal schon gut dreißigmal zu Abend gegessen und schloss aus verschiedenen Beobachtungen (darunter der Umstand, dass ihm dort noch nie eine Rechnung untergekommen war), dass Ivano nicht allzu viele Fragen stellen würde, wenn ihm jemand sechsundzwanzig Flaschen La Tâche, Château Chalon und andere französische Raritäten anbot, dazu auch noch steuerfrei. Problematisch war hier, dass Costantino seine, um es einmal so zu nennen, Zusammenarbeit mit dem Buckligen in so engen Grenzen zu halten hoffte wie möglich, sowohl was die Dauer betraf als auch die Anzahl von Eingeweihten, und er brannte nicht gerade darauf, dem Buckligen Ivano vorzustellen. Abgesehen davon, dass er es in dem Fall nie wieder über sich gebracht hätte, dort zu Abend zu essen, schien es unklug, seine Geschäfte mit dem Buckligen dem einzigen Mann in Pisa und Umgebung offenzulegen, der noch redseliger war als dieser und zu allem Überfluss auch noch Wirt.

Der Bucklige sah Costantino an.

»Hm. Ivano unter den Arkaden. Das gefällt mir. Probieren wir's bei ihm?«

»Von mir aus«, sagte Costantino. »Aber wie gehst du das an?«

»Na, da braucht's doch nicht viel. Ich gehe halt mal abends zum Essen, quatsche ein bisschen mit ihm, und dann erzähle ich ihm, dass ich geerbt habe und gar nicht weiß, was ich mit all diesen Flaschen machen soll, davon verstehe ich nämlich überhaupt nichts, aber ich habe mir sagen lassen, dass sie ganz schön was wert sein könnten. Folglich habe ich ein bisschen im Internet recherchiert, und wirklich, es stimmt. Dann schreibe ich ihm ein paar von den Namen auf ein Blatt, die wertvollsten, dass ihm der Mund wässerig wird. Wenn ich sehe, dass er interessiert ist, gehe ich am nächsten Tag noch mal hin und lasse ihm die ganze Liste da, Preis inklusive. Wir schauen einfach im Internet nach, was das Zeug kostet, und überlegen uns eine Gesamtsumme. Er sagt dann natürlich, dass das nicht drin ist, so viel Geld hat er nicht, und er kann die Flaschen nur für den Eigengebrauch kaufen, einen Wein aus so einer Quelle kann er im Restaurant nicht anbieten. Und er bietet mir dafür die Hälfte. Dann sage ich: Vielen Dank und ob er vielleicht andere Leute kennt, die interessiert sein könnten. Dann sagt er, dass das zurzeit ganz schwierig ist, für Wein geben die Leute nicht mehr so viel aus.«

Der Bucklige steckte sich eine Zigarette an.

»Zwei Tage später gehe ich noch mal abendessen und sage ihm, von mir aus treffen wir uns auf halbem Weg zwischen dem, was er, und dem, was ich gesagt habe. Und das war's dann.«

»Bist du sicher?«

Der Bucklige stieß den Rauch aus und nickte langsam.

»Pass auf, Costantino, du musst eine Sache lernen: Die Leute ärgern sich mehr darüber, zehn Euro zu verlieren, als sie sich freuen, fünfzig einzusacken. Wenn einer blechen muss, dann geht ihm das auf den Sack. Um etwas verkaufen zu können, musst du dem Interessenten das Gefühl geben, dass die Sache ihm schon gehört. Also moralisch. Dass das so sein soll. Dann hast du ihn in der Tasche.«

»Dass die Sache ihm schon gehört? Moralisch? Ich kann dir nicht folgen.«

Der Bucklige stand auf und schob sich das Hemd zurück in die Hose.

»Weißt du, Costantino, das hängt einfach davon, mit wem du's zu tun hast. Sehe ich aus wie ein Schnösel, der was von Wein versteht?«

»Nein, gar nicht.«

»Na, siehst du. Wenn so einer wie ich zu diesem Ivano geht und ihm die Liste zeigt, wenn er ihm sagt, ich verstehe nichts von dem Zeug, ich will den Wein einfach verkaufen, dann denkt dieser Vogel, der für einen guten Wein fast alles tun würde, als Erstes: dass es nicht fair ist, wenn ein aufgemotzter Bauerntölpel solche Tropfen in seinen Sauklauen hat. Aus seiner Sicht hat er das moralische Recht auf diese Flaschen. Er kann es kaum ertragen, dass sie in meinem Besitz sind. Er sieht mich schon vor sich, wie ich auf meinem Sofa lümmle, das wahrscheinlich total durchhängt, und das Zeug runterkippe, und dazu fresse ich Spanferkel vom Straßenhändler und schaue mir vielleicht die Aufzeichnung des Spiels zwischen Lumezzane und Cittadella an. Da gibt es nur noch eines: sich auf einen Preis einigen. Vertraut mir. Ich muss das allein durchziehen, okay?«

Die Frage war eindeutig rhetorisch gemeint, was sich auch in Guttas Blick ausdrückte. Aber es war okay, und ob es okay war.

»Jetzt kommen wir zum schwierigen Teil. Die Bilder, der Schmuck und der sonstige Kunstkram. Das mit dem Schmuck macht mir weniger Kopfzerbrechen, im schlimmsten Fall verkauft man den nach Gewicht, wie bei Altgold, da fragt dich keiner, wo du's herhast. Bei den Bildern weiß ich nicht, da müssen wir ein bisschen rumfragen. Stellen wir das noch mal zurück, kümmern wir uns erst mal um die technischen Geräte. Wie sieht's mit den Computern aus?«

»Ich fürchte, nicht besonders«, sagte Costantino.

»Was heißt ›nicht besonders‹?«, fragte der Bucklige und ließ die Augäpfel kreisen. »Waren die nicht neu?«

»Fast schon zu neu«, erwiderte Costantino. »Das sind alles Macs der jüngsten Generation, also passwortgeschützt. Bevor man die verkaufen kann, muss man sie komplett neu aufsetzen, sonst sind sie zu nichts zu gebrauchen.«

»Kannst das nicht du machen?«

»Nein, glaube ich kaum. Das ist nicht so richtig mein Gebiet.«

»Na super«, sagte der Bucklige und warf einen Blick auf den eleganten Ultraflachbildschirm des Mac, der vor ihm auf dem Tisch lag. »Ich klaue einen Computer, und dann ist er nur als Serviertablett zu gebrauchen. Na gut, irgendwas wird uns schon einfallen. Sind sie wenigstens was wert?«

»Ja, schon. Der hier kostet neu um die zweitausend Euro«, sagte Costantino und zeigte auf den iMac mit dem 27-Zoll-Bildschirm. »Der andere da um die Eins fünf.«

»Und der Laptop?«

»Ja. Ein MacBook Pro. 13-Zoll-Bildschirm, das Modell von vor sechs Monaten ...«

»Mensch, Costantino. Ist ja recht, dass du auswendig

weißt, was ein iMac kostet und ein iPhone, ein MacBook und der ganze andere Scheiß, der nur dazu gut ist, sich Gratispornos anzugucken. Aber ich sehe hier nirgends einen Laptop.«

»Was? Den habe ich doch selbst rausgetragen. Ich habe ihn unter den Autositz gesteckt.«

»Ach so. Ich wusste, dass wir ihn mitgenommen haben. Aber ich sehe ihn trotzdem nirgends.«

Costantino sah sich nach dem tragbaren Rechner um.

Nichts von dem, was sich in seinem Gesichtsfeld befand, ließ sich als »tragbar« definieren. Im Gegenteil, was sich noch im Raum befand, war von beträchtlichen Ausmaßen. So wie auch Gutta, der ihn mit kaum verhohlener Feindseligkeit musterte.

»Ach, du lieber Himmel«, sagte Costantino. »Ich glaube ...«

»Du glaubst was?«

»Äh, weißt du noch, wie uns das Auto stehen geblieben ist, und dann mussten wir umsteigen?«

In der Tat hatte der Einbruch ein unerwartetes Nachspiel gehabt: Dem Peugeot 206 war das Benzin ausgegangen, obwohl die Anzeige auf halb voll stand. Also hatte der Bucklige seinen eigenen Wagen holen müssen, während Costantino und (vor allem) Gutta das Diebesgut bewachten.

»Wir hatten's ja ziemlich eilig«, fuhr Costantino fort, »da ist der Laptop wohl in dem anderen Auto geblieben.«

Der Bucklige richtete den Blick auf seinen unfreiwilligen Mitarbeiter.

»Na gut, Costantino. Was man nicht im Kopf hat, muss

man in den Beinen haben. Weißt du noch, wo wir das Auto abgestellt haben?«

»Klar. Ja, sicher. Auf dem Parkplatz beim früheren Co…«

Der Bucklige brachte seinen Augapfel bis auf zwanzig Zentimeter an Costantinos Gesicht heran.

»Du sollst hier nicht brav Fragen beantworten. Du sollst dich beeilen, nur darum geht's. Beweg endlich deinen Arsch, und hol diesen verdammten Laptop.«

Jedem das Seine?

Mamma mia, wie gerne hätte sie Dr. Corradini darauf eine passende Antwort gegeben.

Stattdessen hatte sie jetzt die Aufgabe, allen anderen zu antworten.

Polizia di Stato, guten Tag. Wie bitte? Bei Ihrem Nachbarn läuft zu laut Musik? Und Sie können nicht schlafen? Entschuldigen Sie, aber es ist Mittag. Ach so, Sie arbeiten Schicht. Ich schaue mal, wann ich eine Streife vorbeischicken kann. Wie lautet die Adresse? Polizia di Stato, guten Tag. Wie bitte? Ihre Nachbarin hat Sie beleidigt? Das heißt, Sie wurden mit Schimpfworten belegt? Nein. Dann also mit Taten? Mit obszönen Gesten? Dem Stinkefinger, wenn Sie den Ausdruck gestatten … Aha. Nein, Signora. Das ist ihr Recht. Das Ihrer Nachbarin, meine ich. Nein, Signora, Sie sind diejenige, die kein Recht hat, eine fremde Wohnung zu betreten, ohne dass die Eigentümerin dem zustimmt. Nein, Signora, nicht einmal, um den Rosenkranz für sie zu beten. Sie meinen es sicherlich gut, Signora, und Ihre Absichten sind löblich, aber wenn die anderen böswillig sind und Sie nicht ins Haus lassen, dann bleibt Ihnen nur, anderswo für sie zu beten. Polizia di Stato, guten Tag.

Was? Na, schön für sie. Ach so, ich verstehe. Gegen Geld. Können Sie das nachweisen? Verstehe. Ja, ich verstehe, Signore, aber der Lebenswandel Ihrer Nachbarin geht uns nichts an und Sie übrigens auch nicht. Ja, bitte, versuchen Sie es ruhig bei den Carabinieri. Polizia di Stato, guten Tag. Ja? Sie möchten wissen, ob wir Ihr Auto gefunden haben? Chiezzi, ein silbergrauer Peugeot 206?

Corinna riss ein rosa Post-it von einer Ecke des Computers, das jemand hastig vor wenigen Minuten dort angeklebt hatte. Na endlich. Da konnte sie mal jemandem eine gute Nachricht übermitteln.

»Ja, Signora Chiezzi. Ihr Wagen wurde anscheinend tatsächlich gefunden. Können Sie auf dem Revier vorbeikommen?«

»Habe ich das richtig gehört? Ihr Auto ist wiedergefunden worden?«

Dipl.-Ing. Tenasso war wenige Sekunden zuvor neben Leonardo aufgetaucht, zweifellos um ihn daran zu erinnern, dass es gegen die internen Vorschriften verstoße, am Arbeitsplatz private Anrufe zu machen oder entgegenzunehmen. Da er nun jedoch den Gegenstand des Gesprächs mitbekommen hatte, schien er geneigt, Gnade vor Recht ergehen zu lassen.

»Tja, ja. Anscheinend ist das wirklich so. Der Wagen wurde auf dem Parkplatz eines ehemaligen Supermarkts zurückgelassen. Meine Frau ist schon unterwegs, um ihn abzuholen.«

»Ausgezeichnet. Dann können Sie ja ab morgen wieder mit dem Auto zur Arbeit kommen.« Tenasso gestattete sich ein Kichern, soweit ihm das bei seinem Krawattenknoten möglich war. »Wenn Sie beim nächsten Mal spät dran sind, müssen Sie's wohl auf einen Tankstellenstreik schieben.«

»Nun ja, ein wenig dürfte das noch dauern«, seufzte Leonardo, während er sich fragte, warum Tenasso solche Bemerkungen nicht einfach mal sein ließ. »Ich kann den Wagen im Moment nicht benutzen. Das Finanzamt hat mir ein Fahrverbot verpasst.«

»Ach. Wegen eines offenen Bußgeldbescheids?«

»Ganz genau. Der übrigens ein Witz ist. Aber ich will lieber gar nicht daran denken. Und das ist noch nicht alles. Stellen Sie sich vor ...«

»Ich stelle mir vor, dass wir eine Menge zu erledigen haben. Wir plaudern hier vor uns hin, und die Welt dreht sich weiter. Wenn Sie also die Güte hätten, mit Ihren Privatangelegenheiten zum Ende zu kommen und mir die Dateien zu schicken, um die ich Sie gebeten habe, dann wüsste ich das zu schätzen. Danke im Voraus.«

MITTWOCHMORGEN

Ein Pendel ist ein Gegenstand, dessen Verhalten sich mühelos vorhersehen lässt. Wird ein Gewicht, das an einem Faden hängt (oder an einem Stab, dessen oberes Ende mit einem Bolzen fixiert ist), aus dem Gleichgewicht gebracht, so bleibt ihm nur eine Wahl: von einer Seite zur anderen zu schwingen. Dabei wird seine Bewegungsamplitude nach und nach kleiner. Jeden Gegenstand, auf den diese Beschreibung passt, trifft früher oder später das unweigerliche Los eines nachlassenden Pendelns. Diese Regel gilt leider auch, wenn der Gegenstand biologischer Natur und fest mit einer Hüfte verbunden ist, was überaus traurige Folgen nach sich zieht.

Ein einfaches Pendel, sagten wir, legt ein einfaches, lineares Verhalten an den Tag. Hängt man jedoch an dieses erste Pendel ein zweites an – verbindet man einen Pendelarm mit einem zweiten –, hebt das Ganze hoch und lässt los, dann können wir das mit der Einfachheit getrost vergessen. Ein Doppelpendel ist trotz seiner scheinbaren Schlichtheit das, was die Physik ein »chaotisches System« nennt: Das heißt, wenn die Anfangsbedingungen nur geringfügig verändert werden, zeigt es ein Verhalten, das sich aufgrund der Ausgangslage nicht voraussagen lässt. Man braucht nur einen der beiden Bolzen einen Tick weiter anzuheben oder zu senken, und schon hat die weitere Bahn unseres Pen-

dels mit seinem bisherigen Weg so gut wie nichts mehr
zu tun.

Aus physikalischer Sicht ist ein Golfspieler ein Doppelpendel: Stab Nr. 1 (die Arme bis zu den Ellenbogen) und,
verbunden über ein Scharnier, Stab Nr. 2 (die Arme von
den Ellenbogen bis zu den Handgelenken, den Händen
und dem Schläger). Ein System also, das schon bei sehr
geringen Abweichungen von den Ausgangsbedingungen
ein völlig chaotisches Verhalten an den Tag legt.

Dieser kleine Exkurs in die klassische Physik dient nicht
nur dazu, den Bildungsstand des Verfassers vorzuführen,
er hilft uns auch zu verstehen, weshalb Giacomo Mancini,
der in diesem Augenblick aufs Klubhaus zuging, eine
Stinkwut im Bauch hatte.

»Wollen wir einen Schluck trinken?«

»Ist wohl das Beste, ja.«

Virgilio klopfte seinem Golfschüler freundschaftlich auf
den Rücken.

»Na komm, Giacomo, lass den Kopf nicht hängen.
Manchmal hat man einfach einen schlechten Tag. Aus Fehlern wird man klug.«

»Na, dann habe ich heute aber eine Menge gelernt.«

Virgilio wiegte den Kopf.

Tatsächlich hatte Giacomo im Laufe der Unterrichts-
stunde die ganze Bandbreite möglicher Fehler abgedeckt,
hatte den Ball verschlagen, Rasenstücke von der Größe
eines ausgewachsenen Bären entwurzelt und einen ver-
meintlichen Vernichtungskrieg gegen die Vogelarten geführt, die in den Bäumen entlang des Fairways nisteten.
Wollte man seiner Leistung um jeden Preis etwas Positives

abgewinnen, so blieb nur zu erwähnen, dass er den Golfball kein einziges Mal hinter sich befördert hatte.

»Dein Problem ist, dass du den Kopf noch nicht ruhig halten kannst«, sagte Virgilio, während er nach den Erdnüssen griff.

Giacomo schüttelte den Kopf. Eben.

»Mein Problem ist, dass ich genervt bin.«

»Ja, das habe ich mir gedacht.«

Giacomo sah Virgilio an. Was Giacomo an seinem Golflehrer am meisten schätzte, war, dass er keine überflüssigen Fragen stellte.

»Ich bin genervt, weil ich nicht weiß, wie ich die Sache mit dem Buch regeln soll.«

»Hast du denn wirklich nichts? Überhaupt nichts?«

»Nein. Ich habe keine einzige Seite ausgedruckt, ich habe mir die Datei nicht selbst gemailt, ich habe sie auch nicht in die Dropbox hochgeladen. Ich habe sie nur auf dem Desktop-Computer und auf einem USB-Stick gespeichert. Und da mich die Götter nun mal auf dem Kieker haben, steckte der Stick zum Zeitpunkt des Einbruchs in dem gerade erwähnten Desktop-Rechner.«

»Sollen wir den Unterricht verschieben?«

»Ich bitte dich. Ich habe mich zwei Tage daheim eingeschlossen. Zwei Tage, in denen Paola nicht eine Sekunde aufgehört hat zu putzen. Zwei Tage am Stück hat sie nur geschrubbt, eingesprüht, gefegt und Krümel aufgesammelt. Gestern Morgen hat sie im Badezimmer ein Haar gefunden und daraufhin eine geschlagene Stunde lang den Boden gewischt. Wenn sie gekonnt hätte, dann hätte sie wahrscheinlich auch noch die Kloschüssel poliert, allerdings mit Dynamit.«

Giacomo ließ sich in den Sessel zurücksinken und schnaubte.

»Und in derselben Zeit hat Seelan wahrscheinlich zwei Regalbretter abgestaubt. Zum Ausgleich dafür steht er ständig im Weg herum. Er kommt vorbeigehumpelt, sieht einen an, schüttelt den Kopf und seufzt. Wenn du mir jetzt auch noch meine zwei Stunden Sauerstoff pro Tag wegnimmst, dann habe ich bis Freitag einen von beiden erwürgt.«

»Das glaube ich.« Virgilio schnappte sich noch eine Handvoll Erdnüsse. »Hast du schon mit deiner Lektorin geredet?«

»Nein.«

»Ah.«

Wie gesagt. Keine überflüssigen Fragen.

»Bin wieder da!«

Vom Herd aus begrüßte ihn Letizia mit einem Heben des Kinns. Die Hände hatten allerdings auch zu tun: Ihre Linke rührte in dem Topf mit Tintenfisch und Erbsen, die Rechte hielt das Telefon.

»Ja, ja, deshalb ist das Auto auch in optimalem Zustand. Stell dir vor, sie haben es so stehen lassen, wie sie es sich geholt hatten. Nur halt mit leerem Tank, aber von Einbrechern kann man ja keine allzu große Rücksicht erwarten. Die hier haben uns sogar ein kleines Geschenk dagelassen. Wie, hat dir der Onkel nichts davon gesagt? Ja, genau. Unter dem Sitz lag ein Computer. Wenn du's schon weißt, warum fragst du mich dann? Na klar, was anderes lassen sie uns auch noch da. Ist ja schon klasse, dass wir das Auto wieder haben, normalerweise lassen sie einem nach einem

Diebstahl etwas Benzin da, aber nicht im Tank, sondern sie gießen's dir übers Auto. Dann schnell ein Streichholz angesteckt und ab. Tja, das weiß ich auch nicht. Wir melden die Sache den Carabinieri, was sonst?«

Von hinter der Kühlschranktür vollführte Leonardo mit seiner Hand eine unverwechselbare Geste, mit der er ein imaginäres Gegenüber zu einer so imaginären wie unwahrscheinlichen Fellatio aufforderte.

»Ja, ich habe den Onkel angerufen. Er kümmert sich schon drum, aber bestimmt liegt ein Irrtum vor. Mama, dreizehntausend Euro Bußgeld. Wie soll ich mir die eingehandelt haben? Bin ich vielleicht auf zwei Rädern in eine Aussegnungshalle gerast? Ja, das sehe ich genauso wie du, der Wagen bringt Unglück. Was soll ich sagen, beim nächsten Mal wasche ich ihn mit Weihwasser. Nein, Mama, das ist nicht geflucht. Hör mal, Mama, wenn ich die Wahl zwischen Weihwasser und Salböl habe, finde ich's ja eher blasphemisch, dass sich die Leute so aufführen, als wäre der Herrgott Apotheker. Ja. Du, gerade ist Leo gekommen, gleich gibt's bei uns Abendessen. Ja, die richte ich ihm aus.«

Immer noch von hinter dem Kühlschrank grüßten Leos Arme seine Schwiegermutter in der üblichen Form, eine Erinnerung daran, wo man den Schirm trägt, wenn es nicht regnet.

»Ja, Tintenfisch mit Erbsen. Was soll das heißen, schon wieder? Die Erbsen habe ich gestern aufgetaut. Ja, frische. Was sonst? Wie stellst du dir das vor, soll ich mit der Schüssel in die Schulkonferenz gehen und dort Erbsen schälen? Ich schlage mich schon tagsüber mit Leuten herum, die nicht die Bohne kapieren, jetzt noch Erbsen, na prima! Also, machen wir's so: Komm doch einfach mal zu uns zum Abendessen. Da kommst du ein bisschen früher, sagen wir am Nachmittag, und dann machst du's dir in der Küche bequem und bereitest alles so vor, wie es sich gehört. Und am Ende essen wir alle zusammen zu Abend, einverstanden?«

Von hinter der Kühlschranktür erschien Leonardos Hand, die eine Schere mimte, um sich anschließend in eine Gabel zu verwandeln.

»Ja, ich auch. Sag du ihm ebenfalls einen lieben Gruß, ja? Danke. Schönen Abend.«

Letizia legte auf und warf einen verärgerten Blick in Richtung Kühlschrank.

»Mann, bist du manchmal unhöflich.«

»Und stolz darauf«, sagte Leonardo, während er mit zwei Bierflaschen in der Hand hinter dem Küchengerät auftauchte. »Apropos, den Carabinieri meldet Leo einen Scheißdreck.«

»Und ob du das tust, und zwar schleunigst. Ich will kein Diebesgut im Haus.«

»Das hast du falsch verstanden. Ich will das Zeug nicht behalten. Ich will es dem rechtmäßigen Eigentümer selbst zurückgeben«, sagte Leonardo und ließ den Kronkorken knallen. »Dem rechtmäßigen Eigentümer, der dann vielleicht ganz gerührt ist und eine kleine Belohnung rüberwachsen lässt. Die Carabinieri nehmen dir das Zeug ja nur ab, vielen Dank und tschüss.«

»Bist du blöd?«, fragte Letizia, während sie die Teller auf den Tisch stellte. »Der Computer ist doch mindestens passwortgeschützt. Wie alle Laptops.«

»Da mache dir mal keine Gedanken, das habe ich in ein paar Sekunden geregelt.«

»Aber Leo, würdest du das gut finden, wenn ein Unbekannter deinen Computer aufklappt und sich darauf umsieht? Und dann kreuzt er einfach so bei dir auf und sagt: ›Guten Tag, ich habe ein bisschen auf diesem Computer herumgeschnüffelt und gesehen, dass er Ihnen gehört. Und da habe ich mir gedacht, bringe ich ihn doch gleich vorbei. Hübsche Enkelinnen haben Sie da, vor allem die blonde. Wie alt ist sie, acht?‹ Ich würde dich erwürgen.«

»Hm.« Leo schob sich nachdenklich ein Stück Tintenfisch in den Mund. Letizia hatte nicht ganz unrecht. »Na gut, darüber kann man noch nachdenken. Gibt's was Neues in Sachen Bußgeld?«

»Ja, ich habe mit dem Onkel geredet. Was ist dir lieber, dass es dir den Appetit verdirbt oder dass es die Verdauung stört?«

Leonardo verharrte mit einem Stück Sepia auf der Gabel.

»So kompliziert?«

»Anscheinend ja. Also, das war so. Mein Onkel war bei Equitalia …«

Leonardo winkte ungeduldig ab. Sich nach dem Bußgeld zu erkundigen war keine sehr gute Idee gewesen.

»Weißt du was, jetzt essen wir erst mal in Ruhe fertig. Nach dem Abendessen rufe ich deinen Onkel an und lasse mir die Sache direkt erzählen. Dann überlegen wir zusammen, wie wir vermeiden können, dass sie uns nach Strich und Faden abziehen. Okay?«

»Mich hat noch nie einer abgezogen.«

Der Bucklige unterstrich seine Aussage, indem er die letzten Chips aus dem Beutel nahm, bevor Gutta dazu kommen konnte, sie sich in den Mund zu stopfen. Es knackte und knirschte, dann sprach er weiter.

»So weit kommt's noch, dass mich jetzt dieses Bürschchen mit seinem Passwort und dem ganzen Gelaber in den Arsch fickt. Kommt her und behauptet, man kann die Computer nicht verkaufen wegen dem Passwort. Und dann ist auch noch einer von den Computern weg. Er hat ihn vergessen, so, so. Jede Wette, wenn ich ihm das durchgehen lasse, dann sagt er übermorgen, er entsorgt die Computer für uns, nicht dass noch jemand Beweismaterial bei uns findet.«

Gutta hatte, da die Chips nun mal aus waren, ein paar Erdnüsse in die Hand genommen und schob sie sich eine nach der anderen in den Mund. Jetzt war er mit Zuhören dran.

Die übrigen Gäste hätten auch gar keine Gelegenheit gehabt, den Ausführungen des Buckligen zu folgen, denn das Tischchen stand ein ganzes Stück abseits, die nächsten Besucher saßen etwa zehn Meter weiter. Na schön, Happy Hour, na schön, der Spritz kostet drei Euro, aber in einer Bar an der Autobahn, unmittelbar neben der Mautstation, ist zur Aperitivzeit selten viel los. Normalerweise füllt sich ein derartiges Etablissement erst deutlich nach dem Abendessen, wenn es schon eine ganze Zeit lang dunkel ist und entlang der unvermeidlichen Parkspur die Schwalben ausschwärmen, am Himmel wie auf dem Bordstein.

»Soll ich dir sagen, was passiert ist? Der liebe Costantino hat den Laptop verschwinden lassen, während ihr auf das Auto aufgepasst habt, der hat ihn einfach eingesteckt. So ein Kartentrickser, wenn der will, dann geht er doch hin und klaut dir die Unterhose, während du die ganze Zeit die Hose anhast. Jetzt sucht er gerade selbst einen Käufer. Einen, der weiß, wo man diesen Computerkram unterbringt. Costantino wird ihm den Laptop mitgebracht haben, so als erste kleine Kostprobe, und in ein paar Tagen würde er ihm dann den Rest bringen. Kommt hin, oder?«

Gutta kaute, es klang zustimmend.

»Und genau deshalb habe ich alter Sack ihm gesagt, dass er mir den Computer wieder herschaffen soll. Klingt lächerlich, schon klar. Wenn er das Ding wirklich im Auto gelassen hat, dann sehen wir es nie wieder. Wenn er aber damit ankommt, dann heißt das, dass er den Computer hatte, dann hat er ihn die ganze Zeit gehabt. Und in dem Fall sieht das Ganze schon anders aus. Wenn es so ist, wie er behauptet, alles okay. Dann haben wir halt dem Besitzer des 206 einen Computer geschenkt. Aber das glaube ich noch nicht mal, wenn ich's sehe.«

»Na, dann kommen wir mal zur Sache.«

Nachdem sie allerlei Höflichkeiten ausgetauscht hatten, wurde Onkel Paolo ein wenig geschäftsmäßiger. Am anderen Ende der Leitung rappelte Leonardo, der bis dahin auf dem Sofa gefläzt hatte, sich in eine sitzende Position hoch.

»Ich war bei einem Kollegen, der sich in diesen Fragen etwas besser auskennt als ich, du weißt ja, das ist nicht gerade mein täglich Brot.«

Leonardo grunzte. In der Tat erinnerte er sich vage daran, dass Paolos Spezialgebiet Arbeitsrecht war.

»Na ja, der Kollege hört die ersten Sätze, schüttelt den Kopf und sagt: ›Ach. Mal wieder ein Opfer des Herrn Sachbearbeiter Birigozzi.«

»Was? Ein Opfer von wem?«

»Sachbearbeiter Birigozzi. Mein Kollege hat mir eine geschlagene Stunde Geschichten erzählt. Unfassbar, sage ich dir. Ich erklär's dir gleich.«

Leonardo stand auf und begann, im Kreis herumzugehen.

»Na, ein Glück, dass du mir's erklärst. Dann kann ich mich währenddessen vielleicht beruhigen. So auf Anhieb bin ich doch ziemlich in Versuchung, mir einen Knüppel zu holen, zu Equitalia zu marschieren, mich zu diesem Sachbearbeiter Birigozzi durchzufragen und ihm das Ding in die Fresse zu hauen. Wäre das verkehrt?«

»Nein, vor allem weil du das gar nicht könntest. Du würdest nämlich keinen Birigozzi finden.«

»Entschuldige, da kann ich dir nicht folgen.«

»Ich erklär's dir ja gleich. Weißt du, wie Equitalia arbeitet?«

»Selbstverständlich. Sie holen sich eine Gruppe Sachbearbeiter und merzen vor deren Augen ihre gesamte Familie ersten Grades aus, um jede zwischenmenschliche Regung ein für alle Mal in ihnen abzutöten. Dann sperren sie sie monatelang bei Wasser und Brot in ein Verlies, während ein Ausbilder aus Torquemadas Schriften vorliest. Und am Ende ...«

Chioccioli ließ einen Seufzer fahren.

»Also, als Erstes geht bei Equitalia ein Formschreiben ein. Eine Mitteilung, dass eine bestimmte Person einer öffentlichen Institution etwas schuldet. Der Stadt, dem Finanzamt und so weiter. Equitalia nimmt das schlicht und einfach zu den Akten, ohne eine Möglichkeit, überprüfen zu können, ob die fragliche Mitteilung in der Sache zutreffend ist oder nicht. Das geht Equitalia nichts an, und da lässt sich auch nichts machen. Es ist einfach ein Vorgang. Sich über Equitalia aufzuregen, wenn man einen falschen Steuerbescheid oder eine ungerechtfertigte Geldbuße bekommt, das ist, als ob du deine Wut am Fernseher auslässt, wenn dein Fußballteam verliert. So weit klar?«

»Ja.«

»Gut. Also, typischerweise ist der Fehler an der Quelle zu finden. Irrtümer gehen in der ganz überwiegenden Zahl der Fälle von der Institution aus, die Geld von dir fordert. Equitalia erhält von den Stadtverwaltungen Forderungen zugeschickt, die die unglaublichsten Fehler enthalten. Übertragungsfehler bei der geforderten Summe, falsche Steueridentifikationsnummern, Absurditäten aller Art. Und das in einem Ausmaß, dass Equitalia mittlerweile beschlossen hat, sich überhaupt nicht mehr um die Anfragen der Stadtverwaltungen zu kümmern, weil sie mehr Zeit damit verbringen, das Chaos aufzulösen, als Geld einzutreiben. Ein wütender Bürger geht ja auch nicht aufs Rathaus. Der läuft doch direkt zu den Schuldeneintreibern, den Knüppel in der Hand. Equitalia weist dann also auf den Irrtum hin. Die Einrichtung, die die Forderung eintreibt, ist auch für die Überprüfung des Vorgangs zuständig. Hält man sich vor Augen, dass das Personal von Equitalia etwa achttausend Angestellte umfasst, kannst du dir vorstellen, wie sich die Arbeitslast verteilt.«

»Wieso, wie viele Leute arbeiten denn für die Kommunen?«

»Landesweit? Etwa eine halbe Million. Von dieser halben Million sind etwa einhunderttausend Verwaltungsangestellte. Und einer dieser Hunderttausend ist bedauerlicherweise Birigozzi. Theoretisch ist er bei der Stadtverwaltung von Pisa tätig. Praktisch ist er nach Angaben meines Kollegen ein Vollidiot. Inkompetent bis dorthinaus, aber entlassen kann man ihn nicht, denn wer einen Angestellten im öffentlichen Dienst anrührt, dem gehen die Gewerkschaften an die Gurgel. Offenbar wurde die Verwaltungssoftware geändert, und Sachbearbeiter Birigozzi hat schlicht und ergreifend noch nicht gelernt, sie korrekt zu bedienen. Genau genommen ist nicht klar, ob er ein Volltrottel ist oder einfach nur einer von denen, die sich aufführen wie die Bekloppten, um eine ruhige Kugel schieben zu können.«

»Wie das?«

»Na, wenn es zehn Minuten dauert, eine Aufgabe korrekt zu erledigen, und du brauchst eine Dreiviertelstunde, um sie zu verbocken, dann war's das für dich, da will keiner mehr etwas von dir. So einen Kandidaten spielen sich die Abteilungen einer Behörde gegenseitig zu wie einen Pingpongball. Zurzeit ist Birigozzi für die Aufnahme von Beschwerden gegen Bußgeldbescheide zuständig, eine Aufgabe, bei der er sich so richtig austoben kann. Seine Spezialität, und das war es wahrscheinlich auch in deinem Fall, besteht darin, die Centbeträge der Zahl vor dem Komma zuzuschlagen. So wird aus einem Bescheid, der auf hundertdreißig Euro und ein paar Zerquetschte lautet, ein Attentat von über dreizehntausend. Der Bursche ist mittlerweile fast schon eine Legende.«

»Verstehe. Und was machen wir jetzt?«

»Jetzt üben wir uns in Geduld und schauen, was die Stadtverwaltung dazu sagt. Das wird ein bisschen dauern, aber es sollte nicht allzu schwierig sein. In der Zwischen-

zeit gilt allerdings das Fahrverbot weiter. Solange die Angelegenheit nicht beigelegt ist, solltest du die Finger von dem
Wagen lassen.«

MITTWOCHNACHT

Im menschlichen Geist laufen zwei Prozesse parallel. Prozess Nr. 1 hält unsere Intuition am Laufen; Prozess Nr. 2 kommt ins Spiel, wenn wir etwas tun, wofür es Logik, Konzentration und Selbstbeherrschung braucht. Mithin bei Aufgaben, die Rationalität erfordern.

Obwohl ein rationales Vorgehen sich in vielen Fällen der Intuition überlegen zeigt, ist rein physisch System Nr. 1 viiiiel schneller als System Nr. 2, das langsam und kompliziert arbeitet. Und deshalb überlässt unser Körper, wenn wir uns bedroht fühlen und eine plötzliche, schnelle Reaktion gefragt ist, die Kontrolle sofort der Intuition. Die Ratio lässt er ungehört weiterplappern, wie man Mutter oder Vater am Telefon einfach plappern lässt; eine Fähigkeit, die wir in einer Jahrtausende dauernden Evolution entwickelt haben, in deren Verlauf sich der Mensch den unterschiedlichsten Herausforderungen zu stellen hatte.

In der Tat kann man sich ausmalen, wie seit Anbeginn der Menschheit die einen beim Brüllen eines Löwen instinktiv den nächsten Baum hinaufkletterten, während die anderen erst mal analysierten, wie weit der Löwe wohl entfernt war, ob es sich um ein Männchen oder ein Weibchen handelte und so weiter. Da diejenigen, die in Gefahrensituationen zum Nachdenken neigten, immer mal wieder als Zwischenmahlzeit eines Löwen endeten, stammen wir ganz überwiegend von denen ab, die bei Gefahr den nächsten Baum aufsuchten.

Damit System Nr. 2 also rundläuft, muss sich der Mensch, um den es geht, in einer ruhigen, entspannten Verfassung befinden, ohne unmittelbar drohende Gefahr vor sich.

Es ist daher ganz natürlich, dass in Stresssituationen (wenn zum Beispiel einer mit seinem Chef im Clinch liegt, weil ihm sein Auto nicht zur Verfügung steht, das ihm zunächst gestohlen, dann aber zurückgegeben wurde, doch unter Aufrechterhaltung eines Fahrverbots, da er sich mit besagtem Auto eine angebliche Geldbuße von dreizehntausend Euro eingehandelt hat) – es ist also ganz natürlich, dass in solchen Situationen System Nr. 1 die Oberhand gewinnt, man sich irrational verhält und irgendwann auf einem Computer herumschnüffelt, der einem nicht gehört.

Lange Übung ermöglicht es immerhin, aus rationalen Verhaltensweisen Instinktreaktionen zu machen. So kam es völlig automatisch dazu, dass Leonardo, der seit etwa zehn Jahren im Bereich IT-Sicherheit tätig war, seinen Router ausschaltete, bevor er daranging, einen Computer in unzulässiger Weise zu nutzen. Indem er die Internetverbindung trennte, verhinderte er, dass der Laptop ohne sein Wissen über das Netz geortet werden könnte.

Anschließend verband Leo den Laptop per Kabel mit dem eigenen PC. Sodann kopierte er den Inhalt ungeniert auf seinen Rechner. Nachdem er sämtliche Dateien im Downloadordner so organisiert hatte, wie es ihm passte, machte er sich schließlich daran, sie in Ruhe durchzusehen.

Sehr viel Speicherplatz war nicht belegt, ein untrügliches Zeichen dafür, dass es sich um ein neues Gerät handelte. Als Eigentümer erschien im Systemeintrag eines der bekannteren italienischen Verlagshäuser. Darüber hinaus waren persönliche Informationen Fehlanzeige, jedenfalls auf den ersten Blick. Und es gab so gut wie keine Gebrauchsspuren. Der zuletzt geöffnete Ordner, der als Einziger eine gewisse Größe aufwies, hieß schlicht und einfach »Roman«.

Nun war Leonardo der Typ Mensch, der in der Regel vor Verwendung eines Medikaments den gesamten Beipackzettel las, um dann wie hypnotisiert auf die ellenlangen Angaben zu Dosierung, Warnhinweisen und allerlei unwahrscheinlichen Nebenwirkungen zu starren. Das trug ihm eine Reihe von habsburgischen Beschimpfungen seitens Letizias ein, die möglicherweise auf eine Spritze wartete und nun schon seit einigen Minuten die Hinterbacken an der frischen Luft hatte. Doch bei allem Nachdruck, mit dem diese Beschimpfungen vorgetragen wurden – im Vergleich zu der Standpauke, die er zu gewärtigen hatte, wenn Letizia ihn jetzt beim Herumstöbern auf dem fremden Computer erwischte, wären sie so schwebend leicht erschienen wie ein Menuett.

Aber im Moment schlief seine so sanfte wie mitteleuropäisch geprägte Frau Gemahlin tief und fest.

Und die Aussicht war einfach zu verlockend, um an Widerstand auch nur denken zu können.

Das ist ein Roman, und ein Roman gehört gelesen.

Erstes Kapitel

Von allen Typen von Menschen, die ich in mein Hotel habe kommen sehen, kleiden sich die Mathematiker definitiv am schlechtesten.

Nicht dass da Missverständnisse aufkommen, seltsame Gestalten sind mir so einige begegnet. Fußballspieler, Rockstars, Sektenführer, falsche Zauberer (nicht dass ich glauben würde, es gäbe richtige); bis hin zu einer thailändischen Gay-Pride-Delegation. Manchmal sind es die reinsten Prediger des schlechten Geschmacks; aber dieser schlechte Geschmack ist sozusagen vorhersehbar. Vorhersehbar und in sich geschlossen. Wenn einer als Rapper gekleidet hereinkommt, in schlurfendem Gang und mit Kopfhörern auf den Ohren, die so groß sind wie ein Paar Hamburger, dann handelt es sich in neunundneunzig von hundert Fällen um einen Fußballspieler; und in dem einen verbleibenden Fall um den geistig zurückgebliebenen Bruder eines Fußballspielers. Mathematiker dagegen sind alles, nur nicht standardisiert.

Zur Veranschaulichung, just in diesem Augenblick steht vor mir eine Dame um die sechzig, sehr gepflegt, in einem eleganten Chanelkostüm, und lauscht etwas peinlich berührt dem Geschwätz eines Einfaltspinsels, der mehr oder minder genauso alt sein dürfte, aber dreimal so alt aussieht wie sie. Der Bursche macht den Eindruck eines Menschen, der einmal pro Woche isst und sich einmal im Monat wäscht; er trägt eine Samthose von undefinierbarer Farbe und ein Hemd mit zartgrünen Streifen, das auch dann abscheulich wäre, wenn er es im Hosenbund unterbrächte und alle Knöpfe im richtigen Loch; leider hat der Eigentümer keine dieser beiden Optionen in Betracht gezogen.

Ein paar Meter weiter steht in angeregter Unterhaltung mit einem kleinen Männlein, das eine dicke Sehbrille trägt, ein Berg von einem Kerl, rotes Spitzbärtchen, blaue Augen, völlig kahl und ausgesprochen muskulös. Er trägt ein weißes Hemd, eine schwarze Hose und Ohrhörer.

Würde ich keinen der vier kennen, ich käme zu dem Schluss, dass der Tagedieb die Dame belästigt, und ginge unseren Wachmann holen, damit er einschreitet. Und das wäre ein grober Fehler.

Erstens, weil Frau Professor Sharon Fitzsimmons-Deverell sich wahrscheinlich sehr für das interessiert, was Gyòrgy Fehèr da sagt, der ehemalige Rektor der Budapestinensis Universitas, der trotz seines abgerissenen Äußeren als einer der scharfsinnigsten Zahlentheoretiker der Welt gilt. Entsprechend wüsste sie eine Unterbrechung kaum zu schätzen. Zweitens, weil Professor Edward B. Castner jr., der mir als einer der humorlosesten Menschen von ganz Stanford bekannt ist, keinerlei Verständnis für meine Bitte aufbrächte, seine beiden eminenten Kollegen zu trennen, und mir stattdessen wahrscheinlich ein paar Ohrfeigen verpassen würde.

Aber nein, er würde mir eine Tracht Prügel androhen und dann doch nichts unternehmen, denn sein Gesprächspartner mit der dicken Brille würde sich zweifellos für mich verwenden.

Das ist auch das Mindeste, was er tun kann, schließlich handelt es sich um meinen Bruder.

Jede akademische Tagung, die etwas auf sich hält, endet bekanntlich mit einem gemeinsamen Abendessen. Und ob man nun froh ist, dass die Tagung zu Ende geht, oder ob man diesen Umstand bedauert, das Abschlussdinner bietet eine ausgezeichnete Gelegenheit, sich zu betrinken. Wie bitte? Sie können sich nicht vorstellen, dass ernsthafte Mathematikprofessoren sich zusaufen wie schwedische Hafenarbeiter? Aber sicher doch. Seit ich dieses Hotel leite, habe ich elf Kongresse der International Society for Applied Mathematics organisiert, und der Große Baumeister soll mich niederstrecken, wenn sich nicht auf jedem dieser Kongresse ein unerquicklicher Vorfall zugetragen hat, bei dem Alkohol oder Drogen im Spiel waren oder auch beides. Dies ist nun Kongress Nummer zwölf, und dank dem bereits erwähnten Höchsten Wesen ist es auch der letzte, um den ich mich zu kümmern habe. Nicht, weil ich entlassen worden wäre, da können Sie beruhigt sein; vielmehr geht mein Bruder bald in den Ruhestand, und sein erzwungener Rückzug bedeutet für mich adieu, kurzer Dienstweg zum Organisationskomitee, adieu, besondere Angebote, und adieu, Kongresse im Zweijahresrhythmus. Nicht alle Mathematiker haben einen Bruder, der das beste Hotel an der Küste führt.

Während ich meinen Bruder ansehe, fällt mir auf, dass eines von den Tabletts mit den Blätterteighäppchen leer ist, und ich handle diskret, aber unverzüglich. Wenn es bei einem Büfett eines zu verhindern gilt, so sind es herumstehende leere Tabletts. Sonst tritt eine Stimmung wie zum Ende eines Festes ein, mit einer ganz eigenen Art von Traurigkeit. In jungen Jahren hätte ich das Tablett binnen vier Sekunden abgeräumt gehabt, sobald das letzte Kuchenstück das Silber verlassen hätte. Heutzutage, wenn nicht der Direktor persönlich einen Wink gibt – vergessen Sie's.

Wie bitte? Warum ich das nicht selbst übernehme? Wie niedlich. Der Direktor leitet, beobachtet, behält den Überblick. In verzweifelten Fällen – und nur dann – erteilt er Befehle. Aber wenn der Direktor sein Handwerk versteht und die Kellner das ihre, dann ist alles schon vorher geklärt. Es sollte niemals erforderlich sein, dem Personal Anweisungen zu erteilen, es sei denn, etwas Unerwartetes tritt ein.

Eine kleine Bewegung mit der behandschuhten Hand genügt, damit einer der Kellner mich ansieht. Mit Glotzaugen, aber er sieht mich an. Ich deute aufs Büfett, und er starrt mich weiter an wie ein Burlina-Rind. Ich trete auf ihn zu.

»Das leere Tablett«, sage ich. »Ab.«

Der Bursche sieht mich an, sieht das Büfett an und deutet darauf.

»Das dort rechts?«

»Wenn du nicht sofort aufhörst, mit dem Finger darauf zu zeigen, reiße ich ihn dir ab und stopfe ihn dir in den Hals«, sage ich und versuche dabei, halbwegs die Fassung zu bewahren. Der Trottel lässt den Finger sinken. »Ja, das dort. Auf geht's.«

Der Kerl zieht los. Morgen nach dem Frühstück werde ich ihm ordentlich den Kopf waschen, vor versammelter Mannschaft. Mehr der Form halber als aus Überzeugung, verstehen wir uns richtig.

Das Abschlussdinner in Form eines Büfetts ist eine der zahlreichen – allzu zahlreichen – Auswirkungen der Krise; vor wenigen Jahren noch war dieses Festmahl ein fürstliches Ereignis, und um das Menü kümmerte sich ein Koch, der in sämtlichen Reiseführern empfohlen wurde, mit massenhaft Sternen oder Gabeln. Aber dann kam die Krise, und wo Michelin-Sterne das Firmament zierten, sieht man heute nur noch die Sterne der Biermarke Negroni. Regionalprodukte, Traditionsküche, örtliche Spezialitäten: alles nur armselige Tricks, um noch nicht einmal uns selbst einzugestehen, was für arme Schlucker wir sind.

Entschuldigen Sie die Unterbrechung. Carlo ist aufgestanden und schickt sich an, seine Rede zu halten.

Ich sehe mich um, ohne eine Miene zu verziehen. Und, wer hätte das gedacht, nach knapp zwei Sekunden fällt der Small Talk in sich zusammen wie der Schaum eines billigen Spumante. Mir entfährt ein erster Seufzer der Erleichterung.

Bekanntlich steht jemand, der auf einem Bankett eine Rede halten soll, ja erst einmal auf und hofft, dass die Anwesenden diese nicht ganz unauffällige Geste zur Kenntnis nehmen und ihre Privatangelegenheiten unverzüglich beiseitelassen, um zuzuhören. Doch leider bemerkt die Mehrheit der Anwesenden in der Regel gar nichts. Weshalb der Redner dann gerne mit sinkender Zurückhaltung mit dem Messer gegen sein Glas klopft, in der Hoffnung, dass das Stimmengewirr abbricht, bevor er allzu heftig zulangt. In habe es zeit meines Lebens nur zweimal erlebt, dass die Leute auf der Stelle ruhig wurden, wenn der Redner aufstand, und beide Male geschah das auf einer Trauerfeier.

Der zweite Seufzer der Erleichterung entfährt mir, als ich sehe, dass mein Bruder lächelt; ein gelassenes, sich seiner selbst bewusstes Lächeln, vielleicht auch ein wenig verlegen, aber doch ein Lächeln. Nicht das politisch korrekte Grinsen dessen, der sich in Pose wirft, auch wenn er dasteht wie ein Depp; nein, ein Lächeln ... ich würde es befriedigt nennen. Ja, das ist der richtige Ausdruck. Befriedigt. Eine Neuigkeit, seit zehn Jahren nicht da gewesen.

Erst ein Schluck Wasser: Das macht Carlo immer, so wie viele, damit die Zunge nicht am Gaumen klebt und sich die rätselhafte klebrige Masse löst, die einem am Anfang jeder öffentlichen Ansprache die Worte im Mund haften lässt. Ein kurzer Blick auf die Seiten, die er vor sich auf den Tisch gelegt und mit dem Messer fixiert hat, und los geht's.

»Meine Damen und Herren ... gut. Da wären wir also.«

Eine kurze Pause, in der er sich umblickt. Und während Carlo das tut, sehe ich ihn leicht ungläubig an.

»Wie einige von Ihnen wissen, ist dies der letzte Kongress, an dem ich als Vorsitzender unserer Gesellschaft teilnehme. Ich bin im April zweiundsiebzig geworden und trete daher in drei Wochen in den Ruhestand. Da hier ungläubiges Gemurmel zu hören ist, wiederhole ich es gerne: Ja, ich bin erst zweiundsiebzig. Ich weiß, dass mein Antlitz und meine Körperhaltung eher auf neunundachtzig schließen lassen und meine Vorträge gelegentlich auf hundertsechs, aber seien Sie versichert, es ist so.«

Mir fällt auf, dass mir der Mund leicht offen steht, und ich klappe ihn wieder zu. Ohne ansonsten eine Miene zu verziehen, versteht sich. Während ich Carlo weiter anstarre, legt er das Messer zur Seite und nimmt seine vorformulierte Rede in die Hand. Es sind etwa zehn Seiten, beschrieben in der winzigen, außerordentlich sauberen Handschrift meines Bruders, und das heißt, dass uns mindestens anderthalb Stunden Langeweile bevorstehen: Carlo neigt zu erklärenden Abschweifungen. Und so kommt unverkennbar Erleichterung auf, als mein Bruder in einer Geste, die entschlossen wirkt, aber nicht feierlich, die Seiten mit leichter Hand auffächert, um sie dann in der Mitte zu falten und zurück auf den Tisch zu legen.

»Eben deshalb formuliere ich immer schriftlich aus, was ich zu sagen habe. Und so habe ich es auch mit der kleinen Rede für den heutigen Abend gehalten, in der ich Ihnen aus meinem Leben als Mathematiker erzählen und mich für die Gelegenheit bedanken sollte, Sie ein letztes Mal gehörig zu langweilen. Doch wie Sie wissen, war für den heutigen Tag eine Präsentation angekündigt, die dann auch große Begeisterung ausgelöst hat, zu Recht. Begeisterung bei Ihnen allen als Mathematikern, weil die darin aufgezeigte Methode von bemerkenswerter Eleganz ist und ein außerordentlich komplexes Problem mit Argumenten von bemerkenswerter Schlichtheit angeht, was der Traum eines jeden Mathematikers ist. Begeisterung bei Ihnen allen als Menschen, weil es nur selten vorkommt, dass eine Entdeckung aus der Mathematik dazu angetan ist, Leben zu retten, so wie es hier der Fall ist. Aber wenn die Begeisterung schon bei Ihnen so groß ist, dann können einige der Anwesenden sich gewiss ausmalen, was ich in diesem Augenblick empfinde.«

Einige von Ihnen, mag sein. Ich für mein Teil weiß es ganz sicher, denn nun wird gleich die Conti-Plakette überreicht.

Die Conti-Plakette ist eine Auszeichnung, die das ISAM, das Institute for Studies in Applied Mathematics, für »outstanding achievements in applied mathematics« verleiht, so steht es auf der Seite der Statuten, die am seltensten konsultiert wird. Für herausragende Leistungen auf dem Gebiet der angewandten Mathematik also.

Um ehrlich zu sein, ist die Plakette noch nicht mal eine richtige Plakette – es handelt sich dabei um eine elliptisch geformte Medaille, die an die erste große Entdeckung der angewandten Mathematik erinnert, also Keplers Feststellung, dass die Umlaufbahnen der Planeten elliptisch verlaufen und nicht kreisförmig, wie man bis dahin geglaubt hatte. So wie man bis dahin auch geglaubt hatte, Ellipsen seien das Nutzloseste, was es im Universum überhaupt gibt. Wen, so dachte man, schert schon eine geometrische Form, für die man einen Kegel schräg durchschneidet?

In der Tat sind hier derart herausragende Leistungen gemeint, dass die Conti-Plakette nicht auf jedem Kongress verliehen wird. Im Gegenteil. Bis zum heutigen Tag wurde die Plakette ganze drei Mal verliehen – und in jedem dieser drei Fälle erhielt der Geehrte wenige Jahre später den Nobelpreis, zweimal für Physik und einmal für Wirtschaft.

Als Chef des Saalpersonals weiß ich daher, dass im Anschluss an das Abendessen etwas ganz Außergewöhnliches geplant ist. Ich weiß, dass mein Bruder jemandem die Conti-Plakette überreichen wird. Und ich kann zweifelsfrei absehen, was er dabei empfindet.

Nämlich Neid. Blanken Neid.

Sei es, dass er sich seiner Rolle bewusst ist oder dass ihm jemand in Anbetracht der Wichtigkeit des Moments das Glas weggestellt hat, jedenfalls gibt es jetzt keinen Zweifel mehr: Mein Bruder ist völlig nüchtern.

Keine Spur von undeutlicher Aussprache, kein kleiner Verdauungsschluckauf, keinerlei Pausen, um den Alkohol von den Gedanken abtropfen zu lassen.

Von wegen epochales Ereignis.

»Ich möchte Ihnen etwas erzählen. Eines Tages, als ich zehn Jahre alt war, nahm mein Großvater Giuseppe mich mit zu einem Konzert. Einem Konzert mit klassischer Musik, gespielt vom Orchester der Stadt Navacchio.«

Das eine oder andere unterdrückte Auflachen, sofort unterbunden von einer Handbewegung meines Bruders.

»Ich weiß, dass das heute lächerlich klingt, aber als ich ein Kind war, spielten im Philharmonischen Orchester ›Leopoldo Mugnone‹ echte Vollblutmusiker. Diese Leute waren tagsüber vielleicht als Schneider, Bauer oder Kellner tätig, aber am Abend griffen sie zum guten alten Instrument und musizierten. Leute, die Noten lesen konnten, wie Sie und ich einen Text in unserer Muttersprache. Leute, die Musik liebten und dementsprechend gerne Musik machten. Sie brauchten keine Talentshow, um sich wichtig zu fühlen – sie waren es sowieso.«

Richtig. Der beste Klarinettist von Navacchio zu sein, so wie mein Großvater, das bedeutete bleibende gesellschaftliche Anerkennung. Aufrichtig und von Dauer. Über die Musiker aus dem Philharmonischen Orchester sprachen die Leute in den Bars, mit unterschiedlicher Sachkenntnis, aber demselben hitzigen Engagement, das heute dem Fußball vorbehalten bleibt. Nicht zufällig besaß der Musiklehrer im Städtchen dieselbe Autorität wie der Bürgermeister, der Herr Doktor und der Grundschullehrer. Er war unser Meistertrainer und nicht etwa der letzte Depp.

»Das Orchester von Navacchio war also eine handfeste Philharmonische Vereinigung mit einem Repertoire, das von der Romantik bis in die Gegenwart reichte. Gewiss, einige der Mitspieler waren, sagen wir es so, ein wenig rustikal, aber jeder hatte sein Diplom vom Konservatorium und besaß das volle Recht, sich als Orchestermusiker zu bezeichnen.«

Richtig, mit einem Vorbehalt. Sie hatten alle ihr Diplom, die Philharmoniker von Navacchio, oder fast. Es wäre schwierig gewesen, ein Zeugnis gleich welcher Art an jemanden wie Gregre zu verleihen, der abends die Posaune blies und tagsüber an der Flasche nuckelte und dem es schwerfiel, die Namen der Radfahrer in der Gazzetta dello Sport zu buchstabieren. Der gute Gregre, von Beruf Scherenschleifer, laut Geburtsregister Brunero Del Punta, verdankte seinen Spitznamen den Fröschen: Die schmuggelte man ihm bei Konzerten in die Posaune, wenn der gute Mann zum Flachmann griff, um sich nach all der Blaserei ein wenig Erleichterung zu verschaffen. Beim nächsten Einsatz schleuderte die sich im Instrument stauende Luft sie dann hoch in die Luft, bevor sie mit elastischer Freude auf seine

Mitmusiker herunterregneten. Weit weniger fröhlich fiel die Reaktion von Gregre aus, der weiter in die Posaune blies und dabei fluchte wie ein Hafenarbeiter, der sich den Finger einklemmt; und das alles, während sich der Rest des Orchesters, augenscheinlich ungerührt von dem Froschhagel, eifrig mühte, das Stück zu Ende zu spielen.

»Ich weiß noch, was an jenem Abend auf dem Programm stand. Die Symphonie Aus der Neuen Welt von Antonín Dvořák die Ouvertüre von Rossinis Cenerentola, der Marsch Nr. 1 aus Pomp and Circumstance von Edward Elgar und der Triumphmarsch aus Aida. Zum Abschluss wurde die obligatorische Marcetta Nr. 2 gespielt, eine Komposition von Leopoldo Mugnone, die bei uns Jungen unter der scherzhaften Bezeichnung ›Nationalhymne von Navacchio‹ bekannt war. Warum ich mich so gut daran erinnere? Weil ich den Abend nicht unbeschadet überstehen sollte. Zu Hause im Bett klang mir die Musik immer weiter in den Ohren. Und am Morgen, nach einer schlaflosen Nacht, in der ich mich bald an der Klarinette, bald an der Trompete, bald an der Querflöte gesehen hatte, ging ich zu meinem Großvater und sagte, ich wolle das Musizieren lernen. Als mein Großvater daraufhin wissen wollte, welches Instrument mir denn vorschwebe, fiel die Antwort kategorisch aus.«

Eine Sprechpause, die Frucht langjähriger Bühnenerfahrung.

»Alle, Großvater. Ich will sie alle spielen.«

»Und so brachte man mich noch am selben Tag nach dem Abendessen zu Ivo Frustalupi, dem Musiklehrer des Städtchens. Wie es von da an jeden Montag, Mittwoch und Freitag geschehen sollte. Montags Theorie und Notenkunde; mittwochs und freitags Instrumentalunterricht. Als Einstiegsinstrument wählte man naheliegenderweise die Klarinette: Zu Hause gab es zwei alte, die meinem Großvater gehörten. Man könne darüber reden, mir ein neues Instrument zu kaufen, sagte mein Vater, wenn ich mein Diplom in der Tasche hätte. An den anderen Wochentagen hatte ich zu Hause zu üben.«

Unvergesslich.

»Um es kurz zu machen: Nach einem Jahr nahm mir Frustalupi am Ende der Stunde die Klarinette sanfter aus der Hand als sonst und sagte, er bringe mich heute nach Hause. Dort angekommen, ging er mit mir zu meinem Großvater, händigte ihm das Instrument aus und sprach, oder besser gesagt verkündete sein Urteil. Es lautete wörtlich: ›Hör zu, Beppe, wenn du mich fragst, quälst du die arme Klarinette weniger, wenn du mit dem Pflug drübergehst.‹«

Carlos Seufzen ist theatralisch, aber darum nicht minder wahrhaftig.

So wie die Stunden wahrhaftig waren, die er jeden Abend vor dem Zubettgehen damit zubrachte, seine zum Mundstück geformte Hand auf und ab zu bewegen und dabei schleppend die Namen der Noten vor sich hin zu sprechen. Ziemlich lästig für seinen Zimmergenossen, das heißt für mich. Aber dann machte er sich zum Glück an der Klarinette zu schaffen.

Zum Glück, denn sooft er die Klarinette zur Hand nahm, bedeutete dies, dass es dem Ende zuging und nur noch eine letzte halbe Stunde des Leidens blieb. Die intensivste, muss man sagen, aber auch die befreiendste.

»Über das Urteil des Lehrers wurde nicht diskutiert. Seiner Aussage nach war ich der nutzloseste Schüler, den er je gehabt hatte. Nicht dass ich mich in Sachen Theorie und Notenlehre dumm angestellt hätte, im Gegenteil. Das Problem, das wirkliche Problem bestand darin, dass ich überhaupt kein Gehör besaß. Zwischen der kristallklaren Note in meinem Kopf und dem düsteren Ächzen, das sich der Klarinette entrang, lagen Welten.«

Carlo seufzt ein zweites Mal, kürzer und noch aufrichtiger.

»Gewisse Leidenschaften kann man nicht leben, gewisse Fehler kann man nicht beheben. Ich war und bin bis heute unfähig, einen Ton zu treffen. Und ich war und bin bis heute ein leidenschaftlicher Musikliebhaber.«

Allmählich kommen wir zur Sache. Denjenigen, die ihn nicht kennen, mag mein Bruder wie ein Volltrottel erscheinen, und im Publikum beginnt sich so mancher unübersehbar zu fragen, worauf der nette alte Mann eigentlich hinauswill. Aber viele unter den Anwesenden wissen, was ich weiß.

Nämlich dass bisher Carlo, der Enkel von Beppe, gesprochen hat, jetzt aber ergreift gleich ein anderer das Wort – Professor Carlo Trivella. Ein renommierter Mathematiker und vor allen Dingen einer der angesehensten Musikologen überhaupt.

DONNERSTAGMORGEN

»Bitte sehr. Ein Hörnchen mit Marmelade und ein doppelter Espresso. Kommt noch etwas dazu?«

»Nein danke.«

Leonardo gähnte wie ein Warzenschwein und griff mit der Hand, die er sich nicht vor den Mund hielt, nach der Espressotasse. Doppelt, ja. Den brauchte er jetzt, nachdem er um halb fünf Uhr morgens ins Bett gegangen war.

Leonardo hatte kein Problem damit, bis vier Uhr früh wach zu bleiben; problematisch war nur, am nächsten Morgen um sieben aufstehen zu müssen, dazu noch mit brennenden Augen von den dreieinhalb Stunden Bildschirmlektüre und innerlich so kraftlos, traurig und schwer wie ein Teller kalt gewordene Fritten. Der Roman war zweifellos gut geschrieben (sonst hätte Leonardo ihn einfach liegen lassen), aber er hatte noch selten etwas derart Deprimierendes gelesen.

Außerdem war ihm, als er schließlich ins Bett ging, das Einschlafen schwergefallen. Teils sicherlich wegen der Stunden vor dem Computer, teils auch weil man einfach schwerer in den Schlaf findet, wenn man die übliche Zubettgehzeit überschritten hat. Vor allem aber hatte der Roman ihn an etwas erinnert. Er kam nur nicht darauf, was das sein könnte, und so hatten seine Neuronen sich noch eine ganze Weile lang hin und her gewälzt, hatten vergeblich versucht, die richtige Verbindung herzustellen, und sich geweigert, der Müdigkeit Tribut zu zollen.

Dann war der Schlaf endlich gekommen; zu spät und zu wenig davon. Und obwohl Leo am Abend zuvor Letizia versprochen hatte, eine halbe Stunde früher aufzustehen, um in aller Ruhe aufs Polizeirevier zu gehen und den rätselhaften Computer abzugeben, hatte er daher massiv verschlafen, und jetzt blieben ihm knapp fünf Minuten, um zu frühstücken, bevor er zum Zug musste. Nicht genug, um auf die *Gazzetta* zu warten, die sich im Moment im Besitz eines blonden Winzlings mit Brille befand. Der hatte die Zeitung mit der ganzen Sorgfalt eines Mannes vor sich ausgebreitet, der sie von der ersten bis zur letzten Seite durchzulesen gedenkt.

Aber ein Frühstück in der Bar ohne Zeitung, das war einfach nichts für Leonardo. Weshalb er, während er in sein Hörnchen biss, nach dem *Tirreno* griff und das Blatt aufschlug.

Arbeiterunruhen vor dem Ilva-Werk. Dreitausend Menschen demonstrieren gegen Zwangsstilllegung.

Das glaube ich gern.

Der Papst: Familie ist Grundlage für den Frieden. Ehe und Kinder sind Gegenwart und Zukunft des Heils.

Supereinverstanden. Aber was weißt du eigentlich davon?

Bittere Rückkehr aus dem Urlaub. Einbruch in der Villa Mancini, Wohnsitz des bekannten Schriftstellers.

Ja, leck mich fett.

Nun sind ja Bars und Kneipen transversale Orte par excellence. In Bahnhofsvierteln kommt diese Transversalität zur vollen Blüte. Man könnte es auch wie folgt formulieren: Eine Kneipe im Bahnhofsviertel ist ein Ort, den im Prinzip jeder betreten kann. Angestellte, die eilig einen Espresso hinunterkippen, alte Damen auf dem Weg zum Markt, Teenager mit dem Rucksack auf dem Rücken, die sich ständig umsehen und hoffen, dass kein Lehrer hereinkommt, Drogenabhängige, die um ein Glas Wasser mit einem Stück Zitrone bitten, und wenn sie wieder weg sind, steht das Wasser immer noch da und der Zitronenschlitz fehlt.

Es sollte daher niemanden wundern, wenn in der Bahnhofsbar auch der junge Exmitarbeiter eines Alarmanlagenherstellers beim Frühstück saß, der zurzeit in die Aktivitäten einer abgehalfterten Einbrecherclique verwickelt war; und dieser junge Mann fragte sich gerade, ob der Wagen, den er vor zwei oder drei Abenden an einem Ort hatte stehen lassen, wo er nicht mehr zu finden war, ob also dieser Wagen vielleicht zufällig in der Gegend stand, in der sie ihn ursprünglich gestohlen hatten, nämlich nahe dem Bahnhof.

Ebenso wenig sollte die Tatsache verwundern, dass in dem Augenblick, in dem Leonardo den rätselhaften Computer aus einer der zwei schwarzen Taschen zog, die an seinem Tischchen lehnten, besagter junger Mann zwei oder drei Sekunden lang wie hypnotisiert auf diesen Laptop starrte, dasselbe Gerät, das er in besagtem Auto hatte liegen lassen.

Mit verstecktem Interesse beobachtete Costantino also, wie Leonardo den Laptop auf seinem Tischchen abstellte, ihn aufklappte und einige Sekunden lang draufglotzte, um ihn dann wieder zuzuklappen und zurück in die Tasche zu stecken. Als Leonardo nach der Rechnung verlangte, folgte Costantino ihm zur Kasse.

Wäre Leonardo ein bisschen klarer im Kopf gewesen und hätte er etwas mehr geschlafen als nur die paar Stunden, so wäre ihm an diesem Vormittag wahrscheinlich nicht die Reihe von Fehlern unterlaufen, die er im Weiteren begehen sollte.

Der erste Fehler hatte darin bestanden, den Laptop aus der Tasche zu holen und ihn aufzuklappen, als hätte er in der Bar tatsächlich Zugriff darauf – ihm war in dem Moment völlig entfallen, dass er den Inhalt der Festplatte nur deshalb hatte lesen können, weil er die Daten zu Hause auf seinen eigenen PC übertragen hatte. Für den Laptop selbst fehlte ihm ja das Passwort.

Als Zweites hatte Leonardo, anstatt zum Bahnhof zu gehen, wie auf Autopilot den Heimweg eingeschlagen, um seinen Wagen zu holen. Er dachte keine Sekunde lang daran, dass das Auto unter Fahrverbot gestellt worden war und er es daher gar nicht verwenden durfte; tatsächlich hatte sich sein Hirn, als ihm klar wurde, dass er höchstwahrscheinlich einen Teil der Beute vom Einbruch in der Villa Mancini in Händen hielt, sofort der Möglichkeit zugewandt, dem Autor diese frohe Botschaft mitzuteilen, und so war der Rest seines Körpers wie von Geisterhand bewegt zu der Stelle am Fahrbahnrand gegangen, an der Leonardo seit gut sechs Jahren zu parken pflegte, einhundert Meter von seinem Haus wie auch von der Bahnhofsbar entfernt.

Wäre Leonardo nicht drittens damit beschäftigt gewesen, die mehr als wahrscheinliche Summe zu überschlagen, die ihm der berühmte Jünger Kalliopes zum Dank für den wiedergefundenen Laptop aushändigen würde, so hätte er sicherlich bemerkt, dass der Fahrer eines Mopeds mit erheblichen Auspuffproblemen ihm aus einigen Metern Entfernung folgte, unter Missachtung der Einbahnstraße. Nachdem er in den Wagen gestiegen war und sich auf den Weg zu LeaderSoft gemacht hatte, sank die Wahrscheinlichkeit, dass er seinen Verfolger bemerkte, beträchtlich, obwohl das Moped gar nicht mehr aufhörte zu spotzen. Aber zum einen ging das Geknatter im übrigen Verkehrslärm unter, und zum anderen weiß schließlich jeder, dass bestimmte Dinge nur in Fernsehthrillern passieren, im wirklichen Leben zieht man so etwas nicht in Betracht.

Dass er den nun nicht mehr rätselhaften Laptop, nachdem er seinen Wagen auf der Stellfläche vor dem Firmensitz geparkt hatte, mit ins Innere des Gebäudes nahm, war nicht so richtig ein Fehler: Leonardo war eben neugierig, einen weiteren Blick auf die Inhalte der Festplatte zu werfen, und um das tun zu können, musste er den Laptop an einen der Firmencomputer anschließen, ihm fehlte ja das Zugangspasswort. Sein nächster Fehler bestand vielmehr darin, einen Anruf auf seinem Handy entgegenzunehmen, um Letizia zu beruhigen (»Ciao, Leo, entschuldige, wenn ich störe, aber ich wollte dich heute Morgen nicht wecken, bist du noch im Zug?« – »Nein, nein, ich sitze nicht im Zug, ich bin schon da.« – »Sag mal, hast du daran gedacht, bei der Polizei vorbeizugehen wegen dem Computer...« – »Keine Sorge, Schatz, alles in Ordnung.« – »Ah, zum Glück, gut gemacht. Hör mal ...«), und zu diesem Zweck seine zweite Hand zum Halten des Handys zu verwenden. Da Leo, wie das bei Menschen so üblich ist, zwei Hände hatte und nicht acht, so wie Frauen das gemeinhin annehmen, hatte dies zur Folge, dass die zweite schwarze Tasche, die mit dem Firmenrechner, im Wagen blieb. Und das sollte sich als der größte Fehler von allen erweisen.

»Chiezzi?«

Als Leonardo Tenassos Stimme am Telefon hörte, klappte er instinktiv den Bildschirm des Laptops zu.

»Ja.«

»Was machen Sie gerade?«

»Ich war mit der Häufigkeitsanalyse eines Strings beschäftigt ...«

»Gut. Sind Sie damit durch?«

»Ja.«

»Noch besser. Hören Sie, Dr. Delneri hier sagt, dass beim alten Compiler Bibliothekskonflikte auftreten. Die hatten Sie mit dem neuen Compiler doch gelöst, oder?«

»Ja, habe ich.«

»Ausgezeichnet. Kommen Sie bitte mit Ihrem Laptop herüber, dann werfen wir zusammen einen Blick auf die Änderungen.«

»Bin gleich bei Ihnen.«

Nachdem Leonardo vor Costantinos Augen von der Landstraße abgefahren und auf den Parkplatz von LeaderSoft eingebogen war, hatte es dieser umsichtig vermieden, ihm auf das Firmengelände zu folgen. Stattdessen war er weitergefahren; natürlich rechnet im wirklichen Leben niemand damit, verfolgt zu werden, aber mit einem knatternden Mofa auf einen Privatparkplatz zu fahren ist nicht gerade die beste Methode, sich unauffällig zu verhalten.

Also stellte Costantino das Mofa vor einer nahe gelegenen Bar ab und machte sich zu Fuß auf den Rückweg.

Dabei dankte er einer unbestimmten Gottheit zum ungefähr hundertsten Mal für die Eingebung, den UCG mitzunehmen.

Der Universal Code Grabber (Costantino nannte ihn auch UKW) war ein schlichtes Gerät, das Funkwellen aller Art empfangen konnte, beispielsweise von der in einem Autoschlüssel enthaltenen Fernbedienung für das Schloss. Das Gerät klonte solche Signale. Zu der Zeit, als Costantino noch Alarmanlagen installierte, statt sie außer Gefecht zu setzen, war das Gerät eines von seinen Hauptarbeitsinstrumenten gewesen. Vor ein paar Tagen hatte er damit den Zugangscode zu Leonardos Auto abfangen und es öffnen können, wobei ihm eine Angewohnheit ebendieses Leonardo in die Hände spielte – der vergewisserte sich nämlich gerne, ob sein Auto auch wirklich zu war, indem er aus zwanzig Meter Distanz den Knopf betätigte. Alles Nötige, um den Wagen zu öffnen und in Gang zu setzen, war seitdem auf dem UCG gespeichert; weshalb Costantino, als ihm klar wurde, dass er tatsächlich demselben Wagen folgte, den er schon vor Tagen gestohlen hatte, zu glauben begann, dass seine Probleme nun endgültig gelöst seien.

Auf dem Parkplatz gelang es ihm mit Leichtigkeit, den silbernen 206 ausfindig zu machen. Er ging hinüber und warf einen Blick ins Wageninnere. Hinter dem Fahrersitz entdeckte er die schwarze Computertasche. Costantino unterdrückte, so gut es ging, ein Zittern, und betätigte den Knopf des UCG. Sogleich setzte sich der Türmechanismus des Wagens in Gang. Das Geräusch vermittelte ihm den Eindruck, der ganze Parkplatz vibriere.

Nachdem er zwei oder drei Sekunden gewartet hatte, öffnete Costantino die Wagentür, schob die Hand hinein und schnappte sich die Tasche.

Erledigt.

Aber wieso, zum Henker, ist für den Buckligen genau dieser Laptop so wichtig?

»Eben nicht, Angelica. Das Wichtigste ist der Laptop.«

»Kapiere ich nicht. Bei dir wird eingebrochen, man klaut dir die Bilder, den Fernseher, diese Weine, die du behandelst, als wären sie deine Kin...«

Am anderen Ende der Leitung wurde es still. Eine Stille, die Giacomo – zu Recht – als Zeichen des Verstehens aufnahm. In dem Sinn, dass Angelica ihn verstanden hatte, und nicht etwa in jenem, dass sie Verständnis für ihn aufbringen würde.

»Angelica?«

»Ja. Ich bin schon noch da.«

»Angelica, siehst du jetzt, dass ...«

»Wenn hier einer nicht richtig da ist, dann du. Willst du mir wirklich sagen, dass du noch nicht mal eine Kopie hast?«

Giacomo atmete tief durch, wenn auch nicht so tief, wie er gewollt hätte.

»Nein. Nicht mal eine Kopie.«

»Wann hattest du vor, mir das mitzuteilen?«

»Also, ich dachte einfach, und das denke ich ja immer noch, dass sich die Sache regeln wird. Heutzutage, da kann man einen Computer doch aufspüren ...«

»Ja, wenigstens das, Gott sei Dank. Wenn schon die Menschen einfach so abtauchen können. Ist dir eigentlich klar, dass das Buch seit Februar angekündigt ist? Dass die Buchhandlungen es schon bestellen, von den Grossisten ganz zu schweigen? Dass die Vorschau detailliert darauf eingeht: ›die packende Biografie eines Mathematikers auf der Suche nach Schönheit jenseits seiner selbst‹? Dass der Preis bei achtzehn Euro liegt, ausgehend davon, dass es sich um ein Hardcover im Umfang von dreihundert Seiten handelt, von denen wir bisher allerdings keine zehn Zeilen gesehen haben?«

Die einzige Art, eine Frage zu beantworten, auf die es keine Antwort gibt, besteht darin, eine Gegenfrage zu stellen. Ganze Berufsgruppen von unterschiedlicher Seriosität, vom Rabbiner bis zum Psychoanalytiker, gründen ihre Reputation auf die Fähigkeit, sich eisern an diese Regel zu halten, und bilden dadurch die Obergruppe der wissend unwissenden Profis. Giacomo war zwar nur Dilettant, hielt sich aber ebenfalls daran.

»Ja. Und was soll ich deiner Ansicht nach jetzt machen?«

»Ruf mich nicht wieder an, bevor du einen unveröffentlichten, dreihundert Seiten langen Roman hast, in dem es um einen Mathematiker im Pensionsalter geht. Ob es das angefangene Buch ist oder ein anderes, ist egal.«

Auflegen zu können bedeutete eine gewisse Erleichterung.

Zu der Paola noch weiter beitrug, indem sie sich aus ihrem Sessel erhob, zu Giacomo trat und ihm sanft eine Hand auf den Rücken legte.

Leider betrat unmittelbar danach Seelan das Zimmer, als witterte er, damit den ersten Moment ehelichen Einvernehmens zu ruinieren, der sich in dieser Woche einstellte. Er trug ein Tablett in der Hand und eine Miene zur Schau, als hätte er sich gerade einen Dokumentarfilm über Hiroshima angesehen.

»Entschuldigen, wenn ich erlaube, Signore Giacomo«, sagte er und blieb kurz hinter der Schwelle stehen.

»Nur herein, Seelan, keine Sorge. Was gibt es denn?«, fragte Paola mit gespielter Gelassenheit.

»Ein paar Sachen, die meine Frau Sie gemacht. Sie denkt, dass Ihnen Freude. Bei uns sie heißen *vadai*. Ist mit Linsen, mit Gewürz, *Masala vadai*, und mit Kartoffel, *Uzhundu vadai*. Viel sehr gut für uns.«

Damit stellte er das Tablett auf das Tischchen und trat zur Seite, wahrscheinlich um im rechten Moment seinen Posten wieder zu räumen. Giacomo nahm sich ein Stück Frittiertes, aus purer Höflichkeit.

Genau fünfzehn Sekunden später – das erste Stück war noch nicht ganz verschluckt – schnappte er sich Nr. 2.

»Mamma mia, Seelan«, sagte Paola ebenfalls mit vollem Mund. »Das schmeckt ja phantastisch.«

Ausgezeichnet, bestätigte Giacomo mit vollen Backen.

Seelan erlaubte einem halb legalen Lächeln, für einen Augenblick aus dem Schatten zu treten.

»Für uns in Sri Lanka das Fast Food. Wir gehen nicht in McDonald's.«

»Und überhaupt nicht fettig«, stellte Paola fest, während Giacomo zu Stück Nr. 4 griff (Nr. 3 war schneller verschwunden als ein Lächeln von Seelan). »Sind die wirklich frittiert? Oder aus dem Ofen?«

»Frittiert, doch. Aber nehmen *baking*.«

»*Baking*? Was ist das, irgendeine sri-lankische Geheimzutat?«

»Nein, nein. *Baking*. Auch hier ich immer gesehen. Weißes Pulver, davon man rülpsen.«

»Ach, Backpulver«, erriet Paola. »*Baking soda*, klar.«

»Genau, *baking soda*. Dann, wenn wir *vadai* in Pfanne werfen, gibt ganz viel Dampf, viel Gas, und Öl davon weg. Frittiertes wird knusprig und nicht weich. Wenn weich, nicht gut.«

»Andere Zeiten ...«, sagte Giacomo und griff weiter wacker zu.

Unglaublich, wie ein ordentlicher Happen im Handumdrehen die Stimmung ändern kann.

»Einen Moment. Vor einer Viertelstunde hieß es, einen Moment, Dr. Chiezzi. Hätten Sie die Güte, mir mitzuteilen, wo Sie in der Zwischenzeit waren?«

Leonardo, sein Mobiltelefon in der Hand, schloss vorsichtig die Tür des Peugeot 206. Dieselbe Tür, die er wenige Minuten vorher zugeknallt hatte, nachdem er festgestellt hatte, dass der Wagen offen stand und der Firmenlaptop fehlte.

»Ja, Signor Tenasso. Ich habe was aus dem Wagen geholt, was ich unbedingt brauchte. Ich dachte, das wäre gleich erledigt ...«

»Und, sind Sie fündig geworden?«

»Nicht so richtig.«

»Gut, dann suchen Sie nachher weiter. Jetzt kommen Sie endlich mit dem Computer her. Nicht in einem Moment, sofort. Gestatten Sie mir, Sie daran zu erinnern, dass sich mein Büro im dritten Stock befindet, hinten rechts. Können Sie das so lange behalten, bis Sie hier sind?«

DONNERSTAGNACHMITTAG

»Dr. Corradini, hätten Sie eine Minute Zeit?«

Beim Verlassen seines Büros erwischt, dem Gesichtsausdruck nach auf dem Weg zur Kaffeepause, wirkte der Polizeipräsident einen Moment lang verdattert.

»Ich grüße Sie, *agente* Stelea. Also, wir haben hier wirklich ein Problem. Soeben hatte ich einen Anruf von Anniballe, er ist immer noch nicht auf den Beinen, jetzt muss ich wohl Ross und Reiter gleichzeitig spielen. Aber wenn es wirklich nur eine Minute ist ...«

»Keine Sekunde länger, *dottore.*«

Für diese eine Minute hatte Corinna fast eine Stunde lang vor der Tür des Polizeipräsidenten die Stellung gehalten, unter geschäftigem Hin-und-Her-Gehen auf dem Korridor, der zum Büro ihres Chefs führte. Sie hatte eine Akte in der Hand – in keiner Behörde wird man aufgehalten, wenn man mit einer Akte in der Hand herumläuft – und immer wieder innegehalten, um durchs Fenster des Archivs einen Blick auf die fragliche Tür zu werfen. Das war mal richtige Polizeiarbeit, ganz im Gegensatz zur Schrankenheberei.

Dr. Corradini setzte sich schicksalsergeben wieder in Bewegung.

»Worum geht es?«

Im Weitergehen schlug Corinna die Akte auf – eine ganz

und gar nutzlose Geste, da sie auswendig wusste, was sie vorbringen wollte, aber sie sparte sich dadurch die unvermeidlichen Zwischenfragen: »Sind Sie sicher?« und »Wollen Sie nicht lieber noch mal nachsehen?«, die der Polizeipräsident stellte, sooft ihm etwas, das Arbeit bedeutete, nur mündlich vorgetragen wurde. Corinna deutete also auf eine Stelle in einem Bericht.

»Da. Vergangene Woche wurde in der Provinz nur ein Auto gestohlen. Ein Peugeot 206, dessen Fehlen am Tag vor dem Einbruch in der Villa Mancini angezeigt wurde.«

»Tatsächlich?«

»Ja. Nun wies der Einbruch im Hause Mancini, wenn Sie sich erinnern, einige Besonderheiten auf. Ich hatte in dem Zusammenhang die Hypothese formuliert, dass die Einbrecher aus Ungeschick oder mangelnder Erfahrung mit einem Kleinwagen gekommen sein könnten. Übrigens wurde das Tatfahrzeug zwei Tage später unversehrt in einem Feld gefunden. Und zwar ohne Anzeichen äußerer Gewaltanwendung.«

»Tatsächlich?« Im Gesicht des Polizeipräsidenten erschien ein Funken von Anteilnahme. »Das waren ja echte Gentlemen.«

»Ja, seltsam, oder? Ich meine, wenn ein Auto als Einbruchwagen gestohlen wird, dann wird es hinterher in der Regel angezündet. Wenn es dagegen gestohlen wird, weil der Dieb es behalten oder verkaufen will, welchen Sinn hätte es dann, das Auto zurück...«

»Vielen Dank, dass Sie so gütig sind, mir die Grundlagen meines Handwerks zu erklären«, sagte Dr. Corradini, während er seinen Weg fortsetzte. »Und was wollen Sie jetzt machen?«

»Also, ich dachte, es wäre vielleicht eine gute Idee, sich ein wenig mit diesem Leonardo Chiezzi zu unterhalten.«

Der Polizeipräsident senkte einen Moment lang das Haupt, ohne dabei seine Schritte zu verlangsamen. Wahrscheinlich durchforstete er sein Gehirn danach, ob irgendein Minister, General oder hoher Prälat mit Nachnamen Chiezzi hieß. Nach einigen Sekunden kam er offensichtlich zu dem Schluss, dass dem nicht so sei. Der Kopf der Pisaner Polizei hob seinen eigenen Kopf und sagte:

»Ich sehe da keine Probleme. Wenn Sie das für sinnvoll halten, tun Sie es.«

»Ausgezeichnet. Im Anschluss an Chiezzis Vernehmung würde ich dann ...«

»*Agente* Stelea, eines nach dem anderen. Jetzt fahren Sie erst mal zu diesem Chiezzi und lassen Sie mich, in drei Teufels Namen, auf den Lokus gehen. Wenn Sie zurück sind, sehen wir weiter, ja?«

»Zu Befehl.«

Schön wär's, dachte Dr. Corradini, die Hand auf die Klinke der Toilettentür gestützt. Und ging hinein, wobei sein dringendes Bedürfnis sich darauf beschränkte, sich Stelea vom Hals zu schaffen, bevor sie ihm noch ganz die Luft abdrückte.

Ja, das hätte gerade noch gefehlt, dass man von dieser Geschichte keine Luft mehr kriegt.

Zum dritten Mal an diesem Tag versuchte Costantino, ruhig zu atmen.

Zum ersten Mal war ihm die Luft weggeblieben, als er die Türautomatik des silberfarbenen 206 betätigt hatte. Doch als dann sichergestellt war, dass niemand etwas gehört hatte, und er nochmals überprüft hatte, dass sich an dieser Stelle des Parkplatzes keine Sicherheitskameras befanden, wurde sein Atem wieder so tief und regelmäßig wie gewohnt.

Zum zweiten Mal hatten sich seine Lungen verengt, als er die schwarze Tasche mit dem soeben entwendeten Computer öffnete, denn vor seinen Augen lag nicht der silbrige kleine Laptop mit dem angebissenen Apfel, sondern ein größeres Gerät, feuerrot und mit einem Firmenlogo darauf. Bei dieser zweiten Gelegenheit hielt die Beklemmung ein paar Minuten lang an – so lange, wie es dauerte, mit einer schnellen Internetrecherche festzustellen, dass der fragliche Computer ein kleines Juwel war und etwa das Dreifache wert wie der Laptop, den Costantino eigentlich mitgehen lassen wollte. Der Bucklige würde zufrieden sein, und wie.

Doch leider war der Bucklige dann alles andere als zufrieden. Da hatte es nichts geholfen, ihm zu erklären, dass der Typ halt zwei Computer haben musste, und ebenso wenig verfing das Argument, er, Costantino, sei nach dem Autodiebstahl, dem Einbruch und dem nochmaligen Diebstahl des Computers doch wohl verständlicherweise ein wenig nervös. Der Bucklige wollte diesen Computer und keinen anderen.

»Ich erklär's dir ja, Costantino. Ich erklär's dir mit Worten, ja? Wie man das so macht unter zivilisierten Menschen. Ich bin schon immer der Überzeugung, dass Worte völlig ausreichen. Aber du bist doch ein intelligenter Bursche, also zwing mich nicht ständig, mich zu wiederholen. Gutta, begleitest du Costantino bitte nach unten? Du musst entschuldigen, aber im Treppenhaus ist das Licht kaputt, da ist es zappenduster. Und wir wollen doch nicht, dass du stolperst und dir was brichst.«

Gutta erhob sich vom Sofa, stellte die Bierdose ab und rückte seine Hose zurecht. Dann legte er Costantino eine Hand auf den Rücken, um ihn zum Gehen aufzufordern.

Costantino war schon immer klar gewesen, dass er ein Winzling war. Und daran litt er. Seit der Gymnasialzeit, als seine Klassenkameraden auf einmal baumlange Muskelpakete mit Bartschatten wurden, während bei ihm noch nicht mal ein Flaum erschien. Mit sechzehn hatte Costantino ausgesehen wie zwölf. Was ihn ganz automatisch zur bevorzugten Zielscheibe der *Bullies* gemacht hatte, jener unvermeidlichen Idioten, die mit Freude jedem das Leben schwer machten, der ihrem zweifelhaften persönlichen Geschmack nicht genügte.

Heutzutage amüsieren sich solche Idioten im Netz, auf Facebook oder anderen virtuellen Kanälen, wo sie Fotos oder Videoclips hochladen, für die sich niemand schämen sollte als sie selbst. Zu der Zeit, in der Costantino aufs Gymnasium ging, gab es noch kein Facebook, weshalb den besagten Mistkerlen nichts blieb, als ihn zu verhauen. Seitdem fürchtete sich Costantino vor einer einzigen Sache. Und als nun Gutta ihm die Hand auf den Rücken legte, da schloss sich eine andere Hand, die er nicht sehen, aber doch fühlen konnte, um seine Luftröhre, und die Wirkung hielt immer noch an.

»Hallo?«

»Hallo, Leo?«

»Ciao, Leti. Was gibt's?«

»Also, ich sitze hier immer noch bei der Notenkonferenz, vor neun komme ich sicher nicht zurück. Zu Hause haben wir nichts Fertiges, und auf Kochen habe ich heute Abend wirklich überhaupt keine Lust mehr. Magst du vielleicht beim Supermarkt vorbeifahren und was holen?«

»Na klar. Mache ich gleich.«

»Leo?«

»Ja?«

»Alles in Ordnung? Du klingst ein bisschen …«

»Nein, alles okay. Ich bin nur ein bisschen müde.«

Und ein bisschen niedergeschlagen.

Das kommt schon mal vor bei einem, der gerade gefeuert worden ist.

Leonardo hatte kaum einen Fuß in Tenassos Büro gesetzt, da fing er schon an zu erklären, was passiert war, vor seinem Chef und dem leichenhaften Dr. Delneri. Während er erzählte, beschränkte Tenasso sich auf ein paar Zwischenfragen in einem neutralen, fast freundschaftlichen Ton.

»Hatten Sie vergessen, den Wagen abzuschließen? Das wäre verständlich. Der Firmenparkplatz liegt ja praktisch auf Privatgrund. Da glaubt man nicht, dass sich fremde Personen Zutritt verschaffen könnten, was?«

Tenasso musterte Leonardo mit überraschendem Wohlwollen. Wahrscheinlich gab er in Anwesenheit seiner Kunden gerne den aufgeklärten Manager. Leonardo bekam das Gefühl, dass es nun an ihm sei, etwas einzugestehen.

»Nein, da haben Sie recht. Ich muss wohl wirklich vergessen haben abzuschließen.«

Tenasso nickte teilnahmsvoll. Dann brachte er das Gespräch auf fachliche Fragen, und die Sache mit dem gestohlenen Computer schien damit vorübergehend erledigt.

Bis zu dem Augenblick, als die Chefsekretärin herein-
segelte und Leonardo ein doppelt gefaltetes Schriftstück in
die Hand drückte.

»Das ist für mich, ja?«, sagte Leonardo gespielt locker.

»Ich fürchte, ja«, antwortete die Sekretärin betont förm-
lich.

Zur selben Zeit öffnete Costantino das Fenster seiner Ein-
zimmerwohnung. Zum einen, um leichter wieder zu Atem
zu kommen, klar, zum anderen aber auch, um den nutzlosen Rechner aus dem Fenster zu werfen. Er packte ihn entschlossen, trat ans Fenster und besah sich den Gegenstand
ein letztes Mal.

Vom Deckel aus erwiderte der Schriftzug »LeaderSoft«
höhnisch seinen Blick.

Von wegen soft. Du wirst gleich sehen, was das für ein
Aufprall wird. Du fliegst hochkant vom Balkon, mit allem,
was ...

Moment mal. Immer sachte.

»Hallo, Paolo?«

Am anderen Ende der Leitung antwortete die fröhliche
Stimme des Anwalts Chioccioli.

»Ach, Leonardo, wie geht's?«

»Na ja, ganz gut. Pass auf ...«

»Wolltest du nach dem Bußgeld fragen? Weißt du, ich
hatte heute einen ziemlich vollen Tag. Ich bin gerade erst
nach Hause ...«

»Nein, nein. Es geht um etwas anderes. Hast du fünf
Minuten Zeit?«

»Na, ich bitte dich. Schieß los.«

Costantino öffnete ein neues Fenster, diesmal in der virtuellen Welt, und gab den Suchbegriff »LeaderSoft« bei Google ein. Nach ein paar Sekunden breitete sich eine lange Liste von Ergebnissen auf dem Bildschirm aus.

LeaderSoft GmbH – seit dem Jahr 2000 Experten für Ihre Sicherheit.

Ach. Interessant.

Klick.

»... und das ist alles. Heute Nachmittag hat mir dann die Sekretärin ein Schreiben gegeben, auf dem in neutralem Ton vermerkt ist, dass ich den Computer verloren habe.«

»Oh«, sagte Paolo in einem Tonfall, der Leonardo nicht gefiel.

»Was ist?«

»Lies mir das Schreiben bitte mal vor«, antwortete Paolo und klang jetzt ganz nach Anwalt. »Vom Anfang bis zum Ende, ohne etwas auszulassen. Lies einfach so, wie es da steht.«

»Na gut. Also. ›Navacchio, 15. Juni 2013. Betrifft: Abmahnung. Sehr geehrter Herr Dr. Chiezzi, wir stellen hiermit den folgenden Sachverhalt fest: Am 15. Juni 2013 parkten Sie Ihren Wagen auf dem Firmenparkplatz Ihres Arbeitgebers, der Firma LeaderSoft ...‹«

Wie Sie uns finden.

Klick.

LeaderSoft hat seinen Sitz im Gewerbegebiet von Navacchio (Provinz Pisa) und ist mit dem Auto problemlos über die A 11 oder die Schnellstraße Florenz-Pisa-Livorno zu erreichen. Aha, anscheinend gab es nur eine Niederlassung. Das war ein Problem.

Costantino scrollte vorsichtig die Seite herunter, überflog, was auf dem Bildschirm erschien, und sprang von einer Information zur nächsten, wie man das eben so macht beim Besuch einer Website.

Wenn es nur eine Niederlassung gab, dann bedeutete das, dass er zur Rückgabe des Computers dorthin zurückmusste. An denselben Ort also, wo er ihn entwendet hatte. Riskant.

»›… im Laufe der Unterredung gingen Sie zu Ihrem Wagen und stellten dort fest, dass Ihnen der Laptop-Computer gestohlen worden war. Besagter Laptop enthielt nicht nur allgemeine Firmeninformationen, sondern auch Betriebsgeheimnisse …‹«

Wer wir sind.

Klick.

Die Firma LeaderSoft ist seit dem Jahr 2001 auf dem Gebiet der Computersicherheit und des Data Mining tätig. Sie bietet ihren Kunden maßgeschneiderte Individuallösungen. Unsere Produkte …

Auf Costantinos Gesicht breitete sich das erste Lächeln des Tages aus.

Gut. LeaderSoft war also ein Unternehmen, das Sicherheitssoftware verkaufte. Dann musste der Computer neben dem reinen Materialwert auch wertvolle Informationen enthalten. Ein Finderlohn war an diesem Punkt nicht nur wahrscheinlich: Er war eine Gewissheit.

»›… Darauf angesprochen, sagten Sie in Anwesenheit von Zeugen, Sie hätten den Wagen nach Parken desselben nicht abgeschlossen. Nach den gültigen Richtlinien unseres Unternehmens zum Umgang mit informatischen Geräten der Firma, die Ihnen bei der Übergabe des besagten Laptops ausgehändigt und von Ihnen mit Datum vom 6. 10. 2010 unterzeichnet wurden, sind Sie als Angestellter verpflichtet, Ihren Firmen-PC, der Ihnen seitens des Unternehmens überlassen wurde, mit angemessener Sorgfalt zu behandeln. Selbiges gilt für die jeweiligen Zugangsdaten und Passwörter.‹«

Leonardo holte kurz Luft und wartete auf irgendeinen Kommentar, der jedoch ausblieb.

»›Etwaige Erklärungen Ihrerseits zu den dargestellten Tatsachen sind in einem Zeitraum von fünf Tagen nach Erhalt dieses Schreibens vorzubringen. Weitere Schritte, auch zur Geltendmachung entstandener Schäden, behalten wir uns vor.‹« Leonardo holte abermals Luft. »Mit freundlichen Grüßen, Unterschrift. Heißt das, ich soll denen den Computer ersetzen?«

Anwalt Chioccioli atmete tief durch.

»Nein, Leonardo. Das heißt, Sie haben vor, dich zu entlassen.«

Karriere.

Klickklick.

Als Vorreiter der Branche sucht LeaderSoft fortlaufend dynamische, proaktive Mitarbeiter, die in der Lage sind, auf die vielfältigen und ständig wachsenden Herausforderungen zu antworten, die sich auf dem Gebiet der Datensicherheit und des Datenmanagements stellen. Dass ich nicht lache. Ich

bin bei euch auf den Hof spaziert, habe ein Auto ge-
knackt und mich mit einem Computer unterm Arm wieder
vom Acker gemacht. Kein Pornofilmregisseur wählt seine
Kameraeinstellung so lieblos wie ihr eure Videoüberwachung. Was ihr wirklich braucht, liebe Leute, das ist ein
interner Sicherheitsbeauftragter. Datenmanagement, pff.
Warum eigentlich nicht? Ich schaue einfach mal vorbei,
mit diesem Computer, den ich gefunden habe. *Im Zug.*
Keine Ahnung, warum, aber der Typ am Telefon hat gesagt,
er fährt mit dem Zug zur Arbeit. Und dann erwähne ich
ganz beiläufig zwei oder drei Sicherheitslücken. Am Ende
schaut da noch ein Bewerbungsgespräch raus. Na, ein
Risiko ist das natürlich schon. Aber was ist heutzutage kein
Risiko?

Mit einem entschiedenen Klick schloss Costantino das
Browserfenster.

Wer nichts wagt, der nichts gewinnt. Und bei den beiden
Spinnern ist das Risiko auf jeden Fall höher als bei einer
Softwarefirma. Wer ist das größere Arschloch, ein Infor-
matiker oder ein größenwahnsinniger Dealer?

»Ja, wir sind da auf einer Linie. Das größte Arschloch ist
sicherlich dieser Tenasso. Aber fassen wir noch mal die
Fakten zusammen«, unterbrach Anwalt Chioccioli die leo-
nardeske Suada (die man vom Inhalt her auch als dantesk
hätte bezeichnen können). »Hast du wirklich vor Zeugen
gesagt, dass du nicht weißt, ob du den Wagen abgeschlossen hast?«

»Ja. So ein Mistkerl ... Deshalb war der so scheißfreund-
lich. ›Verstehe.‹ ›Das war ja auf dem Firmenparkplatz.‹
›Damit rechnet doch keiner.‹ Den sollte ein Lkw über-

fahren, am besten mit einer Ladung gebrauchter Einweg-spr...«

»Leonardo, bitte.«

»Entschuldigung. Ja, ich habe das gesagt.«

»Gut. Und noch eine Kleinigkeit ...«

»Ja?«

»Wie hast du das Schreiben zugestellt bekommen? Wurde es dir persönlich übergeben?«

»Ja.«

»Ich meine, hat es dir jemand in die Hand gedrückt? Oder wurde es dir vielleicht auf den Schreibtisch gelegt?«

»Nein, in die Hand.«

»In einem Umschlag?«

»Nein. Doppelt gefaltet und mit so einer Art Klammer geschlossen.«

»Tja. Also, da können wir noch nicht mal einen Form-fehler monieren.«

»Was heißt das?«

»Na ja, wenn sie dir einen Umschlag gegeben hätten, könntest du fünf Tage verstreichen lassen und, wenn dann die Kündigung erfolgt, behaupten, der Umschlag sei leer gewesen. Und wenn dir das Schreiben nicht in die Hand gegeben, sondern einfach auf den Schreibtisch gelegt wor-den wäre, könntest du vorbringen, du hättest es nicht ge-sehen und später habe jemand den Umschlag böswillig verschwinden lassen.«

»Verstehe. Aber dann würden sie mir den Brief halt noch mal geben.«

»Nein, mein Lieber, so funktioniert das nicht. Denn zu dem Zeitpunkt wäre die Mitteilung nicht mehr unverzüg-lich erfolgt. Für eine verhaltensbedingte Kündigung ist es von grundlegender Bedeutung, dass die vorangehende Abmahnung ohne Verzögerung übermittelt wird. Wenn da eine Woche vergeht, ist es nichts mehr mit unverzüglich.«

Leonardo blieb einen Moment lang stumm.

»Also, weißt du, wenn man sich auf solche juristischen Haarspaltereien einlassen muss …«

»Tut mir leid, deine kindliche Seele damit zu verstören. Weißt du was, beim nächsten Mal rufst du am besten einen Priester.«

»Äh, entschuldige, Paolo. Ich bin einfach ein bisschen …«

»Das kann ich mir schon denken. So oder so gibt es in deinem Fall kaum Haare zu spalten. So leid es mir tut, dein guter Tenasso hat das alles wirklich gut eingefädelt. Ich sage es nur ungern, Leo, aber du bist so gut wie arbeitslos. Wenn du mich fragst, brauchst du ab morgen gar nicht mehr hinzugehen.«

FREITAGMORGEN

Der Wert eines Computers besteht in den Daten, die man eingibt.

Ein Computer ist, wie man es auch betrachten mag, ein Gerät zur Datenverarbeitung, so wie eine Küchenmaschine ein Gerät zur Verarbeitung von Lebensmitteln ist; aber wenn das Rohmaterial, womit man die Maschine füttert, über dem Verfallsdatum liegt oder auch nur nahe daran, und wenn wir für die Soße anstelle gemächlich in der Mittelmeersonne gereifter Pachinotomaten irgendein aufgeblasenes holländisches Treibhauszeug hernehmen, dann wird das nicht zum selben Geschmack führen. Mit Computern verhält es sich ebenso.

Informatiker (Menschen also, die es lohnender finden, eine Tastatur zu bearbeiten als ein Nudelgericht) legen auf diesen Zusammenhang so großen Wert, dass sie dafür ein eigenes Akronym geprägt haben: GIGO, die Abkürzung von *garbage in, garbage out*. Anders gesagt: Ist der Input Müll, so gilt das auch für den Output.

Der vorangegangene kurze Absatz glänzt nicht nur mit der Verwendung von »lohnend« statt »lohnenswert«, er illustriert auch, warum beide, Costantino und Leonardo, überzeugt waren, mit den Laptops etwas ausgesprochen Wertvolles in Händen zu halten. Bestimmt würde den Eigentümern sehr daran gelegen sein, ihre Geräte zurückzubekommen, schon allein wegen der darauf befindlichen Daten. Und wer weiß, vielleicht würde dabei sogar eine kleine Belohnung herausspringen. (»Wert« und »Lohn« gehen durchaus zusammen, nur nicht in einem einzelnen Adjektiv.)

Nachdem Leonardo telefonisch Bescheid gegeben hatte, dass er der Arbeit fernbleiben würde, saß er zu Hause und dachte nach.

Als Erstes musste er Kontakt zu Mancini aufnehmen. Und das konnte ein Problem sein. Das Nächstliegende wäre gewesen, sich als Journalist auszugeben, und bei einem anderen Schriftsteller hätte das auch funktionieren können. Nun war aber leider bestens bekannt, dass Giacomo Mancini von Journalisten ungefähr so viel hielt wie Dante seinerzeit von den Einwohnern der Stadt Pisa. Darüber hinaus mochte es in Zeiten des Internet gar nicht so leicht sein, sich als Journalist auszugeben.

Eine zweite Möglichkeit bestand darin, Giacomo als Schriftsteller und Bildungsbürger anzusprechen, wie es irgendein Universitätsvertreter tun könnte. Etwa ein Professor für Komparatistik, der sich meldete, um Giacomo zur Teilnahme an einem Projekt einzuladen, bei dem es darum ging, die sogenannte Hochkultur unters dumme Volk zu bringen. Bedauerlicherweise ähnelte Giacomo Mancinis Haltung gegenüber Universitätsvertretern in erheblichem Maße der Haltung Dantes zu den Einwohnern von Florenz.

Nein, wenn Leonardo mit Mancini auf direktem Wege in Kontakt treten wollte, dann durfte er nicht aufs Berufliche abheben, er musste einen persönlichen Ansatzpunkt suchen. Und um nicht gleich enttarnt zu werden, musste er als Angehöriger eines Milieus auftreten, bei dem Überschneidungen mit der Kultur, gleich welcher Art, höchst unwahrscheinlich waren.

Also kam nur eines infrage: die Welt des Sports.

»Hallo? Spreche ich mit Angelica Terrazzani?«

»Ja, am Apparat.«

»Guten Tag. Ich bin Davide Gravaglia von der Agentur ISM. Wenn Sie eine Minute Zeit hätten, würde ich Ihnen gerne ...«

»Entschuldigen Sie. Aber ich kenne keine Literaturagentur namens ISM.«

»Nein, sicher nicht. ISM vertritt keine Autoren, sondern Sportler. Unser Name steht für International Sports Management. Wir vertreten insbesondere professionelle Golfspieler. Verzeihen Sie, wenn ich mich da unklar ausgedrückt habe.«

Technisch gesehen war das nicht gelogen. ISM ist in der Tat eine der erfolgreichsten Sportagenturen der Welt, und zu ihren Kunden zählen durchschnittlich drei oder vier Spieler aus den Top Ten der beliebtesten Sportart für Reiche.

»Das macht doch nichts«, sagte Angelica in freundlicherem Ton. »Was kann ich für Sie tun?«

»Also, ich wollte Ihnen ein Projekt vorstellen, das idealerweise auf die Mitwirkung eines Ihrer Autoren zählen würde.«

»Ich vermute, Sie denken da an Giacomo Mancini.«

»Ganz recht. Es geht um Folgendes. Im Sommer 2014 wird der neue 18-Loch-Course des Manzano Golf Resort eröffnet, der nach einem persönlichen Entwurf von Gary Player gebaut wurde. Gary Player kommt aus diesem Anlass nach Europa, und er ist, wie ich erfahren habe, ein leidenschaftlicher Leser der Bücher von Giacomo Mancini. Das brachte uns auf die Idee, beides zu verbinden, um dem Event zusätzliche Aufmerksamkeit zu sichern.«

Angelica legte eine kurze Pause ein, bevor sie antwortete. Sie fand den Vorschlag unter verschiedenen Gesichtspunkten interessant.

»Ich verstehe«, sagte sie schließlich. »Ich muss allerdings vorausschicken, dass Giacomo Mancini öffentliche Auftritte strikt von seinem Privatleben trennt, und das Golfspiel gehört für ihn entschieden zur privaten Sphäre, wenn Sie verstehen, was ich meine. Von daher kann ich Ihnen leider keine verbindliche Zusage machen. Über solche Anfragen befindet Signor Mancini persönlich.«

Leonardo registrierte in Angelicas Stimme ihr Bedauern darüber, dass es immer noch Dinge gab, über die Giacomo Mancini eigenständig entschied.

Umso besser. Er startete den entscheidenden Angriff.

»Selbstverständlich«, sagte er. »Hören Sie, ich hätte Ihnen da einen Vorschlag zu machen, der für beide Seiten interessant sein könnte. Spricht Signor Mancini Englisch?«

»Natürlich spreche ich fließend Englisch. Das ist heutzutage ja unverzichtbar.« Costantino machte eine kleine Pause und fügte dann hinzu: »Sie finden das auch in meinem Lebenslauf.«

Tenasso legte die Bewerbungsmappe auf seinen Schreibtisch, die Costantino ihm ein paar Minuten zuvor überreicht hatte, und nickte knapp, aber durchaus wohlwollend.

»Sie sind zweifellos hervorragend qualifiziert. Ich werde Ihren Lebenslauf an die Personalabteilung weiterleiten, auch wenn ich fürchte, dass unsere Firma nicht der ideale Platz für Sie ist, um sich einzubringen.«

»Nein?«

Tenasso rutschte auf seinem Stuhl in eine bequemere Position und schlug die Beine übereinander.

»Sehen Sie, unsere Sicherheitsanforderungen betreffen in erster Linie das persönliche Verhalten der Mitarbeiter. Jeder ist für die ihm anvertraute Hardware verantwortlich, ob Laptop, Datenstick, externe Festplatte oder was auch immer. Wenn jemand einen Gegenstand verlegt oder dieser ihm gestohlen wird oder sonst wie abhandenkommt, dann fällt das unter seine persönliche Verantwortung, und er muss dafür geradestehen. Wie im Fall des Computers, den Sie mir zurückgebracht haben. Wo haben Sie ihn noch mal gefunden?«

»Im Zugabteil, im Gepäcknetz.«

Tenasso schüttelte mitleidig den Kopf. Costantino spürte, wie sich im Bereich seines Schließmuskels etwas unangenehm verkrampfte.

»Typisch. Entschuldigen Sie, wenn ich hier einen Abwesenden kritisiere, aber der Betreffende hat uns einen ganzen Berg Lügen aufgetischt. Wenn er zu spät zur Arbeit kam, hatte sein Zug Verspätung, aber gestimmt hat das nie. Stellen Sie sich vor, er wollte mir weismachen, er hätte den Laptop im Auto liegen lassen, und dann sei ihm der Rechner vom Firmenparkplatz geklaut worden.«

»Na so was«, sagte Costantino und fragte sich, wie es

möglich war, dass Tenasso nicht merkte, wie ihm das Herz bis zum Hals schlug. »Das heißt, nachdem ich den Computer zurückgebracht habe, bekommt der arme Kerl jetzt ordentlich Ärger.«

»Auf jeden Fall. Unsere Mitarbeiter sind frei, ihre Computer zu verlieren, wie und wann sie wollen.« Tenasso lachte. »Und ich bin frei, sie zu feuern, wie und wann ich will.«

»Wirklich, haben Sie das vor?«

»Was würden Sie denn mit so einem Kandidaten machen, wäre das Ihr Mitarbeiter des Monats?« Tenasso, dem es sichtlich an Übung fehlte, stellte das Lächeln wieder ein. »Aber lassen wir das Thema. Bei manchen Leuten ist ihr Fehlen eher ein Gewinn als ein Verlust. Na schön, es war jedenfalls sehr aufmerksam von Ihnen, mir das Gerät zurückzubringen.« Tenasso klopfte zwei- oder dreimal väterlich auf den Laptop. »Dann ist es jetzt wohl an mir, die gute Tat zu erwidern, was?«

»Na, wenn Sie meinen. Ich würde mich dem nicht verschließen.«

»Das versteht sich doch. Folgen Sie mir.«

»Gary Player? Hast du Gary Player gesagt?«

»So ist es.« Angelica sah auf das Display ihres Smartphones. »Doch, das war der Name. Anscheinend ist dieser Gary Player ein begeisterter Leser von dir. Du kennst ihn also, ja?«

Giacomo atmete tief durch.

Er wusste, dass seine Bücher in zwölf Sprachen übersetzt worden waren, darunter ins Englische, und dass sie auch an entlegene Vorposten des Wohlstands gelangten, darunter nach Südafrika. Aber mit dieser Möglichkeit hatte er nicht gerechnet.

Gary Player las seine Bücher.

Der Black Gentleman *himself*, der einzige Mann auf der Welt, der die British Open in drei verschiedenen Jahrzehnten gewonnen hatte, las seine Bücher.

Das Gefühl von Leichtigkeit, das von fern aufgeschienen war, als er erkannt hatte, dass Angelica nicht wegen des Buchs anrief, breitete sich nun überall in seiner Brust aus.

»Ob ich ihn kenne? Na, so ein bisschen. Ist ja auch bloß einer der größten Golfer aller Zeiten. Gib ihm meine Nummer, so schnell es geht.«

Voilà.

Die Nummer von Giacomo Mancinis Privatanschluss in der Hand, fühlte sich Leonardo für einen Augenblick wie als Junge, wenn er zum Kiosk am Busbahnhof ging, um Pornoheftchen zu klauen. Verschwitzte Hände, ein Pfeifen in den Ohren, dazu der vage Eindruck, die Schwerkraft habe beschlossen, den Rest der Welt in Ruhe zu lassen und sich stattdessen ganz auf ihn zu konzentrieren.

Na hör mal, du tust doch hier nichts Böses. Du gibst nur jemandem seinen Computer zurück. Da hast du doch wohl das Recht auf eine Gegenleistung.

»Hallo?«

»Guten Tag. Spreche ich mit Signor Giacomo Mancini?«

»So ist es.«

»Hallo, Signor Mancini. Hören Sie, ich glaube, ich habe Ihren Laptop gefunden.«

Ein einfacher, unverfänglicher, freundlicher Satz.

»Ich wüsste gern, mit wem ich das Vergnügen habe.«

Ein Ton, in dem kein bisschen Freundlichkeit lag. Nicht die Spur.

»Ach wissen Sie, mein Name würde Ihnen nicht viel sagen. Was zählt – und was Sie freuen dürfte –, ist doch, dass ich Ihren Laptop bei mir habe. Wenn Sie dennoch wissen wollen, wer ...«

»Ob ich das wissen will?«

Ein kurzer Moment verstrich, zum Platzen voll mit Stille.

»Ob ich das dennoch wissen will? Sie rufen bei mir an, auf einer Nummer, die niemand kennt, Sie weigern sich, mir zu sagen, wie Sie heißen, und behaupten, Sie hätten meinen Laptop. Und ob ich es wissen will, verdammte Scheiße! Ich will wissen, wen ich anzeigen soll, du hässliches Einbrecher-Arschloch! Glaubst du, ich weiß nicht, wer du bist?«

Eigentlich hatte Leonardo seinen Namen nicht sagen wollen, weil ihm klar war, dass die Methode, mit der er an Giacomos Nummer gekommen war, nicht gerade astrein war. Aber das war jetzt doch ein ganz anderes Kaliber.

»Nein, hören Sie, das ist ein Missverst...«

»Von wegen Missverständnis, sprechen wir doch von einer Missgeburt, und zwar von dir. Einer Missgeburt, einer Null und einem Arschloch noch dazu!«

»Nein, warten Sie. Ihre Nummer habe ich schlicht und ergreifend, weil ...«

»Weil du bei mir eingebrochen bist und meinen Wein gesoffen hast, und dann hast du dir bestimmt auch noch mein Telefon gekrallt, um deine Mama anzurufen, könnte ja sein, dass sie auch 'ne Pulle will, um sich ein bisschen

aufzuwärmen, die arme Frau steht ja die ganze Nacht draußen in der Kälte, und nichts tröstet sie, bis auf das Licht der
Straßenlaterne, unter der sie ...«

Nein, das ging zu weit. Die ständigen Wiederholungen
im Stil eines Tenasso hätte er ihm noch durchgehen lassen
können, aber das mit der Mutter war zu viel.

»Jetzt pass mal auf, du Westentaschen-Philip-Roth, deine
Scheißnummer habe ich von deiner Lektorin. Und ich
hoffe, du legst sie wenigstens flach. Wenn du an ihr nämlich die Arbeit schätzt, dann bist du noch dümmer, als du
aussiehst.«

Giacomo saß da wie vom Donner gerührt, während sich
vor seinem geistigen Auge eine erschütternde, aber nicht
allzu abwegige Szene abspielte – er, nackt unter den Laken
mit Angelica, die seine Männlichkeit mit dem Winkelmes-
ser vermaß, um sich anschließend ihrer praktischen Ent-
sorgung zuzuwenden. Giacomo war noch damit beschäftigt, diese Schreckensbilder aus seinem Geist zu verbannen,
als Leonardo nachlegte:

»Wenn das, was sich auf diesem Computer befindet, der
Roman sein soll, mit dem ›Mancini in den Buchhandel zu-
rückkehrt, um die Abgründe der Normalität auszuloten‹,
dann sage ich dir eines: Den nehmen im Buchhandel nur
die Verkäufer in die Hand, und zwar beim Staubwischen.
Die Sache sieht übel aus, Freundchen. Du erzählst seit
achtzig Jahren dieselbe Geschichte. Und das geht uns
Lesern irgendwann mal auf den Sack, verstanden?«

Ohne eine Antwort abzuwarten, legte er auf.

Nein, also wirklich. Er hätte dem Kerl am liebsten eine auf-
gelegt.

Dann ist es jetzt wohl an mir, die gute Tat zu erwidern, was? Folgen Sie mir.

Der Möglichkeit einer Anstellung hatte Costantino mit einer gewissen Hoffnung entgegensehen, zugleich schätzte er das realistisch ein. Es war den Versuch halt wert. Was den Finderlohn betraf, war er sich dagegen fast sicher gewesen. Tatsächlich hatte er seinen Lohn ja auch erhalten. Tenasso hatte ihn in die Firmenkantine mitgenommen und ihn zum Frühstück eingeladen.

Ja, Sie haben richtig gelesen. Zum Frühstück in der Firmenkantine. Ein Cappuccino an der Grenze zum Unanständigen und ein Hörnchen, das diese Grenze deutlich überschritt, fast noch schwerer zu schlucken als das Verhalten dieses Tenasso.

Nun hatte Costantino keine klare Vorstellung davon gehabt, wie viel die Rückgabe des Laptops wert sein konnte, und er hatte auch die Möglichkeit veranschlagt, dass Tenasso ihm überhaupt keinen Finderlohn zusprechen würde – um bei der Sprachregelung ›finden‹ zu bleiben. Er war sich aber doch recht sicher gewesen, dass sich eine Belohnung, wenn es sie denn geben sollte, in Euro bemessen würde und nicht in Kalorien.

Anders ausgedrückt, Costantino hatte jetzt das Gefühl, behandelt worden zu sein wie ein Hungerleider.

Hätte sich Tenasso bei ihm mit einem schlichten Händedruck bedankt, wäre das noch durchgegangen; Costantino wäre das übel aufgestoßen, aber er hätte die Sache auf sich beruhen lassen. So aber konnte er es nicht herunterschlucken.

Und deshalb saß er jetzt auf seinem Moped, etwa dreißig Meter vom Parkplatz von LeaderSoft entfernt.

Irgendetwas sagte ihm, dass Tenassos Wagen der graue Mercedes sein musste.

So oder so würde er es bald erfahren.

So. Echt super, Leonardo.

Das war jetzt mal wirklich eine Rieseneselei.

Natürlich hatte er bei seinem Anruf die Rufnummer unterdrückt, aber wenn Mancini zur Polizei ging, konnte die ihn im Handumdrehen ausfindig machen.

Jetzt ist dieser Typ überzeugt, dass du ein Einbrecher bist. Was meinst du, wie lang der braucht, um die Bullen zu rufen? Da hilft nur eins. Ruf ihn schleunigst noch mal an.

Leonardo legte die Hand aufs Telefon und drückte die Taste.

Gleich darauf unterbrach er den Anruf und legte das Telefon mit zitternder Hand auf den Tisch.

Bedrückt sah Leonardo sich um. Sein Blick irrte einige Sekunden lang über den nutzlosen Schnickschnack, mit dem Letizia aus Gründen, die sie allein kannte, jeden freien Millimeter auf Tischen, Kommoden und sonstigen waagrechten Flächen besetzte. Dann blieb er an der Grappaflasche hängen, die stolz aufragend über einen Furcht einflößenden Trupp von Swarovski-Zwergen wachte.

Ach, warum nicht? Ein Schlückchen macht doch Mut, oder?

Vor der Tür zum Arbeitszimmer spitzte Paola die Ohren.

Als vor zwei Stunden das Telefon geklingelt hatte, war Giacomo die Treppe buchstäblich heruntergerannt, um den Anruf entgegenzunehmen, und hatte Paola das Gerät aus der Hand gerissen wie der letzte Läufer in einem Staffellauf (ein Novum in dreißig Ehejahren), um sich anschließend im Arbeitszimmer zu verschanzen.

Gleich darauf hatte sie gehört, wie er am Telefon eine heftige Diskussion führte.

Als es jetzt erneut klingelte, wiederholte sich die Szene: der Lauf, das Telefon, die Stimme aus dem Arbeitszimmer. Diesmal ohne Stabübergabe.

Während ihr Mann die Tür hinter sich schloss, hörte sie ihn deutlich sagen: »Was willst du denn jetzt schon wieder?«

Paolas Neugier war geweckt.

»Mich entschuldigen. In erster Linie mich entschuldigen. Aber wissen Sie, als Sie angefangen haben, meine Mutter zu beleidigen ...«

»Ich weiß, ich weiß«, unterbrach ihn Giacomo. »Da haben wir uns beide etwas gehen lassen, ja? Jetzt erzähl mir aber noch mal, was du vorher gesagt hast.«

»Entschuldigung, was soll ich vorher gesagt haben?«

»Dass es dir nicht gefallen hat. Ich wüsste gerne, warum.«

»Ach, vergessen Sie das, ich war halt sauer, und da habe ich ...«

»Und da hast du die Wahrheit gesagt. Spuck's schon aus.«

Leonardo atmete tief durch, während er sich das vierte Gläschen Grappa einschenkte.

Ein Buch in seinem Blog zu verreißen war vergleichsweise leicht. Wenn man den vom Verriss Betroffenen am anderen Ende der Leitung hatte, gestaltete sich die Sache einen Tick komplizierter.

»Also, der Plot des Romans lässt sich mehr oder weniger so zusammenfassen: Ein Mann von außerordentlicher Leidenschaft und einem Talent, das dieser Leidenschaft nicht ganz entspricht, konstatiert am Ende seines Lebens, dass er seine Zeit verschwendet hat. Stimmt das so?«

»Ja. Das stimmt.«

»Gut. Ihr letztes Buch, das ich gelesen habe, hat mehr oder weniger diesen Plot: Ein Mann von einer außerordentlichen Leidenschaft für Golf und einem Talent, das dieser Leidenschaft nicht ganz entspricht, kann am Ende seiner Karriere nicht akzeptieren, dass er sich ins Privatleben zurückziehen muss. Denn während er sein ganzes Leben dem Golf widmete, hat er verpasst, was sich sonst noch um ihn herum abspielt, und jetzt konstatiert er, dass er ganz allein dasteht.«

»Sprichst Du von *Neuner-Eisen*?«

»Eigentlich meinte ich *Bitterer Sand*. Was Sie gerade nannten, war das das darauffolgende Buch?«

»Nein. Ich habe danach noch drei andere geschrieben.«

»Ach, deshalb. Sehen Sie, als das Buch nach *Bitterer Sand* herauskam, habe ich einen Freund von mir, der es schon gelesen hatte, gefragt, wie er's findet. Die Antwort war: ›Traurig. Da geht's um einen obsessiven Angler, der will seiner Frau das Fischen beibringen, aber die interessiert das überhaupt nicht, und sie will ihm das Golfspielen beibringen, er geht auch mit ihr spielen, obwohl es ihn eigentlich ebenso wenig interessiert. Und die beiden kommen ein Leben lang nicht zusammen. Am Ende merken sie, dass‹, und so weiter und so fort. Was meinen Sie, habe ich mir das Buch gekauft?«

»So wie Du's erzählst, fürchte ich, nein.«

»Voilà. Ich habe ja schon immer gesagt, dass Sie ein intelligenter Mensch sind. Wissen Sie, als ich jetzt das neue angefangen habe, hatte ich gleich so ein komisches Gefühl. Nach etwa zwanzig Seiten konnte ich schon sehen, worauf es hinausläuft. Nach vierzig war ich mir praktisch sicher.«

»Aber Du hast es zu Ende gelesen.«

»Natürlich habe ich es zu Ende gelesen. Ich lese jedes Buch zu Ende, das ich anfange. Vor allem, wenn es gut geschrieben ist.«

»Dann ist es also wenigstens gut geschrieben.«

»Natürlich ist es gut geschrieben. Hören Sie, wenn Sie bestätigt haben wollen, dass Sie schreiben können, jederzeit gerne. Aber man sollte doch auch etwas zu sagen haben. Wenn Sie nichts Nennenswertes zu sagen haben und es Ihnen nur darum geht, grammatikalisch unangreifbare Reden zu schwingen, dann hören Sie doch auf, Romane zu verfassen, und kandidieren lieber für die Demokratische Partei. Aber es ist ja auch kein Verbrechen, schon alles gesagt zu haben, was man zu sagen hatte, nicht wahr? Sie schreiben doch Romane nicht auf ärztliche Verordnung.«

»Auf ärztliche Verordnung nicht«, sagte Giacomo bitter. »Aber aufgrund einer vertraglichen Verpflichtung.«

»Vertragliche Verpflichtung, hm«, antwortete Leonardo, den ein dusseliger Schluckauf befallen hatte. »Der eine hat 'nen Vertrag, der andere hat keinen. Sie haben einen, und Sie wären ihn gerne los. Mein Arbeitsvertrag läuft gerade durch den Reißwolf, und dabei hätte ich wirklich gerne einen. Könnte allerdings ruhig ein anderer sein, das wäre mir sogar lieber.«

»Du stehst vor der Kündigung?«

»M-hm.« Leonardo versuchte, einen zweiten Schluckauf zu unterdrücken. »Also gut, hören Sie, was ist jetzt? Wollen Sie den Computer wiederhaben?«

»Ja, natürlich. Schau mal, ich gehe morgens oft an der Uferpromenade spazieren. Würde es Dir morgen passen?«

»Ja, das geht.«

»Na, ausgezeichnet.« Giacomo dachte einen Moment nach. Besser, er sagte Paola nichts davon. Dann könnte er sie überraschen.

»Wie wär's, wir treffen uns oben im Café Salvini, gegen zehn. Mit dem Auto kommt man da ganz bequem hin.«

»Schön wär's. Aber mein Wagen liegt auf Eis.«

»Panne?«

»Fahrverbot.«

»So was Blödes.« Giacomo erlaubte sich ein bitteres kleines Lachen, das nicht ganz frei von Schadenfreude war. »Praktisch ohne Auto und fast schon ohne Job. Da machst Du ja eine prächtige Phase durch. Was hast Du denn angestellt, bist Du besoffen zur Arbeit gefahren?«

»Nein, ich habe einen Computer verloren.«

Paola sprang auf und machte, dass sie wegkam. Sie war puterrot im Gesicht.

Da haben wir uns beide etwas gehen lassen? Es hat dir nicht gefallen?

Danach hatte Giacomo zu leise geredet, als dass sie dem Gespräch noch hätte folgen können. Er hatte fast schon gegurrt. Jedenfalls hatte sie nichts mehr mitbekommen, außer am Schluss.

Wie wär's, wir treffen uns oben im Café Salvini, gegen zehn.

Oh ja. Sehen wir uns doch alle bei Salvini, morgen gegen zehn. Unternehmen wir was zu dritt. Ich nehme auch mein Handy mit, zum Filmen. Dich, die Straße und das miese kleine Flittchen, mit dem du dich dort triffst.

FREITAGNACHT

Costantino saß in Tenassos Wagen und überlegte, was er nun tun sollte.

Das Auto hatte er aufbekommen. Er hatte das Signal seines ganz speziellen Freundes in dem Moment abgefangen, in dem dieser die Firma verließ – Tenasso war nämlich einer der Trottel, die ihr Auto aus dreißig Metern Entfernung öffnen, um sich von einem herzerwärmenden Scheinwerferblinken empfangen zu lassen und jedem im Umkreis selbiger dreißig Meter aufs Brot zu schmieren, dass der Mercedes da mir gehört, ja, mir. Anschließend hatte Costantino sich dem Firmenchef an die Fersen geheftet und war ihm gefolgt, bis er seine Ankunft im Feierabend mit einem Einparken in zwei Zügen besiegelte, einfach perfekt.

Costantino war gegen zwei Uhr morgens hierher zurückgekehrt, bewaffnet mit seinem UCG und einem Laptop (dem eigenen, der übrigens in dieser Geschichte keine weitere Rolle spielen wird). Nach etwa vierzig Minuten sprang die Tür des Mercedes schließlich auf, und Costantino überlief ein leichter Schauer des Triumphs.

Einen Wagen zu knacken, indem man das Signal des Funkschlüssels klont, ist heutzutage kein Kinderspiel. Früher erfolgten die Identifizierung und das Betätigen des Schließmechanismus mit demselben Signal, und zwar per Infrarotstrahlen, was es zum Beispiel ermöglichte, die Türen eines Renault 5 mit der Fernbedienung eines Fernsehers zu öffnen. Der derzeitige *state of the art* im Automobilbereich erfordert einen engen Dialog zwischen Schlüssel und Fahrzeug mit 16-Bit-Verschlüsselung. Das ist ungefähr so, als würde das Auto, nachdem es durch den Schlüssel geortet und als Kollege erkannt wurde, jenem die Frage stellen: »Dann lass mal hören, wie lautet die Telefonnummer, die auf Seite 16 des Branchenbuchs an zwanzigster Stelle erscheint?«

Um die richtige Nummer ausfindig zu machen, lässt sich die Rechenkraft eines mit dem Schlüssel verbundenen Computers nutzen (der pro Hundertstelsekunde eine Zahlenfolge ausprobiert), verbunden mit der unendlichen Geduld des empfangenden Apparats, der weder über ein Bewusstsein verfügt noch Besseres zu tun hat (und der einen nicht beim zwanzigsten Fehlversuch zum Teufel schickt, sondern brav stehen bleibt und zuhört).

Auch wenn das geklappt hatte: Den Wagen aufzubekommen, war nur die halbe Miete. Die andere Hälfte bestand darin, den Motor in Gang zu bringen. Zu diesem Zweck musste der UCG physisch mit dem Bordcomputer verbunden werden, und das ging nur über den Diagnose-Port. Die Buchse also, in die Ihr Mechaniker sich einstöpselt (wenn Sie den Wagen hinbringen, weil die Ölleuchte grundlos blinkt), um einen kleinen Palmtop anzuschließen und dann kopfschüttelnd zu sagen: »Tjaaa, das wird kompliziert«, und dann kostet Sie das Ganze hundertsechzig Euro.

Der Diagnose-Port muss laut europäischer Norm gut

zugänglich sein. In der Regel befindet er sich unterhalb des Lenkrads. In der Regel, weil ihn manche Hersteller auch unter der Motorhaube unterbringen. So wie im Fall von Tenassos Wagen.

Nun war es eines, in der Fahrerkabine vor sich hin zu werkeln, bequem zurückgelehnt in einen so edlen wie ergonomischen Ledersitz, dessen Design an Raffinesse und Exklusivität nichts zu wünschen übrig ließ, und bei alledem vor indiskreten Blicken geschützt zu sein; etwas ganz anderes war es, sich unter der Motorhaube eines Wagens zu schaffen zu machen, der einem nicht gehörte. Freilich war auf der Straße niemand zu sehen, aber es brauchte nur jemand aus dem Fenster zu schauen, um zu entdecken, dass ein abgerissener Typ an einem Mercedes herummachte, und das um Viertel nach drei Uhr früh.

Enttäuscht sah Costantino sich um. Nur zu gern hätte er diesem aufgeblasenen, arroganten Mistkerl das Auto geklaut, aber da war nichts zu machen. Als er die Mittelarmlehne öffnete, um ohne große Hoffnungen einen Blick hineinzuwerfen, sah er etwas Durchscheinendes. Vorsichtig griff er hinein und zog eine Chipkarte hervor.

Dipl.-ing. Pierpaolo Tenasso, Geschäftsführer.

Geschäftsführer? Wenn Costantino mit dem Gedanken spielte, Tenasso den Wagen zu klauen, dann nicht, um ihn in seinen Besitz zu bringen oder, schlimmer noch, ihn dem Buckligen abzuliefern; er wollte Tenasso schlicht und ergreifend eins auswischen, indem er ihm etwas wegnahm, das ihm wichtig war. Und was ist so einem Typen, der sich an der eigenen Krawatte aufhängt, wichtiger als sein Auto? Die Antwort war ganz einfach.

Seine Arbeit.

Die Arbeit, um die Costantinos brillante Idee einen anderen Typen gebracht hatte, den er noch nicht einmal kannte; das lag ihm seit dem Vormittag im Magen. Ändern konnte er daran nichts mehr. Etwas zur Rache beitragen schon.

Mit einem boshaften Grinsen steckte Costantino die Chipkarte ein.

Gut, gut, gut. Jetzt brauche ich nur noch einen Wagen, der funktioniert. Und ich glaube, ich weiß auch schon, wo ich einen finde. Auf geht's, zack, zack.

Während er eine Hand auf den Türgriff legte, strich die andere in Gedanken über das mohrenkopffarbene Leder des edlen Fahrersitzes (dessen Design, wie wir uns erinnern, an Raffinesse und Exklusivität nichts zu wünschen übrig ließ).

Tenasso hatte ihn doch zum Frühstück eingeladen.

Da war es nur recht, wen er auch die natürlichen Konsequenzen seiner Geste zu spüren bekam.

Der Chef war schlau. Der Chef war vorausschauend.

Deshalb hatte der Chef Gutta angewiesen, Costantino zu überwachen. Weil er wusste, dass Costantinos Verhalten nicht ganz astrein war. Und deshalb war Gutta in dieser Nacht Costantino diskret auf den Fersen. Weil er dem Chef vertraute.

Als er sah, wie Costantino sich in einen silbernen Peugeot 206 setzte, wartete Gutta ab, bis er losfuhr. Im Licht der Straßenlaterne konnte er problemlos das Kennzeichen lesen.

CJ 063 CG.

Wenn Gutta einen Wagen fuhr, sah er sich immer das Kennzeichen an. Das hatte er sich noch in Rumänien angewöhnt, als er bei der Armee Nachschub-Lkws gefahren hatte. Und er erinnerte sich an das Kennzeichen jedes einzelnen Fahrzeugs, das er in seinem Leben gefahren hatte. Einschließlich des Autos, mit dem sie vor wenigen Tagen den Einbruch ausgeführt hatten.

Dieselben Buchstaben, dieselben Ziffern.

»Dasselbe Auto. Er ist einfach eingestiegen, ohne Gefummel, und losgefahren.«

Gutta nickte schweigend. Nach wenigen Sekunden kam die Stimme des Buckligen deutlich aus dem Handy.

»Ich hab's dir ja gesagt, dass da was nicht stimmt. Wetten, die benutzen das Auto gemeinsam, die benutzen es für die Übergaben, er und der andere Drecksack, der ihm die Sachen abnimmt? Was, glaubst du, macht der um drei Uhr morgens mit dem Wagen?«

Die Frage war sicherlich rhetorisch gemeint, Gutta schwieg also weiter.

»Und da tut der Bursche, als könnte er kein Wässerchen trüben. Ich muss mir das erst anschauen, ich weiß gar nicht, wie das geht, ich habe das ja noch nie gemacht … Pass auf, Gutta, ich sage dir, was wir machen. Die Sache sieht mir verdammt nach Routine aus. Der lässt nachher den Wagen so stehen, wie er ihn geholt hat. Hör gut zu …«

Was glaubst du, was ich die ganze Zeit mache?, hätte Gutta antworten können. Aber das tat er nicht, er dachte es noch nicht einmal. Der Chef war der Chef.

Es war etwa vier Uhr zehn, und draußen war es noch finster, als der silberfarbene 206 wieder in die Straße einbog, aus der er eine knappe Stunde zuvor abgefahren war. Nach dem Einparken stand das Auto wieder an derselben Stelle wie zuvor. Einen Augenblick später ging die Fahrertür auf, und Costantino stieg aus dem Wagen. Behutsam zog er die Tür hinter sich zu, blickte sich kurz um und ging pfeifend davon.

Hätte er besser hingesehen, wäre Costantino vielleicht aufgefallen, dass in etwa dreißig Meter Entfernung hinter einem Lieferwagen zwei Männer von wenig vertrauenerweckendem Äußeren standen und ihn durch die Windschutzscheibe des Fahrzeugs hindurch beobachteten.

Der Bucklige schirmte seine Augen ab und presste die Stirn an die Fensterscheibe. Kurze Zeit später richtete er sich triumphierend auf.

»Na, hab ich's doch gesagt. Schau dir das bloß an.«

Gutta tat es dem Buckligen gleich, nur langsamer.

Auf dem Rücksitz des Peugeot 206 standen sauber gestapelt ungefähr zwanzig Laptops.

»Bravo, Costantino. Die sehen ja richtig neu aus, was? Dann mal ans Werk. Costantino hat sich so viel Mühe gemacht, da wäre es doch schade, ihm nicht den Gefallen zu tun. Hast du was Passendes dabei?«

Ein echter Profi verlässt sein Haus bekanntlich nicht ohne sein Handwerkszeug. Als Fachmann für Elektrotechnik hatte Costantino stets sein UCG dabei; Gutta, als Mann fürs Grobe, machte keinen Schritt ohne sein Brecheisen. Er zog das Ding aus der Hosentasche, schob es zwischen Tür und Rahmen und stützte sich entschlossen mit seinem ganzen Gewicht darauf.

Erst wölbte sich die Tür mit einem gequälten Ächzen. Dann gab sie auf einmal nach.

»Hervorragend.« Der Bucklige lachte und musterte seinen Genossen. »Jetzt pass gut auf, dass ... Oder nein. Weißt du was? Wir nehmen alle bis auf einen, genauso wie er. Sozusagen als Unterschrift. Damit dem Herrn Fahrzeughalter auch keine Zweifel kommen, wer das war.«

SAMSTAGMORGEN

»Also. Wir hatten festgestellt, dass keinerlei Anzeichen für ein gewaltsames Öffnen des Autos vorliegen. Und auch die Türen zu den Firmenräumen oder ...«

»Da war keine Gewalt nötig. Der Einbrecher hatte meine Chipkarte.«

Corinna, die vor dem Schreibtisch von Dipl.-Ing. Tenasso saß, hörte für einen Moment zu schreiben auf.

»Sind Sie sicher?«

»In mein Büro kommt man einzig und allein mit meiner Chipkarte. Und die wurde mir heute Nacht gestohlen. Sie wurde aus meinem Wagen entwendet.«

»Aus Ihrem Wagen?«

Tenasso schnaubte.

»Schauen Sie mal, Signorina ...«

»*Agente.*«

»Verzeihung. Sehen Sie, *agente*, ich habe die Gewohnheit, die Chipkarte im Wagen zu lassen, wenn ich aus der Firma komme. Ich nehme sie ab und lege sie in die Ablage zwischen den Sitzen. Wenn ich dann morgens ins Auto steige, nehme ich die Karte aus der Ablage und stecke sie wieder an. Das mache ich jeden Morgen seit zwanzig Jahren. Als ich heute früh in den Wagen stieg, ist mir allerdings sofort aufgefallen, dass die Chipkarte nicht mehr an ihrem Platz war.«

»Könnten Sie sie nicht unterwegs verloren haben? Vielleicht haben Sie irgendwo angehalten ...«

»Nein, habe ich nicht. Als ich gestern Abend aus dem Auto stieg, war die Chipkarte an ihrem Platz in der Ablage. Und dazu kommt noch, dass sich heute Nacht jemand Zugang zu meinem Wagen verschafft hat«, sagte Tenasso und errötete dabei ein wenig. »Also liegt das Ergebnis wohl auf der Hand.«

»Aha. Es hat sich jemand Zugang zu Ihrem Wagen verschafft. Und wie hat er das gemacht? Hatten Sie ihn offen stehen lassen?«

Tenasso erklomm eine weitere Stufe auf der Rotskala.

»Ich lasse mein Auto nicht offen stehen, *agente.*«

»Dann wurde es also aufgebrochen? Sie ...«

»Nein. Am Wagen waren keinerlei Anzeichen für ein gewaltsames Eindringen festzustellen. Der Einbrecher muss ein Mittel gefunden haben, das Funksignal meines Schlüssels abzufangen.«

»Verstehe. Aber warum sind Sie überhaupt so sicher, dass jemand in Ihren Wagen eingedrungen ist?«

Die Röte auf Tenassos Gesicht nahm auf diese Frage hin noch etwas mehr zu.

In der Tat hatte Tenasso, obwohl am Wagen keinerlei Anzeichen für ein gewaltsames Eindringen festzustellen waren, unmittelbar nach dem Öffnen der Tür bemerkt, dass sich jemand im Laufe der Nacht Zugang verschafft haben musste. Dazu war keine besondere Kombinationsgabe nötig gewesen: Der Betreffende hatte im Inneren des Wagens seine Notdurft verrichtet.

Das Verschwinden der Chipkarte war Tenasso erst später aufgefallen, nachdem er Beweisstück Nr. 1 entsorgt hatte.

Aber aufgrund einer merkwürdigen Logik, die den Menschen in die Lage versetzt, sich für Widerlichkeiten zu schämen, für die er gar nichts kann, fiel es Tenasso außerordentlich schwer, vor einer Frau in Worte zu fassen, dass ein Unbekannter auf seinem Fahrersitz eine Kackwurst hinterlassen hatte.

»Die Spuren waren unübersehbar.«

»Ich verstehe.«

»Darf ich Sie was fragen?«

»Bitte. Nur zu.«

Giacomo und Leonardo hatten sich an ein Tischchen gesetzt, jeder mit einem Espresso vor, einem Stuhl unter und einer gewissen Verlegenheit in sich. Um sie herum die übliche Klientel der Bars an der Uferpromenade, also Menschen zwischen vier und achtzig, die weder arbeiten müssen noch mögen.

Giacomo, der den Computer in der Hand hielt, wartete eine Sekunde, bevor er seine Frage aussprach.

»Wenn ich Sie richtig verstanden habe, haben Sie den Computer in Ihrem Auto gefunden. Was für einen Wagen haben Sie eigentlich?«

»Einen Peugeot 206.«

»Ich verstehe nichts von Autos. Ist das ein Kleinwagen?«

»Äh, ja.«

Giacomo wiegte langsam den Kopf hin und her. Die Polizistin – die lange – war gar nicht so blöd.

»Meiner Erinnerung nach ist auf dem Computer nichts, was sich zu mir zurückverfolgen ließe. Das Gerät ist Eigentum des Verlags.«

»Ja, das stimmt schon.«

»Wie kamen Sie dann darauf, dass der Roman von mir ist?«

Leonardo spielte einen Augenblick lang mit der Espressotasse herum.

»Das wird Ihnen jetzt vielleicht etwas komisch vorkommen ...«

»Na los, überraschen Sie mich.«

»Also, vor allem wegen der Zeichensetzung.«

Giacomo verzog keine Miene. Leonardo fuhr vorsichtig fort: »Sehen Sie, bei der Interpunktion hat jeder so seine Eigenarten. Und niemand oder fast niemand verwendet eine Interpunktion, die hundertprozentig korrekt wäre. Manche Fehler sind leicht zu erkennen und auch weit verbreitet, etwa der übermäßige Gebrauch von Auslassungszeichen oder dass die Leute keine Ahnung haben, wo ein Komma hingehört und wo nicht. Aber so gut wie jeder Mensch verinnerlicht bei der Zeichensetzung irgendeine Marotte, die sich als eine Art persönliches Merkmal betrachten lässt.«

Giacomo beugte sich leicht zu Leonardo vor.

»Und bei mir wäre das?«

»Der Strichpunkt. Sehen Sie, Sie setzen häufig einen Strichpunkt, wenn vielleicht ein Gedankenstrich angebracht wäre. Meiner Ansicht nach, und das sehen auch andere so, ist der Strichpunkt so eine Art kleines Geschenk an den Leser. Eine freundschaftliche Mitteilung, die etwa bedeutet: ›Also, ich sollte dir das zwar nicht sagen, aber die zwei vollständigen Sätze vor mir und hinter mir hängen miteinander zusammen. Ich sage dir jetzt nicht, welcher Art diese Verbindung ist, aber wenn du das Buch hier liest, bist du intelligent genug, um das selbst herauszufinden.‹

Bei Ihnen dagegen steht der Strichpunkt auch in Fällen, in denen es um eine Beziehung von Ursache und Wirkung geht.«

Während Leonardo sich über die Geheimnisse der Zeichensetzung ausließ, reifte in Giacomo allmählich ein Gedanke heran, der etwas vage Verrücktes hatte.

Schon allzu lange vermisste Giacomo aufrichtige Kritik. Oder hatte er vielleicht die Fähigkeit eingebüßt, sie zu hören? Da war er sich nicht ganz sicher. Denn seit er es als Schriftsteller zu einem gewissen Ruhm gebracht hatte, behandelten ihn die Leute anders.

Als er mit dem Schreiben angefangen hatte, waren seine Freunde die ersten Leser und zugleich Lektoren gewesen, und ihre Eindrücke waren direkt auf den Seiten des Manuskripts erschienen, als Randbemerkungen in der Art von: »Alessandro Manzoni ist seit hundert Jahren tot, Mann«, oder: »Entschuldige den Sabber auf der Seite, aber ich bin über der Lektüre eingeschlafen.« Nicht selten fanden sich daneben heulende Wölfe oder andere kleine Zeichnungen obszönen Inhalts.

Wenn sich jetzt einer zu seinen Büchern äußerte, dann geschah das nur noch schüchtern, voller Umschweife und in Anspielungen, oder es kam gar nichts.

Mittlerweile schien es nur noch darauf anzukommen, dass er ein Buch schrieb, nicht, wie das Buch geschrieben wurde. Anmerkungen zu einzelnen Textstellen, logischen Brüchen, zu den unvermeidlichen Fehlern, die einem bei jeder Arbeit unterlaufen, all das gehörte der Vergangenheit an.

Als hätte Maradona nie einen Elfmeter verschossen.

Als hätte Einstein nie einen Reinfall erlebt.

Aber wenn auch diese Genies danebengriffen, wie konnte man dann erwarten, dass einem Mancini schon im ersten Versuch alles gelang?

Wie konnte man so mit einer Lektorin zusammenarbeiten?

Als Giacomo jung war, verstanden sich Lektoren noch nicht in erster Linie als Produktmanager, sondern wirklich als »erste Leser«, und fast immer handelte es sich um Männer, mit denen man bei einer Auseinandersetzung auch mal grob werden konnte. Jetzt hatte Giacomo es mit einer Frau zu tun, der nicht klar zu sein schien, dass »Lektor« von Lesen kam, und das Gröbste, was man sich ihr gegenüber leisten konnte, ohne eine Strafanzeige zu riskieren, bestand darin, sie in ein Restaurant auszuführen, das keine vegetarischen Gerichte auf der Karte hatte.

Dazu kam noch folgende Kleinigkeit: Als Giacomo jung war, beschäftigten sich die Lektoren tatsächlich mit den Texten. Angelica dagegen war mit all den Buchpräsentationen und Interviewanfragen und tiefschürfenden Studien über farbliche Nuancen fürs Cover so beschäftigt, dass sie es nicht für nötig hielt, sich auch noch mit dieser Nebenaufgabe zu belasten.

Im Vergleich dazu las der Bursche hier mit einer Aufmerksamkeit und Kompetenz, dass es einem kalt den Rücken herunterlief.

»Die Zeichensetzung. Verstehe. Hören Sie, darf ich Sie noch etwas fragen?«

»Na klar.«

»Gibt es in meinem Buch irgendwelche Unstimmigkeiten? Fehler, logische Brüche, Stellen, an denen die Geschichte an Tempo verliert ...«

»Na ja, da müsste ich es noch mal lesen. Aber ja. Zum Beispiel, wo Sie über Fraktale reden.«

Giacomo stand auf und lud Leonardo mit einer Handbewegung ein, es ihm gleichzutun.

»Nehmen wir uns doch etwas Zeit. Wie wär's mit einem kleinen Spaziergang?«

»Dann liegt wohl der Schluss nahe, dass Ihnen die Chipkarte aus dem Auto gestohlen wurde.«

Corinna ging an der Seite von Dipl.-Ing. Tenasso über den Flur der Firma.

»Jedenfalls hat sich jemand damit hier Zutritt verschafft. Um meinen Laptop mitnehmen zu können, musste der Betreffende erst in mein Büro gelangen. Für den Zugang zu den anderen Firmenräumen, aus denen er die übrigen sechzehn Laptops entwendet hat, hätte auch die Chipkarte irgendeines Mitarbeiters genügt.«

»Das heißt, dieselbe Karte öffnet auch die Eingangstür.«

»Genau. Und der Dieb hat zum Betreten der Firma die Chipkarte durch den Schlitz gezogen. Das ist auf dem Sicherheitsvideo zu sehen.«

Corinna blickte auf. Die Information war ein Knaller.

»Sie haben hier eine Videoüberwachung?«

»Natürlich. Die Bilder zeigen, wie ein Mann mit Skimaske parkt, ins Gebäude geht und eine Viertelstunde später mit einem Haufen Computer auf dem Arm wieder herauskommt. Dann sieht man ihn wegfahren.«

»Eine Viertelstunde. Das ist nicht viel Zeit. Ist der Wagen auch zu sehen?«

»Ja, recht deutlich. Möchten Sie eine Kopie von den Aufnahmen?«

»Das wäre gut, ja. Eines wüsste ich noch gerne: Sie sagten, insgesamt seien siebzehn Computer gestohlen worden.«

»So ist es.«

»Wie viele Angestellte hat Ihre Firma eigentlich genau?«

»Zweiundzwanzig. Aber nicht mehr lange. Wir sind gerade dabei, einen Vertrag aufzulösen.«

»Das heißt, Sie haben jemandem gekündigt?«

»Das ließ sich nicht vermeiden. Stellen Sie sich vor ...«

»Ja, Sie haben dafür sicher Ihre Gründe, Signor Tenasso. Es liegt mir fern, Ihre Entscheidungen infrage zu stellen. Weiß der Betreffende, dass er demnächst seine Stelle verliert?«

»Natürlich. Bei einer verhaltensbedingten Kündigung ist der Grund unverzüglich mitzuteilen. Der Betreffende wurde daher in angemessener Frist in Kenntnis gesetzt, so wie es gesetzlich vorgeschrieben ist.«

»Halten Sie es für möglich, dass Ihnen der Betreffende das übel nehmen könnte?«

Tenasso verzog das Gesicht zu einem bitteren Lächeln.

»Das ist nicht unwahrscheinlich.«

»Verstehe. Würden Sie mir wohl sagen, wie dieser Mitarbeiter heißt?«

»Nein. Lieber nicht.«

»Ach.« Giacomo setzte den Weg in gleichbleibendem Tempo fort. Neben ihm ging schwer atmend Leonardo, der doch deutlich jünger war als er, und bekräftigte seine Position mit einem Kopfschütteln, wie man es nur im Süden zu tun versteht.

»Und zwar aus folgendem Grund: Wenn wir das wirklich machen, möchte ich lieber anonym bleiben. Ein bisschen wie bei einem Peer-Review für eine wissenschaftliche Zeitschrift, verstehen Sie?«

»Nein. Ich schreibe nicht für wissenschaftliche Zeitschriften.«

»Also, wenn Sie einen Artikel bei einer wissenschaftlichen Publikation einreichen, dann schickt ihn der zuständige Herausgeber, nachdem er überprüft hat, dass es sich dabei nicht um völligen Unsinn handelt, an eine gewisse Anzahl von Fachleuten auf dem Gebiet, sogenannte Gutachter. Die lesen Ihren Artikel und schicken ihre Einschätzung an die Redaktion, die sie dann an Sie weiterleitet.« Leonardo, dem einfiel, dass er es mit einem Schriftsteller zu tun hatte, wechselte in den Konjunktiv. »Allerdings bekämen Sie die Anmerkungen der Gutachter in strikt anonymisierter Form. Sie könnten in keiner Weise zurückverfolgen, von wem sie stammen, und das ist auch gut so.«

»Weil ich die Gutachter sonst mit der Fünfkilokeule besuchen würde?« Giacomo lachte, ohne seine Schritte zu verlangsamen.

»Genau. Wenn der Gutachter ein Fachmann auf dem Gebiet ist, dann sind Sie beide fast sicher miteinander bekannt. Vielleicht sind Sie sogar befreundet. Und für einen Freund wäre es natürlich ausgesprochen peinlich, Ihnen direkt mitteilen zu müssen, dass Ihre Arbeit bestenfalls als Klopapier für eine Schweineherde herhalten sollte. Wenn er sich hingegen anonym äußern kann, versetzt ihn das in die Lage, die Arbeit besser zu kritisieren. Geradeheraus und ehrlich.«

Giacomo nickte im Weitergehen bedächtig, aber nicht

allzu überzeugt. Dann legte er Leonardo freundschaftlich den Arm um die Schultern.

»Wie als du mir gesagt hast, dass ich immer dieselbe Geschichte erzähle, was? Pass auf, ich mache dir einen Vorschlag. Lass uns daran anknüpfen. Eine ehrliche Beziehung. Was hältst du davon?«

»Wie meinen Sie das?«

»Hör zu, Freund, dass ich mich seit einiger Zeit beim Schreiben wiederhole, heißt noch lange nicht, dass ich total verblödet bin. Du bist ein guter Leser und scharfer Beobachter, und ich kann deine Beobachtungen in diesem Moment gut gebrauchen. Ich habe kein Problem damit, dass du deinen Namen für dich behältst, wenn dir das so wichtig ist, aber verarsch mich nicht mit diesem Geschwätz von wegen externe Gutachter. Meinst du, ich merke nicht, wenn mir jemand was vormacht? Du willst mir nicht sagen, wie du heißt, na, von mir aus.« Giacomo klopfte Leonardo zweimal gutmütig auf den Rücken. »Du willst mir auch nicht sagen, warum, auch okay. Aber versuch nicht, mir einen Bären aufzubinden, sonst werde ich nämlich sauer.«

»Das habe ich gemerkt«, antwortete Leonardo. »Ich meine, dass Sie leicht sauer werden.«

»Na, das haben wir wohl gemeinsam. Oder, du Westentaschen-Philip-Roth?« Giacomo lachte. »Zum Glück, dann habe ich im fünften Höllenkreis wenigstens ein bisschen Gesellschaft.«

»Okay, da habe ich ein bisschen übertrieben. Ich hatte auch ein paar Gläser intus. Wissen Sie, um mir Mut zu machen.«

»Tja, manchmal braucht es das. Apropos ...«

Paola ging beim sechsten Klingeln an den Apparat.

»Ja«, sagte sie fast tonlos.

»Hallo, gnädige Frau«, meldete sich die unverwechselbare Stimme von Seelan. »Ich hoffe, ich nicht störe.«

»Nein, nein«, log Paola.

»Ich wollte nur sagen, dass ich mitbekommen, dass Sie den ganzen Vormittag fort sind, und da ich meine Frau gebeten, was zum Mittagessen vorbereiten für Sie«, sagte Seelan dienstbeflissen. »Habe gelassen alles auf dem Tisch, in der Küche.«

»Oh, Seelan. Wie aufmerksam von dir. Danke.«

»Da vier Schalen stehen auf dem Küchentisch. In der grünen ist Reis mit *chapati*.«

»Ja, Seelan ...«

»In gelben ist Samosa mit Erbsen und Kartoffeln«, redete Seelan unbeirrt weiter, mit der charakteristischen Pedanterie eines Menschen, der unter keinen Umständen einen Finger krumm macht, diesmal aber etwas zu Ende gebracht hat, worum ihn niemand gebeten hat. »Die zwei blauen, ist in der großen Hühnchen mit Butter und Sesam und in der kleinen Mangochutney. Ich hoffe, Ihnen schmeckt.«

»Ganz bestimmt, Seelan. Noch mal vielen, vielen Dank. Ich freue mich schon sehr.«

Damit legte sie auf und steckte das Handy in die Tasche, ohne ihren Mann aus den Augen zu lassen, der gut gelaunt auf der Strandpromenade entlangging, den Arm um einen jungen Mann gelegt, der blonde Locken hatte und ein paar Kilo zu viel auf den Hüften.

Offen gestanden hatte Paola in diesem Moment keinen sonderlichen Appetit.

SAMSTAGNACHMITTAG

»Einen Augenblick noch. So.«

Auf dem Computerbildschirm erschien das Schwarz-Weiß-Bild einer Glastür. In der rechten unteren Ecke zeigte eine Digitaluhr unübersehbar die Zeit an: 03:56.

»Voilà. Das ist der Haupteingang der Firma LeaderSoft.«

»Das sehe ich«, sagte Leonardo, ohne Corinna anzuschauen.

»Dann erkennen Sie wohl auch, was als Nächstes ins Bild kommt.« Auf der rechten Seite des Bildschirms erschien ein Pkw, ein Peugeot 206 von unbestimmter Farbe – grau oder vielleicht silberfarben –, der umsichtig einparkte.

Im Schein der Straßenlaterne war das Nummernschild deutlich zu erkennen.

»Also, wie gesagt. Das ist der Haupteingang der Firma LeaderSoft …«

Der Wagen blieb genau vor dem Eingang stehen.

»… und das ist Ihr Auto …«

Die Fahrertür öffnete sich, und eine Gestalt in T-Shirt und Helm stieg aus.

»Entsprechend müssten das hier Sie sein.«

»Ja, vielleicht.«

»Wie, vielleicht?«

Leonardo beugte sich auf seinem Stuhl nach vorne und zeigte auf den unbekannten Fahrer.

»So leid es mir tut, aber der Typ wiegt höchstens dreißig Kilo – in nassen Klamotten. Haben Sie mich schon mal genauer angeschaut?«

Corinna warf Leonardo einen raschen Blick zu und wandte sich dann wieder dem Bildschirm zu. Ja, Leonardo war vielleicht kein Fettkloß, aber doch eher kräftig gebaut. Corinna erinnerte er vage an Alberto Tomba. Der Mann, der auf dem Bildschirm im Profil zu sehen war, eine spindeldürre Gestalt mit einem Helm auf dem Kopf, glich weniger einem Skifahrer als einer Slalomstange.

»Aber Sie könnten ihn kennen.«

Ohne aufzustehen, schob Leonardo seine Nase bis auf circa sieben Nanometer an den Bildschirm heran und kniff die Augen zusammen. Nach etwa zehn Sekunden schüttelte er mit betrübter Miene den Kopf.

»Ja, wenn das möglich wäre. Wissen Sie, mit dem Helm, den er da anhat, ist das keine leichte Aufgabe.«

»Machen Sie sich über mich lustig?«

»Wieso? Wenn hier jemand verarscht wird, dann doch wohl ich.«

»Signor Chiezzi, passen Sie auf, was Sie sagen.«

»Tut mir leid. Aber ich bitte Sie um Verständnis, wenn ich ein bisschen gereizt bin. Letzte Woche wurde mir das Auto geklaut. Gestern ist mir in der Arbeit etwas Saublödes passiert, weshalb mir demnächst gekündigt werden soll. Und jetzt erfahre ich, dass mir gestern Nacht schon wieder jemand das Auto geklaut hat, und zwar um in der Firma einzubrechen, in der ich arbeite. Jemand, der Ihrer Ansicht nach ich sein könnte. Sie müssen schon entschuldigen, aber ehrlich gesagt dachte ich bisher, dass bestimmte Sachen nur bei Kafka passieren.«

»Ich verstehe, dass Ihnen das zu schaffen macht. Aber versuchen Sie auch mal, meinen Standpunkt zu verstehen. Sie sind anscheinend, wie soll ich sagen, ein bisschen ein Pechvogel. In einer Woche wird Ihnen zweimal das Auto gestohlen. So was kommt nicht gerade häufig vor. Beim ersten Mal ist der Dieb immerhin so freundlich, den Wagen ohne einen Kratzer wieder abzustellen. Dann wird Ihnen das Auto noch mal geklaut und für einen Einbruch verwendet, und zwar zufällig ausgerechnet in der Firma, für die Sie arbeiten und wo Ihnen die Kündigung bevorsteht. Und diesmal haben Sie den Diebstahl noch nicht mal zur Anzeige gebracht.«

Leonardo versuchte, sich zu beherrschen. Er holte tief Luft und antwortete langsam:

»Schauen Sie, ich habe den Diebstahl nicht angezeigt, weil ich heute Morgen gar nicht bei meinem Auto war. Ich darf nämlich nicht damit fahren. Das ist mir behördlich untersagt.«

»Verstehe. Das heißt, Sie wissen nicht, ob Ihr Wagen noch an seinem Platz ist.«

»Nein. Wenn Sie wollen, kann ich das aber gleich herausfinden. Ich rufe meine Frau an, die müsste zu Hause sein, und bitte sie, rasch mal nachzuschauen.«

»Nur zu.«

»Hallo, Leti.«

»Ach, Leo. Wie geht's, wie steht's? Wirst du diesmal verhaftet?«

»Hör zu, mir ist nicht nach Scherzen. Ich bin auf dem Revier, um ein paar Fragen zu beantworten. Und ...«

»Ja?«

»Könntest du bitte mal nachsehen, ob das Auto noch dasteht?«

»Also, ich bin nicht damit gefahren.«

»Ja«, antwortete Leonardo, nachdem er noch einmal tief durchgeatmet hatte. »Aber anscheinend wurde es gestern Nacht noch einmal geklaut, und deshalb …«

»Aber … Einen Moment. Wo hattest du denn geparkt?«

»An der üblichen Stelle.«

»Dann wart kurz, ich sage dir sofort Bescheid. Das müsste man ja aus dem Fenst…«

Eine kurze Stille trat ein.

»Leti?«

Aus dem Telefon kam ein lautes Stöhnen.

»Nein. Nein. Neeein!«

»Leti?«

»Nix Leti, verdammt noch mal!«

Noch einmal Stille.

»Diese Scheißkerle! Ich …«

»Es ist weg, oder?«

»Nein, das Auto ist noch da. Es ist bloß die Tür kaputt, aber da ist es schon.«

»Wie, die Tür kaputt?«

»Wie?« Letizias Stimme hallte metallisch über die Freisprechanlage. »Was weiß denn ich, wie sie das gemacht haben! Mit der Brechstange, mit einem Stock, mit irgendwas als Hebel, ich hoffe nur, der Betreffende stolpert drüber und rammt sich's dabei in den …«

»Leti, bitte«, versuchte Leonardo die Wogen zu glätten, während Corinna auf den Bildschirm starrte. »Welche Tür?«

»Was?«

»Welche Tür ist denn kaputt? Und reg dich mal nicht so auf, wir sind hier auf laut gestellt, da kann dich jeder hören.«

»Ach so.« Letizia hielt einen Moment inne. »Die Hintertür, auf der linken Seite.«

»Auf der linken Seite. Das heißt, wenn ich der Fahrer wäre, auf meiner Seite links?«

»Ja. Auf der linken Seite. Hinter dem Fahrersitz.«

»Bist du sicher?«

»Herrgott, Leo, ich weiß doch wohl noch, wo rechts und links ist. Die linke Tür, hinter dem Fahrer. Die, wo nicht die Tankklappe ist.«

Abermals trat Stille ein, während Letizia mutmaßlich versuchte, sich zu beruhigen.

»Leo, kannst du mir mal sagen, was los ist?«

Leonardo folgte Corinnas Blick und konstatierte zum vierten Mal, was er schon vorher genau gesehen hatte. Nämlich dass die fragliche Tür um 04:12 Uhr völlig unbeschädigt war.

Den Blick weiter auf den Bildschirm gerichtet, wandte Corinna sich um. Und dann sah sie ihn an.

Wenn ich wählen müsste, ob ich an deine Geschichte glaube oder an den Weihnachtsmann, sagten diese Augen, dann wäre ich jetzt schon längst im Schreibwarenladen, um mir Geschenkpapier zu besorgen.

»Leti, wenn ich das wüsste, würde ich es dir sagen.«

»... natürlich nicht, Angelica. Wenn ich das wüsste, würde ich es dir sagen. Jedenfalls habe ich den Computer wieder. Und den Roman. Ich brauche nur noch ein paar Tage, um das eine oder andere Kapitel umzuschreiben ...«

Giacomo entfernte sich ein paar Schritte von der Tür, und Paola konnte bald nur noch einzelne Satzfetzen hören.

»Ja, die Haupthandlung des Romans bleibt gleich. Es ändern sich nur die Kapitel auf der Konferenz, wo der Protagonist von sich erzählt. Erinnerst du dich, wir hatten darüber gesprochen? Na gut, dann glaub's mir einfach. Die Geschichte bekommt auf diese Weise einen ganz neuen Sinn, das ist, so wie wenn ...«

Paola verlor erneut den Anschluss.

Eindeutig verstanden hatte sie nur eines: dass es Giacomo offenbar gelungen war, den Computer wieder in die Hand zu bekommen. Und dass er anscheinend nicht die geringste Absicht hatte, ihr davon zu erzählen.

»Nein, nein, die Idee kam mir einfach so. Aber nicht von allein.« Giacomo lachte. »Sagen wir, da hat mich meine neue Muse inspiriert. Hör zu, machen wir's doch so ...«

Paola löste sich quälend langsam von der Tür.

Sie fürchtete, noch mehr zu hören.

»Ich fürchte, wir brauchen noch mehr«, sagte Dr. Corradini und legte die Akte auf den Tisch.

Corinna widerstand der Versuchung, die Augen zu verdrehen.

»Aber Dr. Corradini ...«

»Nichts aber, *agente* Stelea. Bevor wir aktiv werden, brauchen wir weitere Informationen. Wir brauchen Fakten, die die Beteiligten miteinander verbinden. Was Sie mir da bringen, das ist nichts als eine Korrelation. Verstehen wir uns richtig ...« Dr. Corradini beugte sich zu Corinna vor. »Ich habe nicht den geringsten Zweifel daran, dass das, was Sie mir dargelegt haben, mit dem Einbruch in der Villa Mancini zusammenhängt und dass dieser Chiezzi in die Sache verwickelt ist. Aber bevor wir etwas unternehmen, brauchen wir handfeste Beweise. Bisher, ich sage es noch einmal, haben wir nur eine Korrelation.«

»Ich verstehe nicht, was Sie meinen, Dr. Corradini.«

Der Polizeipräsident legte die Hände über dem Schreibtisch zusammen, die Fingerspitzen auf Corinna gerichtet, eine Gebetshaltung, die etwas Bedrohliches an sich hatte.

»Also gut. Sagen wir, Sie stellen fest, dass die Häufigkeit von Brandstiftungsdelikten im Jahresverlauf proportional zur Menge von verkauftem Speiseeis steigt. Was würden Sie daraus schließen?«

»Na, das ist doch logisch. Beides steigt an, wenn Sommer ist.«

»Genau. Um der Brandstiftung Einhalt zu gebieten, würden Sie es da für sinnvoll erachten, den Verkauf von Speiseeis zu untersagen oder sämtliche Eisverkäufer zu verhaften?«

»Natürlich nicht. Das eine hat mit dem anderen nichts zu tun.«

»Na also. Bravo. Das eine hat mit dem anderen nichts zu tun. Das ist eine wichtige Lektion, *agente* Stelea. Zwei Dinge, die Hand in Hand zu gehen scheinen, die also immer wieder gemeinsam auftreten, sind nicht zwangsläufig Ursache und Wirkung.«

Corinna nickte.

»Verstehe. Das heißt ...«

»Die alten Römer hatten da ein Sprichwort«, fuhr Dr. Corradini unbeirrt fort. »*Cum hoc, ergo propter hoc. Damit, folglich deswegen.* Aber wir sind nicht die alten Römer, *agente* Stelea.«

Warum müssen manche Leute eigentlich noch weiterlabern, wenn man etwas längst verstanden hat? Und je mehr es so ein alter Sack ist, desto mehr muss er dir alles achtmal erklären. Man könnte ja so viel Zeit sparen. Ich habe gesagt, dass ich verstanden habe, und das heißt, dass ich verstanden habe. Verdammt noch mal.

»Wir müssen versuchen herauszufinden, wer dieser Chiezzi ist. Welche Rolle er spielt, mit wem er in Verbindung steht. Ob er bezahlt wird, und wenn ja, in welcher Form. Fangen wir damit an, *agente* Stelea. Sie kennen die Devise von Giovanni Falcone? *Follow the money*, sagte er immer. Folge dem Geld, und du findest die Wahrheit. Folgen wir dem Geld. Gehen wir der Frage nach, woher Signor Chiezzis Einnahmen kommen und wo er sein Geld ausgibt.«

SONNTAGVORMITTAG

»Meine Güte, das sieht ja schlimm aus. Ist das heute Nacht passiert?«

»Ach wo«, sagte der Mann hinter dem Tresen. »Das war schon gestern früh so. Ich hab's gesehen, als ich gerade die Bar aufmachen wollte.«

»Das heißt sehr früh.«

»Also, da war's maximal halb sieben.«

»Und die Tür hing schon genauso in den Angeln?«

»Bei meiner Seele«, bestätigte der Barbesitzer und stellte Corinna ihr Glas Kaffee hin. »Von oben bis unten aufgerissen. So wie Sie's jetzt sehen.«

Er machte eine Kopfbewegung in Richtung des Peugeot 206, der genau vor der Konditorei geparkt stand.

Corinna drehte sich zu dem Wagen um, dessen linke Hintertür ihren Schmerz über die erlittene Misshandlung stumm in den Himmel schrie.

Und damit war auch ihre Hypothese beim Teufel.

Follow the money, hatte Dr. Corradini gesagt. Wahrscheinlich glaubte er, es mit einem hochgefährlichen internationalen Verbrecherring zu tun zu haben, der Computer, edle Weine und andere legal handelbare Waren vertickte.

Leider hatte Corinna bei der Überprüfung der Kreditkartendaten von Chiezzi, Leonardo feststellen müssen, dass sich dort nur zwei regelmäßig wiederkehrende Posten fanden. Es gab eine einzige Quelle für Zahlungseingänge (das Gehalt von LeaderSoft, das leider kurz davorstand, sich in Luft aufzulösen) und einen Empfänger ausgehender Zahlungen (die größte örtliche Buchhandlung, wo Chiezzi im wöchentlichen Rhythmus achtzig bis hundert Euro liegen ließ). Keine weiteren Einkünfte, keine weiteren regelmäßigen Entnahmen in relevanter Höhe. Der Saldo des Girokontos betrug aktuell ein paar Tausend Euro. Nichts, das an florierende illegale Geschäfte hätte denken lassen, wobei es sich immer noch um einen Anfänger handeln konnte, da erfüllte er sämtliche Voraussetzungen.

Als Erstes ging Corinna daher in die Buchhandlung, wo sie hoffte, wer weiß was zu finden; vielleicht hatte Chiezzi ja jüngst einschlägige Literatur erworben, *Alarmanlagen abstellen ohne Reue* oder ähnliche Handbücher für den vollendeten Tunichtgut. Aber leider kaufte Chiezzi sich offenbar quer durchs Sortiment (Romane, Essays, Comics, sogar die nur schwer zu findende *Geschichte der Welt in 100 Objekten,* auf die Corinna schon seit Monaten scharf war), alles, nur keine Selbsthilfeliteratur für angehende Einbrecher. Die einzige Verbindung zu ihrem Fall ergab sich in Form einer Zufallsbegegnung: An der Kasse stand Giacomo Mancini und bezahlte gerade ein Buch über die Mathematik der Fraktale. Corinna gelang es, ihn geflissentlich zu ignorieren, wobei sie beiläufig bedauerte, ihn überhaupt kennengelernt zu haben.

Man sollte es nie darauf anlegen, jemandem zu begegnen, den man vergöttert, ob Schriftsteller, Fußballspieler oder Sänger; wie Corinnas Vater zu sagen pflegte: »Bei Helden ist es genau umgekehrt wie bei Gegenständen: Je näher du kommst, desto kleiner werden sie.« Und der brave Florian Stelea, unter einem kommunistischen Regime geboren, verstand eine Menge von falschen Helden.

Wenn man mythischen Figuren nicht begegnen sollte, so gilt für Verdächtige das Gegenteil, die sollte man so gut kennen wie nur möglich. Also beschloss Corinna, sich als Nächstes diskret in dem Viertel umzuhören, wo Leonardo wohnte. Um zum Beispiel zu erfahren, ob das Auto tatsächlich nach dem Einbruch bei LeaderSoft beschädigt worden war, also zwischen vier Uhr morgens und vier Uhr nachmittags (was wirklich unwahrscheinlich war und nicht nur schwer zu begreifen, wie sie meinte), oder ob jemand den Schaden mutwillig herbeigeführt hatte, im Anschluss an den von ihr mitgehörten Anruf.

In der Tat war in Corinna der Verdacht aufgekeimt, das Ehepaar könnte unter einer Decke stecken. Als der Anruf kam, musste Chiezzis Frau (die noch nichts von den Videoaufnahmen wusste) intuitiv erfasst haben, dass die Polizei wusste, wofür das Auto eingesetzt worden war. Also hatte sie stümperhaft vorgetäuscht, der Wagen sei aufgebrochen worden, und gleich noch die Tür halb abgeklemmt, um den Verdacht von sich und ihrem Mann abzulenken. Plausibel, oder?

Leider bedeutet »plausibel«, wie der Inhaber der Bar Corinna soeben vor Augen geführt hatte, nicht auch zwangsläufig »richtig«.

»Ja, ich sehe es. Da hat jemand mit einer Brechstange oder so zugelangt«, sagte Corinna, um das Gespräch am Laufen zu halten.

»Jedenfalls nicht mit 'nem Streichholz«, stimmte der

Barbesitzer zu. »Schauen Sie sich an, wie das Ding aus dem Leim gegangen ist. Das sieht ja aus wie 'n brüllender Esel. Sind Sie von der Polizei?«

Corinnas Hand, in der sie das Glas hielt, stoppte einen Zentimeter vor ihren Lippen. Sie hatte nicht geglaubt, so indiskret gewesen zu sein.

»Ja. Aber entschuldigen Sie, wie ...«

Der Barista zeigte auf die gläserne Tasse in Corinnas Hand.

»Der *caffè al vetro*. Normal bestellen den Frauen nicht. Normal bestellen den nur Männer.«

»Wieso eigentlich?«

»Beim Glas sieht man, ob's sauber ist, deshalb bestellt man das so. Und das macht man halt in Kneipen, die eher schmuddelig sind und wo anständige Frauen nicht hingehen sollten.« Der Inhaber beugte sich vertraulich vor und sprach auch gleich vorbeugend weiter. »Ich meine, Sie machen schon einen anständigen Eindruck, Sie gehen halt mit Männern in so Schmuddelläden. Und was für eine Arbeit kann das sein, bei der sich eine anständige Frau mit Männern rumtreibt, wo sie nicht sollte, hä?«

Meine Güte, man lernt schon eine Menge, wenn man den Leuten zuhört.

»Sagen Sie mal, wenn wir schon dabei sind«, fuhr der Barbesitzer fort, »warum interessiert Sie der Wagen überhaupt?«

Moment, Moment. Du bist ein waches Kerlchen, aber die Fragen stelle hier immer noch ich.

»Kennen Sie den Fahrzeughalter?«

»Bei meiner Seele«, bestätigte der Wirt, der offensichtlich nicht einfach Ja sagen konnte. »Ich kenne alle meine

Kunden mit Namen. Er kommt jeden Sonntag mit der Frau zum Frühstück. Er heißt Leonardo und sie Letizia. Den Nachnamen weiß ich nicht, aber sie sind beide ziemlich in Ordnung.«

Als Einzelner eine Personenüberwachung durchzuführen ist nicht leicht.

Im professionellen Bereich handelt üblicherweise niemand allein. Wenn man jemanden beschattet und sicher sein will, ihn nicht zu verlieren oder von ihm entdeckt zu werden, sollte man mindestens zu viert sein. Das Viererteam bildet ein Quadrat, das sich so bewegt, dass die Zielperson immer innerhalb der vier Eckpunkte bleibt. Dadurch können diese Eckpunkte des Quadrats, also die Beschatter, einen gewissen Abstand wahren und brauchen nicht ständig die Zielperson anzustarren. Zur Wahrung der jeweiligen Position genügt es, die drei Kollegen im Auge zu behalten.

Bedauerlicherweise ist es relativ schwierig, als Einzelner ein Quadrat zu bilden. Als Paola am Vortag beschlossen hatte, Leonardo zu folgen und herauszufinden, wer das überhaupt war, wo er wohnte, was er machte, etcetera, hatte sie sich daher ziemlich ins Zeug legen müssen, und wenn er sie nicht bemerkt hatte, dann grenzte das an ein Wunder. Zumal ihr Entschluss, Leonardo zu beschatten, spontan erfolgt war, und sie sich deshalb im selben Gewand auf die Fährte der Zielperson gesetzt hatte, in dem sie morgens aus dem Haus gegangen war – einem Kostüm mit engem Rock und mit zehn Zentimeter hohen Absätzen.

Aus all diesen Gründen litt Paola in diesem Moment vor

dem Haus, das Leonardo am vorangegangenen Nachmittag betreten hatte, Höllenqualen:

a) fürchtete sie, ihr Mann könnte einen Geliebten haben;
b) fürchtete sie, der Akkusativ maskulin am Ende von »a)« könnte kein Irrtum sein; und
c) hatte sie am Vortag drei Stunden damit verbracht, mit 16-Zentimeter-Schrittchen hinter jemandem herzustaksen, während ihre Absätze ständig im Pflaster hängen blieben. Das Ergebnis in diesem Augenblick: ein Paar völlig fertige Sprunggelenke und ein Paar Blasen an den Fersen, so groß wie Baiserstücke.

Als Leonardo aus dem Hauseingang kam, nahm Paola daher mit Erleichterung zur Kenntnis, dass er nach etwa fünfzig Metern eine Konditorei betrat. Wenn man nach seiner Silhouette ging, selbst aus größerer Entfernung, so war er nicht der Typ, der in einer Konditorei nur einen Espresso bestellte.

Na schön. Eine Konditorei ist eine öffentliche Einrichtung. Was hindert mich, ebenfalls hineinzugehen und etwas zu mir zu nehmen?

»Guten Tag, Signor Leonardo«, sagte der leutselige Consani hinter dem Tresen. »Sehen Sie, Signorina? Ich sagte ja, jeden Sonntag. Was darf es sein, Signor Leonardo?«

Ein Kamillentee, hätte Leonardo am liebsten erwidert, als er sah, dass die Angesprochene keine andere war als Corinna.

»Guten Tag«, sagte Corinna und starrte den Inhaber dabei an, wie es ein Muezzin getan hätte, dem gerade ein Cognac angeboten wurde. Der Barbesitzer zog die Brauen hoch. Wenn ich einer wäre, der sich um seinen eigenen Kram kümmert, sagte sein Blick, dann wäre ich Bahnwärter geworden.

»Guten Tag«, brachte Leonardo hervor.

»Ich habe den Wagen gesehen«, sagte Corinna und deutete auf das Fahrzeug, dessen Tür in der Mitte abgeknickt war. »Das ist schon heftig. Haben Sie vor, Anzeige zu erstatten?«

»Tja, vermutlich. Wenn die Polizei dafür schon zu mir nach Hause kommt ...«

»Signor Chiezzi, ich bin nur hier, um den Wagen in Augenschein zu nehmen.«

»Und ich bin hier, um mit meiner Frau zu frühstücken. Sie wissen schon, bevor ich festgenommen werde, möchte ich gern noch ein wenig das Leben genießen.«

»Warum sollten wir Sie festnehmen?«

»Pff, das wird die Polizei mir erklären müssen. Ich weiß nur eines, Sie wirken schon ziemlich entschlossen.«

Corinna schien bei aller Überzeugtheit von ihren Hypothesen der Moment gekommen, eine sanftere Herangehensweise auszuprobieren.

»Signor Chiezzi, wir untersuchen schlicht und ergreifend den Fall. Je früher wir die Verantwortlichen für diese Einbrüche finden, desto besser für Sie und Ihre Frau. Apropos, könnte ich mit ihr wohl auch mal kurz sprechen?«

»Na, sicher. Sie wollte noch kurz Make-up auflegen und dann nachkommen. Kann sich nur um Stunden handeln.«

»Da übertreiben Sie jetzt aber. Vielleicht ist sie ja auch schon da.«

Tatsächlich war hinter der Milchglastür eine verschwommene weibliche Gestalt zu sehen, die im Begriff war einzutreten. Einen Augenblick später ging die Tür auf, und herein kam eine sehr attraktive, nicht mehr ganz junge Frau, die mit Mühe ihre Schritte setzte, fast als wäre sie fußkrank.

Das ist nicht meine Frau, war Leonardo versucht zu sagen. Das ist die aufgetakelte Alte in Pfennigabsätzen, die mir seit gestern Nachmittag folgt, warum, ist mir ein Rätsel. Oder besser, es ist mir sonnenklar. Anscheinend steht sie auf junge Männer mit Hüftgold, die alte Schlampe.

Doch zum Glück sagte er das nicht.

»Guten Tag, Signora Mancini.«

»Wie bitte? Ach, guten Tag, *agente* Stelea.« Signora Mancini lachte ein peinlich berührtes Kichern, das immer dümmlich wirkt, auch wenn man das nicht ist. »Ich habe Sie gar nicht erkannt, so ohne Uniform.«

»Mancini?«, fragte Leonardo ratlos.

»Ja doch«, sagte Corinna mit einer Spur Schadenfreude in der Stimme, was vielleicht doch einen Tick zu weit ging. »Giacomo Mancini, der Schriftsteller. Sie kennen ihn, oder?«

»Irgendwas habe ich wohl gelesen.« Leonardo gab erst Corinna die Hand und dann auch Paola. »Na gut, war mir ein Vergnügen. Wiedersehen.«

»Wollten Sie nicht frühstücken?«

»Mir ist der Appetit vergangen.«

Damit verließ er entschlossenen Schrittes das Lokal.

»Ja bitte?«

»Wissen Sie, wo Sie sich das Gebitte hinschieben können?«

»Wie bitte?«

»Ja, ja, ich war bereit, auf Ihre Bitte einzugehen. Ich hätte Ihnen geholfen. Ich hatte Sie nur meinerseits gebeten, anonym bleiben zu dürfen.«

»Aber ...«

»Ich wollte anonym bleiben, mein lieber Herr Schriftsteller, der sauer wird, wenn man ihm Lügen auftischt, weil ich nichts riskieren wollte. In letzter Zeit kann ich mich nämlich kaum bewegen, ohne eins auf die Nase zu bekommen, ob ich was dafür kann oder nicht. Fehlt nur noch, dass man mir Unfähigkeit in literarischen Dingen vorwirft. Und da wollte ich mich eben nicht in den etwaigen, ach was, in den so gut wie sicheren Misserfolg deines Scheißbuchs verwickelt sehen.«

»Entschuldige, aber ...«

»Aber was machst du? Anstatt mir zu vertrauen, schickst du mir deine Frau, damit sie mich beschattet. Stimmt's?«

»Wovon redest du überhaupt?«

»Ach, komm schon, Kumpel, du weißt genau, wovon ich rede. Schick deine Frau auf eine Detektivschule, bevor du sie noch mal hinter jemandem herschickst. Sie ist dabei nämlich so unauffällig wie ein Roma-Fan in der Lazio-Kurve.«

Mit dem Schwung eines Geschäftsführers knallte Leonardo den Hörer auf die Gabel. Ist ja bloß eine Telefonzelle, wenn da was kaputtgeht, sch... drauf.

Also gut, abreagiert habe ich mich. Und jetzt ...

Als er sich umdrehte, sah Leonardo Letizia, die ihn ihrerseits ansah, und ihr Gesichtsausdruck bewegte sich irgendwo zwischen bestürzt und entsetzt. Offenbar kam sie gerade erst aus dem Haus.

»Entschuldige mal, Leo«, sagte sie nach einem kurzen Moment, »mit wem hast du da eigentlich geredet?«

Leonardo blickte sich um und hoffte auf irgendein äußeres Ereignis – Schießerei, Verkehrsunfall, plötzliches Zusammenbrechen eines Passanten oder Gebäudes, spontaner Stapellauf eines Öltankers, kurzum, auf einen x-beliebigen Vorfall, der für Ablenkung sorgen und ihm helfen könnte, nicht sofort auf die Frage antworten zu müssen.

»Und warum benutzt du ein Münztelefon?«, hakte Letizia nach.

In der Provinz ist das ein echtes Problem: Wenn man mal eine ordentliche Katastrophe braucht, passiert gar nichts.

Leonardo Chiezzi. Sehr gut.

Corinna hatte nach ihrer Unterhaltung mit Paola die Bar verlassen und ging jetzt im Geist sämtliche Punkte in der Geschichte durch, wo der Name Chiezzi auftauchte.

Erstens als Besitzer des Wagens, der beim Mancini-Einbruch verwendet wurde.

Zweitens als Besitzer des Wagens, der beim LeaderSoft-Einbruch verwendet wurde.

Drittens als Liebhaber des gerade erwähnten Giacomo Mancini, hinter dem Rücken der jeweiligen Ehegattinnen.

Das ergab insgesamt ein klares Bild.

Chiezzi Leonardo, der das Mancini'sche Domizil gut kennt, schließlich hat er sich dort ein oder mehrmals aufgehalten, um mit dem Hausherrn Wurst-Tetris zu spielen, verabredet sich mit einem oder mehreren Komplizen, um in das Haus einzusteigen, während einer Reise, von der besagter Chiezzi Leonardo Wind bekommen hat. Wahrscheinlich stellt er seinen Wagen selbst zur Verfügung, weil er glaubt, dass dieser nicht zu ihm zurückverfolgt werden wird. Aber da geht den Einbrechern das Benzin aus, und die Sache wird kompliziert.

Jedenfalls nimmt Chiezzi aus irgendeinem Grund (Reue? praktische Erwägungen? wahre Liebe?) erneut Kontakt zu Mancini auf. In der Folge gelingt es Mancini, auf irgendeinem Weg seinen Computer zurückzubekommen und seine so zarte wie altgriechisch geprägte Verbindung mit Chiezzi Leonardo fortzuführen.

Noch ist keineswegs alles klar, aber die Nebel beginnen sich zu lichten.

Ich muss nur noch ein bisschen genauer herausfinden, wer du eigentlich bist, Chiezzi Leonardo.

»Du bist ein Idiot.«

»Jetzt hör doch mal zu, Leti...«

»Ich und zuhören? Hör doch zur Abwechslung du mal zu, verdammt noch mal!«

Leonardo, der nicht wusste, wo er hinschauen sollte, entschied sich, fürs Erste den Boden zu studieren.

»Aber ich war schon auch bekloppt, mich von dir einwickeln zu lassen«, tobte Letizia weiter. »Hast du den Computer zur Polizei gebracht, Schatz?‹ – ›Ja, klar, Liebes.‹ Und was muss ich dann feststellen? Du hast den Computer behalten, den Besitzer kontaktiert und ihn auch noch erpresst!«

»Nein, Leti, das stimmt so nicht. Ich hab's dir doch erklärt. Ich ...«

»Ein Idiot bist du.«

»Ja, dazu hast du dich wohl schon deutlich genug geäußert. Wenn du mir jetzt bitte kurz mal zuhören würdest ...«

»Na, dann los. Lass hören. Erklär's mir. Ich bin gespannt.«

Leonardo sah sich um.

»Also ...«

Letizia machte eine unwillige Geste.

»Sag mal, können wir das vielleicht im Auto besprechen? Entschuldige, aber ich finde, wir haben uns schon genug lächerlich gemacht.«

Leonardo saß auf dem Fahrersitz und versuchte, ein Fazit zu ziehen.

Mal sehen. Ich stehe ohne Job da, ich bin kurz davor, wegen schweren Einbruchs verhaftet zu werden, und ich hatte gerade einen richtig üblen Streit mit Letizia. Noch was? Ach ja, das Bußgeld in Höhe von dreizehntausend Euro, aufgrund dessen ich den Wagen nicht benutzen darf, auch wenn andere das in aller Seelenruhe tun. Tja. Okay, fahren darf ich damit nicht, aber vielleicht kann ich doch wenigstens den Motor anlassen. Dann brauche ich nur noch einen Gummischlauch an den Auspuff anzuschließen und mich umzubringen, streng gesetzeskonform, ohne ein weiteres Bußgeld zu riskieren. Tja, das hätte ich tun können, wenn mir nicht irgendwer die Tür rausgerissen hätte. Jetzt ist die Karre noch nicht einmal mehr dicht.

Quatsch beiseite, das ist schon ein ganz schöner Mist! Keine Ahnung, wie ich aus der Sache rauskommen soll.

Andererseits – jetzt kann alles nur besser werden. Denn ich weiß wirklich nicht, wie es noch schlimmer kommen sollte.

In diesem Moment klopfte jemand an die Fenster-scheibe. Leonardo nahm wieder Verbindung zur Wirklich-keit auf und guckte nach draußen. Dort stand ein kahlköp-figer, schmächtiger Mann mit einem absolut lächerlichen Jackett und musterte ihn neugierig. Herrje, neugierig und mit nur einem Auge, das linke ging nämlich Richtung Motorhaube. Leonardo, der Fremden alles in allem höflich zu begegnen pflegte, ließ das Fenster herunter.

»Ja?«

»Guten Tag«, sagte der Mann und ließ die Augäpfel auf eine Art kreisen, die etwas Verstörendes hatte. »Entschul-digen Sie, dass ich Sie behellige, es dauert auch gar nicht lang. Gehört der Wagen hier Ihnen?«

SONNTAGVORMITTAG, NUR ETWAS SPÄTER

»Und das ist alles«, sagte Leonardo und hielt Letizia den kleinen feuerroten Laptop vor die Nase.

»Himmel«, sagte Letizia, ohne die Augen von dem Gegenstand zu nehmen. »Der sieht ja wirklich aus wie deiner. Und du bist ganz sicher, dass es nicht deiner ist?«

Leonardo schüttelte die Locken.

»Nein, ich glaube, das ist schon der von Tenasso.«

»Wenn du ihn einschaltest, siehst du vielleicht …«

»Ja, damit sich das Ding beim Hochfahren mit dem GPS verbindet, und in weniger als einer Minute steht die Polizei bei uns auf der Matte. Du hast ja keine Ahnung, was Tenasso auf diesem Computer für Zeug haben könnte. Und wenn die bei mir einen gestohlenen Rechner finden, bin ich flugs wegen Hehlerei dran. Aber halb so schlimm, nicht wahr? Dann beginnt meine zweite Karriere gleich mit allen Schikanen. Und ich bin nach der inoffiziellen Einstufung auch noch staatlich anerkannt.«

Letizia stand auf, ging zu Leonardo und setzte sich auf die Armlehne seines Sessels. Sie hätte auch auf der Sitzfläche Platz gefunden, denn Leo hockte auf den letzten drei Zentimetern Nutzfläche, die Hände ineinander verschlungen und so steif wie ein Kardinal auf einer Erotikmesse.

»Aber Leo, glaubst du wirklich, dass sie dich mit einem Hehler verwechseln?«

»Ich habe dir doch davon erzählt, Leti. So ein Typ in Begleitung eines Scheusals, dem ein Stück Ohr fehlt. Welcher Beschäftigung geht der wohl nach?«

»Ich bin Kaufmann, genau wie du«, hatte der Bucklige gesagt, nachdem er es sich auf dem Beifahrersitz bequem gemacht hatte. »Und mich interessiert, was hinten rauskommt, das siehst du ja anscheinend ganz ähnlich. Wer, ist egal, mir geht's um das Was. Und was ich liefere, ist immer solide.«

»Äh, wie meinen Sie das?«

»Ich habe dir doch ein Muster unter den Sitz gelegt.« Der Bucklige deutete in Richtung der kaputten Tür. »Tut mir leid, wenn's bisschen versteckt war, ja, aber bei dem Pack, das heutzutage herumläuft ...«

Leonardo schob die Hand unter den Sitz, und seine Finger stießen auf etwas Metallisches. Noch bevor er den Gegenstand sehen konnte, war ihm klar, dass es sich um einen Computer handeln musste. Die Farbe kannte er nicht, aber ein Computer war es garantiert.

Als er ihn herausgezogen hatte (feuerrot), starrte er einen Moment lang belämmert darauf und drehte sich dann wieder zu dem Buckligen um.

»Hören Sie«, sagte Leonardo mit dem Laptop in der Hand, während er auf seinem Gesicht eine Farbe aufsteigen spürte, die prächtig zu dem Gegenstand passte, »ich glaube, hier liegt eine Verwechslung vor.«

»Nein, immer sachte, das ist keine Verwechslung. Ich habe die Sache mit Costantino besprochen, und wir sind uns einig. Um die Sache kümmern wir beide uns jetzt. Was, nebenbei gesagt, ja wohl auch in deinem Interesse ist.«

»Costantino? Wer soll das sein?«

»Bravo, so gefällt mir das. Ich habe auch schon vergessen, dass ich ihn mal gekannt habe. Siehst du, wir sind auf einer Wellenlänge.«

»Nein, wirklich, ich meinte ...«

»Lassen wir doch das Gequatsche. Was, glaubst du, sind zwanzig solche Computer wert?«

Die Situation war zwar absurd, aber auf diese Frage wusste Leonardo immerhin eine Antwort.

»Toshiba-Notebooks? Also, neu kostet einer um die zweitausend Euro, so Pi mal Daumen. Aber, wie gesagt ...«

»Hoppla, das sind ja richtige kleine Schmuckstücke. Dann machen wir's doch so: Die Dinger sind gebraucht, aber in einem ziemlich guten Zustand, würde ich sagen. Wenn wir fünfzig-fünfzig teilen, dann macht das 20 000 Euro pro Nase. Schaffst du das bis Montag?«

»Ich habe doch keine 20 000 Euro in bar, ich ...«

»Dann leih sie dir halt«, versetzte der Bucklige.

»Und wenn das nicht geht?«, hörte Leonardo sich antworten, ganz automatisch und wohl ahnend, wie hanebüchen diese Reaktion war.

»Och, wenn das nicht geht, kein Problem. Schwamm drüber. Ich spreche für mich, ja? Was er hier macht«, der Bucklige nickte in Richtung von Gutta, der neben dem Auto wartete, die Arme verschränkt und das Ohr verstümmelt, »dafür kann ich keine Verantwortung übernehmen. Er ist ein großer Junge und kann für sich selbst einstehen, glaube ich jedenfalls. Also, kennst du die Santa-Agata-Kapelle?«

»Ja. Gleich hinter der San-Paolo-Kirche.«

»Na, siehst du. Ich sag's ja immer, es ist besser, wenn man's mit halbwegs gebildeten Leuten zu tun hat. Die wissen gleich, was Sache ist. Super, dann sehen wir uns am Montag. Und zwar um zwei Uhr früh vor der Santa-Agata-Kapelle. Ich bringe die roten Dinger und du die grünen Scheine, dann passt das für beide.«

Sie saßen beide im Wohnzimmer und warteten darauf, dass der andere zuerst etwas sagte. Nachdem Giacomo und Paola eine Stunde lang mehr oder weniger akrobatische Kunststücke vollführt hatten, um einander aus dem Weg zu gehen, hatten sie sich nun doch in einem Raum wiedergefunden, und da war es schier unmöglich, so zu tun, als wäre nichts.

»Paola ...«

»Ich höre«, sagte Paola. Lässt hier mal einer nicht den Geschäftsführer heraushängen?

»Ich muss mit dir über etwas reden.«

»Über etwas oder über jemanden?«

»Über jemanden und über etwas.«

»Verstehe. Na«, sagte Paola, bemüht, die Contenance zu wahren, »ich wusste ja, dass du auf die Klassiker stehst, aber dass du so tief in die griechische Kultur eintauchen würdest, hätte ich nicht geglaubt.«

»Wie meinst du das?«, fragte Giacomo.

»Giacomo, zwing mich nicht, es auszusprechen.«

»Ich zwinge dich zu überhaupt nichts«, sagte Giacomo in aufrichtiger Verwirrung, »aber wenn du's mir nicht erklärst, dann verstehe ich es nicht.«

»Giacomo«, sagte Paola, die Augen auf den Couchtisch geheftet, »ich weiß genau, dass dieser Typ ...«

»Was für ein Typ?«

»… dieser Typ und du, ihr wart gestern spazieren, Arm in Arm, auf der Strandpromenade, okay? Ihr seid ganz nah an mir vorbeigekommen! Und ich habe gehört, wie du ›eine ehrliche Beziehung‹ gesagt hast und ›wenigstens ein bisschen Gesellschaft‹ und derlei mehr! Ich hatte so eine Nervensäge am Telefon, aber etwas habe ich doch mitbekommen, Herrgott! Wie kannst du nach all den Jahren immer noch denken, du könntest mich für dumm verkaufen?«

Giacomo starrte Paola einen Augenblick lang an wie versteinert. Dann stieß er ein unterdrücktes kleines Schnauben aus. Und Paola schloss die Augen.

Was auch immer jetzt kam, sie wollte es nicht sehen.

Dafür bekam sie es zu hören.

Sie hörte, wie ihr Mann zu lachen anfing wie ein Gestörter.

»Und das ist alles.«

Paola hatte, während ihr Mann sprach, den Kopf immer weiter nach vorne gebeugt, als versuchte sie sich auf etwas zu konzentrieren. Als er geendet hatte, richtete sie sich wieder auf.

»Und er hat dir nicht gesagt, wie er heißt? Er wollte nicht sagen, wie er heißt?«

Auch Giacomo hatte beim Reden seine Haltung verändert. Genauer gesagt hatte er ein wenig von seiner anfänglichen Überheblichkeit eingebüßt.

»Ja, ich weiß«, sagte er und atmete scharf aus. »Das kann man schon komisch finden. Also, es ist komisch. Du sagst, ich vertraue hier einem Menschen, über den ich überhaupt nichts weiß. Ja, ich weiß noch nicht einmal, wer er ist ...«

»Aber ich.«

»Was?«

»Ich weiß es, ich weiß, wer der Typ ist. Gib mir mal bitte dein Telefon.«

Giacomo verstand das falsch.

»Nein, Paola. Abgesehen davon, dass er immer auf dem Festnetz angerufen hat, habe ich nicht die geringste ...«

»Ich brauche dein Telefon doch nicht, um im Adressbuch nach ›Rätselhafter Liebhaber‹ zu suchen.« Paola lachte. »Ich will nur rasch ins Internet. Wir haben doch zurzeit keinen Computer im Haus, und mein Handy ist von anno Tobak. Die einzige Möglichkeit, um dir zu zeigen, was ich meine, ist dein wunderbares Alleskönnerhandy.«

»›... mit anderen Worten, der x-te supertolle Skandinavien-Krimi von sechshundert Seiten Länge, und angesichts dieses Umfangs möchte ich davon abraten, dieses Buch leichthändig beiseitezulegen: So ein Buch schleudert man mit aller Kraft von sich. Außer man zieht es vor, die Seiten einzeln herauszureißen, sie eignen sich nämlich hervorragend als Klopapier für die Schweine.‹ Na, das ist mal eine gnädige Kritik.«

Giacomo scrollte weiter, aber die Rezension endete hier.

»Ja, oder?«, lächelte Paola. »Siehst du, was ich dir sagen will?«

»Ja«, antwortete Giacomo geistesabwesend, die Augen auf das Handy geheftet. »Das ist schon ein ziemlich ungewöhnlicher Ausdruck.«

»Deshalb kam mir, als du ihn vorher verwendet hast,

dieses Blog in den Sinn«, sagte Paola und zeigte dabei auf den kleinen Bildschirm, die Handfläche nach oben gewandt. »Deshalb und aus noch einem anderen Grund.«

»Tatsächlich. Und der wäre?«

»Gib doch mal *Bitterer Sand* ein.«

Giacomo fuhr mit den Fingern über den Bildschirm.

»... Sand. Da. Muss ich mich aufs Schlimmste gefasst machen?«

Paola machte ein schwer zu interpretierendes Gesicht, während das Panphone auf der Suche nach dem eingegebenen Begriff den virtuellen Raum durchmaß. Dann füllte sich der weiße Bildschirm mit Worten. Paola verschob den Text mit dem Zeigefinger bis zu einer bestimmten Stelle.

»Da. Lies das mal. Der Satz beginnt mit ›Da muss ich‹.«

»›Da muss ich mich dann doch zum x-ten Mal fragen, warum einer, der von Beruf Schriftsteller ist, seit dreißig Jahren glaubt, die korrekte Verwendung des Strichpunkts ignorieren zu können. Wer dieses Blog liest, ist darüber bereits im Bilde, aber die Angelegenheit ist wichtig genug, um ein weiteres Mal erläutert zu werden: Die Interpunktion dient nicht nur dazu, den Satzrhythmus zu bestimmen, die Interpunktionszeichen sind in der Tat lo-gi-sche O-pe-ra-to-ren. Sie nachlässig zu verwenden kann die Bedeutung eines Gedanken regelrecht entstellen. Wenn ich von jemandem schreibe: ›Er ist Juve-Fan. Er ist kein vertrauenswürdiger Mensch‹, so sind das zwei separate Informationen, die allein dadurch in Beziehung stehen, dass ich mich auf dieselbe Person beziehe. Schreibe ich hingegen: ›Er ist Juve-Fan; er ist kein vertrauenswürdiger Mensch‹, so steht fest, dass beides miteinander zusammenhängt, in welcher Hinsicht,* *bleibt allerdings unklar – vielleicht zähle ich hier einfach sämt-liche negativen Merkmale des Betreffenden auf; jedenfalls gebe ich zu verstehen, dass ich es für verachtenswert halte, Juve-Fan zu sein. Schreibe ich schließlich: › Er ist Juve-Fan: Er ist kein vertrauenswürdiger Mensch‹, so fällt mein Urteil eindeutig aus: Der Betreffende ist Juve-Fan und damit jemand, dem man nicht über den Weg trauen kann, basta.‹«*

Giacomo versank für einen Augenblick in Nachdenken, dann scrollte er mit dem Finger wieder nach oben.

»Er hat ein manisches Verhältnis zur Interpunktion«, sagte Paola. »Und das passt zu dem, was du mir vorher er-zählt hast, also zu den Äußerungen dieses Typen über deine Verwendung von Strichpunkten.«

»Auch noch zu ein paar anderen Dingen, würde ich sagen. › *Wer Mancinis frühere Bücher gelesen und geschätzt hat, zu einer Zeit verfasst, als der Autor noch aufwachte, bevor er sich an den Schreibtisch setzte, dem bietet dieser Roman ein hervorragendes Beispiel für Papierverschwendung.*‹ Und das soll eines der besten Literatur-Blogs sein, die es gibt?«

»Auf jeden Fall. Und ich kenne locker vierzig Stück.«

»So viele?«

Paola zögerte kurz, bevor sie weitersprach. Dann legte sie ein Geständnis ab.

»Also, alle, in denen deine Bücher besprochen werden.«

Giacomo wandte sich zu Paola um. Die lächelnd den Satz vervollständigte.

»Oder in denen das wenigstens einmal passiert ist.«

»Bevor du damit fertig bist?«

»Bevor ich damit fertig bin«, bestätigte Giacomo und hielt Paola die Seiten hin. »Während ich daran schreibe. Da kannst du mir bei laufender Arbeit sagen, ob es irgendwo hakt.«

Paola streckte die Hand aus, um den Stapel entgegenzunehmen, wobei sie eine vage Scheu überkam. Seltsam, da es doch um den Mann ging, mit dem sie seit dreißig Jahren verheiratet war.

»Das hast du noch nie von mir verlangt.«

»Bis jetzt nicht.«

Paola, noch immer das Manuskript in der Hand, sah ihren Mann an. Und sah zwei schwarze Pupillen mit einem blauen Kranz drumherum.

Wer seine Körpersprache beherrscht, der kann auch nonverbal lügen. Unsere Hände, unsere Körperhaltung, unser Blick können Gewissheiten vorspiegeln, die wir nicht haben, oder eine Schuld verdecken, die uns voll und ganz zufällt.

Das Einzige, was sich unserer Kontrolle entzieht, sind die Pupillen. Jemand mag der größte Betrüger in der Geschichte der Menschheit sein, sobald er Angst bekommt, sobald er lügt, sobald er misstrauisch wird, verengen sich seine Pupillen. Ist man hingegen in einem Zustand von Ruhe und Vertrauen, findet man Gefallen an dem, was man vor Augen hat, so weiten die Pupillen sich. Es ist nicht möglich, diese Wirkung willentlich herbeizuführen, dafür verbürgen sich die Neurologen – es sei denn, man führte im Geist komplexe arithmetische Operationen durch, etwa die Multiplikation von dreistelligen Zahlen. In dem Fall kann es gelingen, ein Weiten der Pupillen willkürlich herbeizuführen, es dürfte allerdings sehr schwerfallen, gleichzeitig eine schlüssige Unterhaltung zu führen; unsere Verlässlichkeit und unser Image würden wahrscheinlich erheblich beeinträchtigt, wenn wir auf die Frage »Glaubst du mir das?« mit warmer, weicher Stimme erwiderten: »Zehntausendsechshundertsechsundzwanzig.«

Im vorliegenden Fall aber war Giacomo nicht damit beschäftigt, Berechnungen durchzuführen. Welcher Art auch immer.

»Und was hast du jetzt vor zu ändern?«

»Eine ganze Menge«, sagte Giacomo und erhob sich aus dem Sessel. »Auf einiges hat er mich direkt hingewiesen. Andere Dinge sind mir durch das Gespräch mit ihm eingefallen. Bei den Änderungen, die ich im Sinn habe, ist es zum Beispiel viel plausibler, wenn der Protagonist auf der Konferenz ordentlich einen sitzen hat, als wenn er nichts getrunken hätte.«

»So wie der Anrufer, oder?«

»Mhm. Ich fand das wirkungsvoll.«

»Gut«, sagte Paola lächelnd und stand vom Sofa auf, die ausgedruckten Seiten in der rechten Hand. »Dann gehe ich mal unter die Dusche. Und nachher lege ich mich, glaube ich, hin und lese noch ein bisschen. Aber du weißt ja, ich bin eine schnelle Leserin.«

»Dann muss ich mich wohl ans Schreiben machen.«

SONNTAGNACHT

»›Jetzt bereitet sich der US-Amerikaner zum Putt vor. Keine einfache Aufgabe aus dieser Position. Wir haben schon mehrmals gesehen, wie ...‹«

Giacomo saß im Sessel in der Mansarde und verfolgte auf seinem Megabildschirm ein Golfturnier.

An den meisten Abenden sah Giacomo gerne Golf im Bett, während Paola las; eine Übung, die an diesem Abend durch zwei Umstände erschwert wurde, nämlich a) dass Paola um elf in einen tiefen Schlummer gefallen war, anstatt wie sonst bis halb zwei wach zu bleiben, und b) dass anstelle des Fernsehers sich im Schlafzimmer momentan nur eine Metallhalterung befand – Giacomo hatte noch keinen neuen gekauft. Vor die Wahl gestellt, ob er auf die vierundachtzig Daumenbreit schauen sollte, die ihn am oberen Ende der Treppe erwarteten, oder doch nur die zwei Däumchen drehen, die ihm unten im Bett zu Gebote standen, hatte Giacomo den vierundachtzig den Vorzug gegeben und es sich in der Mansarde gemütlich gemacht.

Auch weil ans Schlafen an diesem Abend ohnehin nicht zu denken war.

Giacomo hatte den ganzen Tag in Leonardos Blog gestöbert und dabei wohlwollend bemerkt, mit welcher Leidenschaft der Junge seine anonymen Rezensionen zu Primo Levi,

Asimov, Stefano Benni und Trollope verfasste; dazu hatte er sich den Titel von ein paar Essays notiert, die ihm interessant vorkamen, darunter *Der schwarze Schwan* von einem gewissen Nassim Taleb. Der Rezensent war begeistert davon, und er wusste ganz offensichtlich, wovon er sprach. Sah man einmal davon ab, dass alle drei, vier Tage eine neue Buchbesprechung erschien, woraus sich schließen ließ, dass der Bursche zwei Bücher pro Woche verschlang, so kündeten die Einträge von der Belesenheit eines Renaissancemenschen mit einem unverkennbaren Faible für Mathematik und Informatik. Sein Schreibstil verriet eine beachtliche sprachliche Meisterschaft; sicherlich stellte er sein Können manchmal überdeutlich zur Schau, aber es war doch unzweifelhaft vorhanden. Im Übrigen ist Zurückhaltung nun nicht die erste Eigenschaft, die von einem Blogger erwartet wird.

Konnte es sich wirklich um ein und dieselbe Person handeln?

Während die Photonen des Terabildschirms die Figur von Adam Scott zusammensetzten, der gerade den Ball aus dem Loch fischte, begannen also Giacomos Neuronen in seiner Erinnerung zu fischen, und zwar nach Bruchstücken des Gesprächs, das Leonardo und er am Samstagvormittag geführt hatten.

Im Hintergrund weiterhin Golf.

»Was mich an Golf interessiert?«

»Genau, ja.« Leonardo bewegte den Kopf auf und ab und brachte damit Bewegung in seine Locken. »Ich meine nicht, was Sie im Golfspiel verkörpert sehen. Ich möchte wissen, warum Ihnen dieser Sport gefällt.«

»Das ist die Frage, die du mir stellen willst?«

»Na, das haben Sie doch gesagt, ich soll fragen, was ich möchte«, antwortete Leonardo und kehrte eine Handfläche nach oben. »Ich verstehe halt nicht, dass Sie Golffan sind.«

»Was ist daran so schwer zu verstehen?«

»Ich persönlich finde das ein doofes Spiel«, sagte Leonardo lächelnd. »Ich begreife nicht, wie ein Mensch von Ihrer Intelligenz und Bildung, der so viel Schöneres zu tun hätte und auch die Möglichkeit dazu, aus freien Stücken jeden Nachmittag auf einen pockennarbigen Ball eindrischt.«

»Gute Frage. Also pass auf, als ich damit anfing, dachte ich auch, dass das ein blödes Spiel ist. Blöd und doch auch irgendwie einfach.« Giacomo schüttelte den Kopf und lächelte ein Kennerlächeln. »Von wegen einfach. Du machst dir keine Vorstellung, wie viele Fehler man bei dem Versuch machen kann, einen Ball mit einem Schläger zu treffen. Oder was man alles richtig machen muss, damit der Ball möglichst weit fliegt. Ich spiele jetzt seit zwanzig Jahren, und fast jeden Tag entdecke ich etwas Neues.«

»Machen Sie das deswegen gern?«, hakte Leonardo nach. »Weil Sie jeden Tag besser werden?«

»Vielleicht. Nein, weißt du, Golf hat einfach etwas Objektives. Die Leistung wird in Zahlen gemessen. Wie viele Schläge hatte ich am neunten Loch? Da sitzt nicht bei jedem Schlag ein selbst ernannter Golfexperte neben dir und sagt: ›Ja, eingelocht hast du, aber wenn du mich fragst, dann nur, weil du einen Callaway-Schläger benutzt‹, oder irgendein Kritiker, der dich in mahnendem Ton daran erinnert, dass Jack Nicklaus diesen Schlag besser beherrscht hat, oder einer, der hinauskrakeelt: ›Ja, ja, das sah so aus, als hättest du aufs Loch gezielt, aber ich habe deinen Schlag richtig gelesen und weiß, du wolltest eigentlich über diesen Ameisenhügel kommen.‹ Oder ein Fernsehreporter, der sich zu der Bemerkung berufen fühlt, dass ich den Ball nur deshalb so hart treffe, weil ich darin in Wirklichkeit meine Mutter sehe. Bei meiner Arbeit kann ich von solchen Verhältnissen nur träumen. Scheiße, da glaubt jeder, er hätte das Recht, sich über meine Bücher auszulassen.«

»Vielleicht liegt das ja daran, dass so viele Leute Ihre Bücher lesen«, verteidigte sich Leonardo. »Wenn ich Sie wäre, würde ich mich freuen.«

»Natürlich, das versteht sich von selbst. Aber ich wollte darauf hinaus, dass ...«

»Dass?«, fragte Leonardo, nachdem er ein paar Augenblicke respektvoll geschwiegen hatte.

»Kannst du dir vorstellen, wie viel Unsinn ich mir schon über meine Bücher anhören musste? Vielleicht war es sogar positiv gemeint, kann sein, aber Unsinn war es trotzdem. Bei einer Einführung zu einer Lesung hat mich mal ein Typ mit Steinbeck verglichen. Und ich sitze da, die Augen so groß wie Perlhuhneier, und starre ihn an, als wäre er bescheuert. Was meinst du, wie oft ich Kritiken von Leuten sehe, die anscheinend ein völlig anderes Buch gelesen haben?«

»Das kommt sicher vor, ja.«

»Es passiert die ganze Zeit. Tja, und beim Golf, da geht das einfach nicht. Da gibt es Regeln, an die man sich halten muss, und am Ende wird abgerechnet. Alles andere ist nur heiße Luft. Da kann einer lange auf mich einreden und behaupten, dass Soundso ein besserer Spieler sei als ich, aber wenn in Wirklichkeit Soundso jedes zweite Mal über den Ball schlägt, dann wird er damit nicht weit kommen. Wenn du einen Spieler wie Woods oder Manassero kritisieren willst, dann musst du dich mit vielen Einzelheiten befassen. Und dabei anerkennen, dass du es hier mit Champions zu tun hast. Egal, ob du Spieler bist, Reporter oder Trainer, du kannst nicht einfach herumschwafeln, dass du sie für schlechte Spieler hältst und nicht begreifst, wie sie alle Turniere gewinnen. Wer so etwas sagte, würde damit nur eingestehen, dass er nicht den blassesten Schimmer hat.«

»›... ein verlängerter Schaft, der am Bauch oder gar am Brustbein abgestützt wird, so wie ihn der australische Spieler seit einiger Zeit verwendet. Dadurch ist der Putter wesentlich stabiler zu führen, und der Schlag wird entsprechend genauer. Behalten wir jedoch in Erinnerung: Nach einem Beschluss des Royal and Ancient Golf Club sind ab 2016 diese sogenannten Besenstielputter bei Wettkämpfen verboten. Eine Regeländerung, mit der zahlreiche Spieler, darunter, wir sagten es schon, Adam Scott, überhaupt nicht einverstanden sind.‹«

Pech gehabt, Dicker. Die Regeln machst nicht du. Die Regeln sind die Regeln, und man muss sich daran halten. So wie an einen Vertrag.

Zum Beispiel den meinen, der besagt, dass ich in drei Tagen meinen Roman abzugeben habe. Gestern, als ich das Ding nicht mehr hatte, war das eine schreckliche Perspektive.

Heute befindet es sich wieder auf meinem Laptop, und ich bin deprimiert.

Immer dieselbe Geschichte.

Und was hätte ich ihm sagen sollen, wenn er mich gefragt hätte, warum ich immer dieselbe Geschichte erzähle?

Weil ich immer dasselbe Leben lebe. Und das tue ich gerne.

Ich habe ein schönes Haus, eine Frau, die ich liebe, zwei Kinder, die sämtliche Klippen des Teenageralters umschifft haben und sich jetzt im Ausland eine Zukunft aufbauen. Wenn du in diesem Haushalt Klagen hören willst, musst du dich bitte an Seelan wenden.

Ein Schriftsteller ist nichts anderes als ein Nachahmer fremder Leben. Einer, der sich in irgendeiner Hinsicht im eigenen Leben eingesperrt fühlt und das am liebsten ändern würde, das aber nicht vermag. Ihm fehlt dazu der Mut, aber ausmalen kann er sich's gerade noch.

Und wie ist das bei mir, was würde ich an meinem Leben ändern? Wovor möchte ich weglaufen?

Auf dem Fernsehbildschirm war Adam Scott mit einer Gruppe von Fans am Feiern, darunter zwei Mädchen, deren einzige Verbindung zum Golf, wie Giacomo vermutete, darin bestand, dass sie dem Champion mit seinem Schläger zur Hand gingen, wenn Not am Mann war.

Da ist nichts zu machen. Ein Schriftsteller schreibt, weil er die Wirklichkeit, so wie sie ist, nicht ertragen kann, und um damit zurechtzukommen, muss er sie abwandeln. Radikal oder vielleicht nur ein wenig. So viel eben nötig ist, um sie sich erträglich zu machen. Das hat Orhan Pamuk gesagt, aber ich unterschreibe es. Ob einer wie Pamuk so eine Nervensäge von Lektorin hat, wie es die Terrazzani ist?

Aber ja, wenn ich ehrlich sein soll, gibt es da schon etwas, wovon ich mich gerne befreien würde. Ich würde mich gerne von der Pflicht lossagen, für andere Leute zu schreiben.

Nicht davon, dass meine Bücher ihnen gefallen, verstehen wir uns richtig.

Ich mag es, wenn die Leute mögen, was ich schreibe.

Aber vor allem muss ich es mögen.

Also, wo war noch gleich der Computer?

Sechstes Kapitel

»Bevor wir nun zum, sagen wir einmal, technisch-inhaltlichen Teil meiner Rede kommen, hätte ich noch eine Frage zu stellen. Eine Frage, die auf den ersten Blick lächerlich erscheinen mag. Ich frage Sie also, wie ich mich selbst so viele Male im Leben gefragt habe: Halten Sie es für möglich, Schönheit zu berechnen?«

Carlo machte eine ausladende Handbewegung und musterte das Publikum.

»Ist es möglich, auf rationalem Weg die Regeln, Mechanismen, Rezepte zu erfassen, nach denen die großen Genies der Musik ihre Werke komponierten? Gibt es einen geheimen Algorithmus, durch den sich erklären ließe, dass ich bei der Ouvertüre von Figaros Hochzeit *glaube, tatsächlich die Sonne aufgehen zu sehen, und mein Zimmer mir heller vorkommt, als es in Wirklichkeit ist? Könnte ich diesen Algorithmus mit Zahlen füttern und ein Ergebnis erhalten, das die Schönheit dieser Musik objektiv zu benennen vermag?«*

Carlo hielt inne und trank noch einen Schluck. Dann leerte er sein Glas langsam, aber entschlossen, stellte es zurück auf den Tisch und fuhr fort:

»Zum ersten Mal habe ich mir diese Frage gestellt, als ich im Jahr 1960 zusammen mit meinem Bruder und anderen Personen, die nicht mehr unter uns sind, ein Konzert von Herbert von Karajan besuchte. Auf dem Programm standen an jenem Abend die Brandenburgischen Konzerte. Johann Sebastian Bach.«

Carlo sah in die Runde. Die Leute waren hingerissen. Wie übrigens auch ich.

»Der Maestro trat ein, würdevoll wie immer und unter tosendem Applaus. Dann drehte er sich zum Orchester um und hob den Taktstock, und es wurde still. Ein Augenblick der Stille, der sich unendlich in die Länge zu ziehen schien. In diesem Moment fand ich Gelegenheit zu erkennen, dass die erste Geige ein Instrument in der Hand hielt, das ein wenig kleiner aussah als die anderen. Dann kam die Musik, und die sichtbare Welt löste sich einfach auf.«

Carlo unterbrach sich und machte sich daran, erneut sein Glas zu füllen. Während der Wein aus der Flasche lief, fragte Carlo: »Wissen Sie, wie bei den alten Römern das Quecksilber hieß?«

Da haben wir's. Eine von Carlos Spezialitäten: die Nebenbemerkung. Oder, wie er es nennt, der klärende Exkurs. Er hält dergleichen für unerlässlich; meiner bescheidenen Meinung nach ist es unerträglich.

»Sie nannten es hydrargyrum, also flüssiges Silber«, sagte Carlo und schwenkte den Wein im Glas mit einer runden, fast schon hypnotischen Bewegung. »Deshalb wird es im Periodensystem mit diesem seltsamen Kürzel bezeichnet, H-I. In Wirklichkeit aber wurde Plinius zufolge das flüssige Silber künstlich erzeugt, in einem aufwendigen Verfahren, bei dem Schwemmsand gewaschen wurde. Was man hingegen aus natürlichem Zinnober gewann, das nannte der gute alte Plinius lebendiges Silber.« Carlo streckte den Arm aus und hielt sein Glas hoch. »Sehen Sie, die Musik von Bach ist genau das. Lebendiges Silber.«

Carlo setzte das Glas ab, ohne getrunken zu haben.

»Und ich, der ich sie noch nie gehört hatte, saß reglos da und folgte den unglaublichen Wandlungen dieser kleinen Metalltropfen, die rund und vollkommen, unberührt von der Schwerkraft der physikalischen Welt, zerplatzten und sich wieder vereinten, immerzu, um sich am Ende in einem einzigen Tropfen wiederzufinden. Einem Tropfen ohne jeden Makel, mit einem Glanz, vollkommen wie Metall, und einem Ebenmaß, vollkommen wie die Oberfläche einer Flüssigkeit. Perfektion auf farblicher und morphologischer Ebene, verbunden mit einer Dynamik, die nur dem Anschein nach chaotisch war, letztlich jedoch kraft einer eigenen wundersamen Logik all diese kleinen Tropfen zu einer Einheit zusammenführte, sie allesamt einschloss und die Schönheit jedes einzelnen davon bewahrte, sie gleichzeitig vergrößernd und auf eine höhere Ebene hebend. Und all diesen Wandlungen folgte ich gebannt, im absoluten Bewusstsein, dass sie am Ende zusammentreffen würden, und vollkommen unfähig zu begreifen, wie das möglich sei.«

Carlo ließ einen Moment lang den Kopf sinken, wie in gespieltem Selbstmitleid.

»Ich wusste, dass ich niemals in der Lage sein würde, dergleichen selbst zu erzeugen. Seit einiger Zeit schon war mir klar, dass dieser Weg mir verschlossen bleiben würde. Doch als ich an jenem Abend aus dem Konzert kam, beschloss ich, alles zu tun, um die Musik zu begreifen. Um ihren Mechanismus zu enthüllen. Ich würde als Erster verstehen – und erklären –, woher die Schönheit der Musik eines Johann Sebastian Bach rührte. Und ich würde mit unwiderlegbaren Zahlen darlegen, aus welchem Grund seine Musik die schönste überhaupt war.«

Ich sehe mich um, während Carlo schweigt und Zeit dafür lässt, dass sich seine letzte Aussage im Bewusstsein der Zuhörer setzen kann. Wer noch nie mit ihm in einem Raum war, wird das nicht verstehen können.

Die Geschichte mit Bach ging etliche Jahre so weiter. Jahre, in denen Carlo mit dem von keinem Zweifel angehauchten Dünkel des Teenagers die Schönheit von Bachs Musik hinausposaunte, und zwar bei jeder sich bietenden Gelegenheit. Sei es in der Theorie oder in der Praxis.

In der Theorie, weil er jeden, der den Fehler beging, sich mit ihm auf ein Gespräch über Musik einzulassen, unverzüglich packte und in eine Ecke drängte: Ihm war der geringste Vorwand recht, um sich über die Entsprechungen zwischen den Bach'schen Kanons und der Gruppentheorie auszulassen, und dabei scherte es ihn nicht im Mindesten, ob das arme Opfer in der Lage war, ihm zu folgen. In der Praxis wiederum, weil Bach für einige Jahre zum Soundtrack unseres Hauses wurde. Jeder Augenblick des Tages war durchdrungen von dem Genie aus Eisenach. Bach zählte praktisch zum Mobiliar.

Die Familie stand zu alledem in einem ambivalenten Verhältnis: Auf der einen Seite waren da die Liebe zur Musik und der Stolz, einen Jungen vor sich zu haben, der sich mit Leib und Seele dem Lernen widmete, anstatt sich irgendwelchen Ausschweifungen hinzugeben; auf der anderen Seite musste man sich der objektiven Tatsache stellen, dass einen ein Dauerbad in einer Lake aus Cembalotönen in den Wahnsinn treiben kann.

Eines Nachmittags, kurz nach dem Essen, machte mein Vater gerade ein Nickerchen, um sich davon zu erholen, dass er in der Nacht zuvor eine Lieferung Motorroller von einem Güterzug abgeladen hatte, da kam Carlo auf den Gedanken, sich zum x-ten Mal das Resurrexit *aus der h-Moll-Messe anzuhören. Er setzte also die Nadel auf die 33er-Schallplatte und regelte fröhlich die Lautstärke hoch.*

Über Jahre hinweg herrschte in unserer Nachbarschaft Uneinigkeit darüber, was unmittelbar danach geschah: Die Pacciardis zum Beispiel erzählen bis heute, mein Vater habe zuerst den Plattenspieler und dann den Tonträger aus dem Fenster geworfen, Signor Ghignola hingegen behauptet, der gute alte Gino habe zuerst die LP hinausbefördert und anschließend das Wiedergabegerät hinterhergeschickt. Beide Parteien stimmen jedoch überein, dass sie die genannten Gegenstände mit großer Erleichterung auf dem Boden zerschellen sahen und von diesem Tag an sich die Lebensqualität im Haus nachhaltig besserte.

Während vor meinem geistigen Auge zum tausendsten Mal eine Szene ablief, die ich selbst nie gesehen habe, fuhr Carlo fort: »Eine übertrieben selbstsichere Idee, wie ich jetzt feststelle. Es gestaltet sich schwierig, Schönheit in einer Tabelle anzuordnen. Schönheit ist subjektiv, und sie lässt sich nicht messen. Später, als ich größer wurde, entdeckte ich noch andere schöne Musik neben der von Bach, und meine Vorlieben wechselten fortan – mal war mir Mozart am liebsten, mal Händel, manchmal auch Rossini. Doch sosehr variieren mochte, welches Maß an Schönheit ich diesen Kompositionen zusprach, ein Aspekt blieb konstant: Ich konnte diese Komponisten, alle Komponisten, erkennen. Jeder Musiker, jeder großartige Musiker, war eindeutig wiedererkennbar. Er hatte eine eigene Handschrift, einen eigenen Charakter – die schwülstige Freude bei Händel, das Lichte und scheinbar Offensichtliche bei Mozart, die unbekümmerte Lust daran, das Publikum wach zu halten, die einem Rossini zu eigen ist, diese Eigenheiten manifestieren sich in jeder ihrer Kompositionen. Sehr häufig, wenn nicht gar immer enthüllt uns ein Stück schon beim ersten Hören seinen Schöpfer. Gewiss, das ist keineswegs nur ein Merkmal von Musik: Lesen wir eine poetische Beschreibung der Tugenden von Beatrice, so kommt uns natürlich auch Dante in den Sinn.«

Carlo nahm einen weiteren Schluck, schmeckte dem Wein nach und fuhr fort.

»Was also ist der Unterschied zwischen Musik und Literatur? Der Unterschied besteht darin, dass die Sprache der Musik zählbar ist. Jede Partitur, von ihrer Darbietung einmal abgesehen, lässt sich in eine Reihe von Zahlen überführen: Zahlen, die für die Abfolge von Klängen stehen, für Harmonie und Tonalität. Unser temperiertes System verfügt über ein Alphabet aus zwölf Halbtönen. Sieben weiße und fünf schwarze Tasten, die sich potenziell bis ins Unendliche fortsetzen ließen, sei es nach unten oder nach oben, und denen man sich auf unendlich vielen parallelen Linien nähern kann, wie in der polyfonischen Musik. Und in der Zählbarkeit der musikalischen Sprache, in ihrem Alphabet aus Noten und der Grammatik der Tonarten liegt die Möglichkeit, Musik auf mathematischem Wege zu studieren.«

Ich sah mich um und bemerkte mit einer gewissen Sorge, dass das Publikum sich immer mehr in zwei Hälften teilte. Zwar folgte die Mehrheit der Anwesenden den Ausführungen meines Bruders, und einige wirkten gebannt, aber man sah auch immer mehr Hände vor gähnenden Münden oder am Smartphone.

»Ich möchte Sie nicht mit allzu vielen technischen Details

langweilen, zumal Sie alle, die Sie hier versammelt sind, entweder selbst Mathematiker sind und daher bestens informiert, oder als Ehefrau, Ehemann, Tochter oder Sohn eines Mathematikers vermutlich nichts mehr davon hören können. Doch wie Sie wissen, war ein Großteil meines Lebens als Mathematiker dem Versuch gewidmet, eine Zahl ausfindig zu machen, nach einem Algorithmus zu suchen, einem Verfahren, das sämtliche Elemente eines Musikstücks verarbeiten und dann eine Zahl ausgeben sollte, eine einzelne Zahl, die mit Gewissheit den jeweiligen Komponisten bestimmte. Eine Zahl, die eine Komposition zweifelsfrei einem bekannten Urheber zuzuordnen wüsste, ohne Möglichkeit eines Irrtums. Lange glaubte ich, diese Zahl in der sogenannten fraktalen Dimension finden zu können.«

Im Saal begannen einige der Anwesenden – mutmaßlich die besagten Verwandten der Mathematiker –, klare Anzeichen des Schreckens auszusenden. Als erfahrener Redner ging Carlo geschickt darauf ein.

»Keine Sorge, das Ganze ist weniger kompliziert, als es klingt. Selbst einen Fußballspieler würde unser Thema nicht überfordern. Wir wissen doch alle, dass ein Gegenstand verschiedene Dimensionen hat, nicht wahr? Nehmen wir als Beispiel ein ganz alltägliches Objekt. Und da wir uns in Italien befinden, wähle ich etwas typisch Italienisches.«

Mit theatralischer Geste griff Carlo in die Tasche, wartete kurz, um die Spannung zu erhöhen, und zog dann langsam eine rohe Spaghetti hervor. Diejenige, um die er mich zu Beginn des Abendessens gebeten hatte.

Carlo hielt die Nudel zwischen Daumen und Zeigefinger hoch wie ein Auktionator, unterdrücktes Gelächter vor sich.

»Wir wissen«, fuhr Carlo fort und deutete dabei mit der freien Hand auf den Gegenstand, »dass es sich bei einer rohen

Spaghetti um ein eindimensionales Objekt handelt, sie erstreckt sich als Linie in eine einzige Richtung. Kurzum, eine Spaghetti ist eindimensional. Ein Blatt Papier hingegen, das sich über eine Fläche erstreckt, ist zweidimensional. Schließlich wissen wir, dass ein Ball sich in sämtliche Dimensionen des Raumes erstreckt, er ist also dreidimensional.«

Carlo breitete die Hände aus, um die Einfachheit seiner Erwägungen zu unterstreichen.

»Weil Ball nicht gleich Ball ist und wir ja heute noch feiern wollen, komme ich jetzt direkt zum Punkt. Wir sagten, dass eine rohe Spaghetti eindimensional sei: Aber wenn sie gekocht ist und auf einem Tisch ausgerollt wird, wie viele Dimensionen hat sie dann? Sie könnte zum Beispiel eine Fläche einnehmen, wenn wir sie auf den Tisch fallen lassen. Allerdings nimmt sie die Ebene nicht gleichmäßig ein, denn es gibt Punkte, an denen die Nudel ist, und Punkte, an denen sie nicht ist.«

Die gekochte Spaghetti. Ein klassisches Beispiel zur Erläuterung von Fraktalen. Genau dasselbe Beispiel hatte er vor langer Zeit verwendet, um mir dieses Konzept zu vermitteln. Der Umstand, dass wir uns im Grand Hotel De Londres befanden, dass die Nudel vorgewürzt war und die Ebene ein Tischtuch aus flämischem Leinen, spielte für Carlo nicht die geringste Rolle. Was mich betraf, der ich in diesem Hotel seit gerade mal drei Wochen arbeitete, muss ich zugeben, dass mir die Sache ein wenig auf die Konzentration zu schlagen drohte.

»Sagen wir, wir nehmen eine Spaghetti, übergeben sie zur Zubereitung einem französischen Koch – ich bitte unsere französischen Kollegen um Vergebung, in Mathematik seid ihr Asse, aber beim Pastakochen wird eure Zeitmessung doch arg nachlässig – und lassen sie anschließend auf ein Schachbrett fallen. Das Ergebnis wäre, dass die Anzahl von der Nudel berührter

Felder in gewisser Weise ein Maß ihrer Form darstellt, der Art, in der sie sich im Raum erstreckt. Wir können auch die umgekehrte Operation durchführen, das heißt eine Zahl von dieser Form aus definieren: Die sogenannte fraktale Dimension lässt sich als Zahl betrachten, die angibt, wie wirksam die Spaghetti den ihr zur Verfügung stehenden Raum einnimmt. Dabei handelt es sich natürlich nicht um eine ganze, sondern um eine reelle Zahl – eine Zahl mit einem Komma, falls das den bereits angesprochenen Verwandten hilft. Lassen wir die Spaghetti auf zufällige Weise fallen, so wird unsere Zahl ein Stück weit über eins liegen. Rollen wir die Nudel hingegen auf wie eine Lakritzschnecke, also zu einer kompakten Spirale, so nähert sich ihre Dimension der zwei, da die Nudel die Ebene effizient und gleichmäßig ausfüllt, vergleichbar einem echten zweidimensionalen Gegenstand. Machen wir daraus mit viel Geduld ein Knäuel, so erhalten wir ein Objekt, das viel mit einem Ball gemeinsam hat, und eine Zahl in der Nähe von drei. Nun frage ich mich und auch Sie: Was geschieht, wenn ich meine Nudel ein- oder mehrmals verknote? Und was, wenn ich ganz viele Knoten knüpfe? Welche fraktale Dimension hat sie dann?«

Carlo legte die Spaghetti sanft neben den Teller.

»Eine reizvolle Frage. Und die Antwort lautet: Ich weiß es nicht. Ich kann diese Frage nicht mit Sicherheit beantworten, bevor ich gesehen habe, welche Art Knoten geknüpft wurden und wie viele es sind. Jetzt könnte jemand einwenden, dass sich die Knoten doch klassifizieren oder so genau wie möglich beschreiben lassen. Ich wollte gerne eine andere Lösung vorschlagen. Entschuldigen Sie, Professor Mizutani, würden Sie mir wohl kurz Ihre Krawatte überlassen? Bitte ohne den Knoten zu lösen.«

Nach einem Augenblick der Verwirrung nahm der strenge

Japaner zu Carlos rechter Seite seine Krawatte ab und reichte sie meinem Bruder ein wenig zögerlich. Carlo fasste die Schlinge und zeigte die Krawatte dem Publikum.

»Voilà. Wenn Sie Professor Mizutanis Krawatte betrachten und sie mit der meinigen vergleichen, dürften Sie keinen Zweifel daran haben, wem welche gehört. Es genügt schon, auf die Dimension zu achten. Ohne in die fraktale Dimension einzusteigen, die Dimension des Knotens reicht völlig aus.«

Ein Gutteil des Publikums fing an zu lachen. In der Tat trugen mein Bruder und Mizutani, obwohl sie völlig unterschiedlich gekleidet waren, an diesem Abend die gleiche Krawatte. Nur passte der perlgraue Binder hervorragend zum blauen Anzug des Asiaten, während er sich mit dem Jackett meines Bruders geradezu biss. Doch selbst wenn man die Krawatten aus ihrem Kontext löste, ergab die Gegenüberstellung zwischen dem tadellosen, kompakten, symmetrischen Knoten, den der Sohn der Aufgehenden Sonne geschlungen hatte, und der ungenehmigten Baumaßnahme, die auf der Brust meines Bruders wucherte, ein ziemlich gnadenloses Bild.

»Mizutani und ich«, sagte Carlo, während er dem Japaner seine Krawatte zurückgab, »haben, ausgehend vom selben Material, eindeutig zu unterscheidende Ergebnisse erzielt. Und diese lassen sich ohne große Mühe zu ihrem Urheber zurückverfolgen. Man braucht keinen von uns mit Krawatte gesehen zu haben, um zu erkennen, dass unsere unterschiedlichen Vorstellungen von Eleganz sich in der Dimension des Knotens ausdrücken. Nun habe ich mich gefragt: Ist es möglich, einen Musiker auf dieselbe Weise zu erkennen?«

Carlo legte eine Sprechpause ein, nahm die Spaghetti erneut in die Hand, reckte sie wie einen Taktstock und begann im Weitersprechen, ein imaginäres Orchester zu dirigieren.

»Wenn wir uns die Notenlinien als einen zu füllenden Raum vorstellen und die Abfolge von Noten als die Glieder einer Kette, ein eigenständiges Glied pro Note, sodass jede mit der nächsten verbunden ist wie durch einen Faden, der sich ausrollt. Und wenn wir diesen merkwürdigen und immateriellen Silberfaden, der sich über die Zeit hin entwickelt, numerisch darstellen, so wie eine Spaghetti sich über den Raum hin verteilt, und seine Form und seine Komplexität in einer einzelnen Zahl fassen, führt dies zu einer charakteristischen Zahl für jeden Komponisten? Ist es möglich, aufgrund der Art und Weise, in welcher der fragliche Gegenstand den verfügbaren Klangraum ausfüllt, zu berechnen, welcher Musiker für die Komposition verantwortlich zeichnet?«

Carlo ließ die Hand sinken, und aus dem Taktstock wurde wieder eine Nudel. Nach einem Augenblick des Schweigens, der länger war als die vorangegangenen, sprach er weiter, und seine Stimme war etwas tiefer als zuvor.

»Über viele Jahre hinweg hat diese Frage mich Tag für Tag begleitet. Ich habe meine besten Jahre überwiegend der Aufgabe gewidmet, die fraktale Dimension einer Sequenz zu definieren. Über Jahre hinweg habe ich diese Definition, die Frucht meiner Untersuchungen, zur Analyse von Musik verwendet. Seit nunmehr einigen Jahren kenne ich die Antwort auf die Frage.«

Carlo schob den Stuhl vom Tisch weg, entfernte sich ein paar Schritte von seinem Platz, stützte die Hände auf den Tisch und starrte einen Moment lang darauf. Dann blickte er auf und schloss mit einem Lächeln:

»Und die Antwort, meine Freunde, lautet nein.«

MONTAGMORGEN

»Guten Tag, Signor Consani.«

»Guten Tag, Signor Leonardo«, begrüßte ihn der Barbesitzer und lächelte. »Sie können beruhigt sein, heute Morgen hat keiner nach Ihnen gefragt. Noch nicht mal die Forstpolizei.«

»Na, so ein Glück, Mensch. Da kann ich mal in Ruhe meinen Kaffee trinken.«

»Ist eigentlich irgendwas mit Ihrem Auto?«, fragte Consani, während er auf seine Blechkiste zuging (die, aus der der Espresso kam).

»Och, ja, schon. Nichts Schwerwiegendes«, log Leonardo, der frühmorgens wenig Lust hatte, schon wieder über seinen Wagen zu reden.

»Aber ist da nicht irgendwas Blödes passiert?«, fragte Signor Consani, der sich durch nichts davon abbringen ließ, seine Nase in fremde Angelegenheiten zu stecken, wie jeder gute Barmann, der etwas auf sich hält. »Manchmal, wenn sie einem das Auto klauen, stellen die weiß Gott was damit an ...«

»Nein«, log Leonardo weiter. »Anscheinend hat der Bursche, der's geklaut hat, sich ein paarmal blitzen lassen.«

»Also wirklich, Sachen gibt's«, bekundete Consani sein Mitgefühl. »Nur den Espresso, oder möchten Sie auch was essen?«

»Ach ja, ich nehme auch ein Nutellahörnchen. Oder wissen Sie was, geben Sie mir gleich zwei.«

»Heute ist die Signora nicht da, was? Das muss man ausnutzen.«

»Ändert eh nichts«, sagte Leonardo bitter, während er das Gebäckstück zum Mund führte. »Im Knast werde ich schon abnehmen.«

»Jetzt übertreiben Sie aber ein bisschen, wegen den paar Strafzetteln. Aber sagen Sie mal, sind die von der Gemeinde?«

Leonardo nickte mit vollem Mund.

»Ich kenne da nämlich einen, der bei der Stadt arbeitet, und zwar genau in diesem Bereich«, sagte Signor Consani, während er den Kaffee vor Leonardo auf den Tresen stellte. »Der Sachbearbeiter Birigozzi.«

Leonardo nahm das Tässchen in die Hand und musterte Signor Consani auf einmal ganz anders.

»Kennen Sie ihn gut?«

»Bei meiner Seele«, sagte Consani und begab sich zur Bestätigung seiner Aussage mal wieder auf metaphysisches Terrain. »Er kommt jeden Morgen zum Frühstück. Schauen Sie, da drüben sitzt er. Ich an Ihrer Stelle würde mal hingehen und vorsichtig fragen, ob sich in der Angelegenheit vielleicht was machen lässt. Man kann ja nie wissen.«

Sie lesen meine Gedanken, lieber Signor Consani.

In den zurückliegenden Tagen hatte Leonardo immer wieder darüber spekuliert, welches Gesicht der berüchtigte Birigozzi wohl durch die Gegend trug.

Nach einigen Durchläufen war er zu der Überzeugung

gelangt, dass dieser Volltrottel die typische Visage eines Bauern haben musste, der in den Dienstleistungssektor gewechselt ist: breites Grinsen, umgekehrt proportional zur Geschmeidigkeit des Hirns, dazu ein Paar hübsche rote Wangen vom wochenendlichen Karpfenangeln in den künstlichen Seen der Umgebung. Kariertes Baumwollhemd in Pastellfarben, Flanellunterhemd, ein ausgeprägter Hinterwäldlerakzent und etwa vierzig Kilo Übergewicht rundeten das Bild von der Figur angemessen ab. Hätte er seinen imaginären Birigozzi in wenigen Worten charakterisieren sollen, er hätte wohl den Ausdruck »keine Leuchte« gewählt.

Stand einem der Sachbearbeiter Birigozzi in Fleisch und Blut gegenüber, so fiel allerdings sofort auf, dass keine der Zuschreibungen auf ihn zutraf: ein knochendürrer Typ um die fünfunddreißig mit Hakennase, sonnengebräunt wie ein Mensch, der von morgens bis abends keinen Finger krumm macht; die (mutmaßlich niedrige) Stirn war hinter einer Sonnenbrille mit fensterdicken Gläsern versteckt, und aus der kurzen Hose lugten zwei haarlose Beine hervor. Auf einer der Waden prangte das tätowierte Wappen des Fußballklubs Pisa Calcio. Um es kurz zu machen, Leo hatte nur eines richtig erraten, und das war die Herkunft vom Lande.

»Guten Tag«, sagte Leo und setzte sich an den Tisch, wo der andere seinen Espresso trank, den Sportteil des *Tirreno* aufgeschlagen vor sich.

»Guten Tag«, antwortete Buchhalter Birigozzi in einem Tonfall, der Unverständnis ausdrückte, und wandte sich umgehend wieder seiner Lektüre zu.

»Entschuldigen Sie die Störung«, versuchte es Leonardo

weiter. »Signor Consani sagte mir, Sie arbeiten bei der Stadt, ja?«

Jetzt war es eindeutig, dass Leonardo es auf ihn abgesehen hatte. Widerwillig hob der Bauer den Blick von der Zeitung, wo die unverdiente Niederlage von Pisa im Finale der Play-off-Runde in allen nur erdenklichen Einzelheiten geschildert wurde.

»Ja, und?«

Antwort und Ton legten nahe, dass Leonardo auch hinsichtlich des Charakters nur mäßig erfolgreich spekuliert hatte; wie die Dinge lagen, war der Sachbearbeiter Birigozzi vielleicht keine Leuchte, aber doch ein ziemlicher Armleuchter.

»Also, wenn ich es richtig verstanden habe, sind Sie für Beschwerden gegen Bußgeldbescheide zuständig, und da wollte ich fragen, ob es vielleicht möglich wäre …«

»Hören Sie, wenn Sie sich beschweren wollen, dann gehen Sie doch auf die Stadtverwaltung. Wir sind hier in der Bar.«

»Und wenn ich auf die Verwaltung gehe, an wen müsste ich mich da wenden?«

»An meine Kollegen. Aber um die Uhrzeit werden Sie da keinen finden.«

»Da sind sie alle in der Bar, was?«

Birigozzi hob den Blick von der Zeitung, ohne Leonardo anzusehen.

»Wissen Sie, ich hab schon kapiert, dass Sie Streit suchen. Ich suche aber keinen Streit, und deshalb hätte ich einen Rat für Sie: Wenn Sie schon unbedingt jemanden anschnauzen müssen, dann gehen Sie doch heim zu Ihrer Frau. Mich lassen Sie jedenfalls in Ruhe.«

»Also, tut mir leid, dass ich mich da sarkastisch ausgedrückt habe. Ich wollte Ihnen nur sagen ...«

»Ich verstehe schon, was Sie wollen, was glauben denn Sie? Sie kommen her, quatschen ein paar Takte mit mir, laden mich auf einen Espresso ein, und ich lasse das mit dem Bußgeld auf sich beruhen. So haben Sie sich das gedacht, hä? Aber so läuft es nicht. Ich bin Staatsbeamter, was bilden Sie sich eigentlich ein?«

Damit stand Sachbearbeiter Birigozzi verärgert auf, ging hinüber zum Tresen und wandte sich an Consani.

»Piero, gib mir doch mal kurz den Schlüssel zur Toilette.«

Leonardo war im Begriff, sich langsam vom Tisch zu erheben, wobei er sich fragte, warum er in letzter Zeit nur noch Idioten über den Weg lief, da fiel sein Blick auf Birigozzis Aktentasche.

Dass sie dem Sachbearbeiter gehörte, stand außer Zweifel: Nicht nur lag sie auf dem kleinen Sofa, neben seiner Zeitung, es zierte sie auch das Gemmenkreuz mit der Inschrift »Pisa im Herzen, FC Pisa überall«. Damit war alles klar. Im ersten Moment schoss Leonardo durch den Sinn, die Aktentasche zu stehlen. Dann kam ihm glücklicherweise das laterale Denken zur Hilfe.

Laterales Denken?

Edward De Bono erzählt eine Geschichte, in der ein Wucherer einem seiner Schuldner auf die Bitte, ihm das Darlehen zu erlassen, mit einem Vorschlag antwortet. In diesem Beutel, sagt der Wucherer, liegen zwei Steine, die ich soeben vom Weg aufgelesen habe. Einer davon ist weiß, der andere schwarz. Greif in den Beutel, und nimm dir einen Stein. Ist es der schwarze, so erlasse ich dir die Schulden. Ist es jedoch der weiße, erlasse ich sie dir auch, aber du musst mir deine Tochter zur Frau geben.

Der arme Teufel geht darauf ein, doch dann fällt ihm auf, dass der Weg, auf dem sie sich befinden, ausschließlich aus weißen Steinen besteht und weit und breit keine schwarzen zu sehen sind. Der Wucherer muss zwei weiße Steine im Beutel haben. Da greift der Mann hinein, nimmt einen Kiesel und zieht ihn mit geschlossener Faust wieder heraus.

Schwörst du mir, dass du einen weißen und einen schwarzen Stein im Beutel hast?, fragt der Schuldner. Gewiss, antwortet der Wucherer, ich schwöre es.

Dann pass auf, erwidert der Schuldner, ich habe hier einen Stein in meiner geschlossenen Hand. Sieh nach, welche Farbe der andere Stein hat: Wenn er weiß ist, kann ich nur den schwarzen haben, dann musst du mir ohne Gegenleistung die Schulden erlassen.

Während Leonardo die Aktentasche von Sachbearbeiter Birigozzi betrachtete, kam ihm etwas ganz Ähnliches in den Sinn.

Na klar: Um jemandem durch Diebstahl zu schaden, braucht man ihm nicht den Beutel zu stehlen. Man könnte auch etwas hineinlegen.

»Na, Giacomo, wie läuft's?«

»Im Großen und Ganzen ausgezeichnet«, antwortete Giacomo und steckte sich am anderen Ende der Leitung eine schöne Zigarre an. Das war bei ihm fast schon ein konditionierter Reflex, wenn er mit seinem Verleger telefonierte.

Stand man leibhaftig vor Emerico Luzzati, so war Rauchen aufs Strengste untersagt. Nicht, dass Signor Luzzati ein radikal intoleranter Mensch gewesen wäre, einer von denen, die eine bessere Welt eher mit dem Verbot des Rauchens assoziieren als mit der Abschaffung von Nervensägen. Er war schlicht und einfach herzkrank und hatte daher eine ganze Reihe von lustigen Verben aus seinem Wortschatz tilgen müssen, darunter auch »rauchen«, egal ob im Aktiv oder im Passiv.

»Wie geht es denn dir?«

»Jetzt gut. Angelica hat mir gerade den ersten Teil deines Manuskripts weitergeleitet. Wobei ich, offen gesagt, dachte, dass das Buch schon fertig sei.«

»Ja, theoretisch müsste das so sein. Aber während ich im Urlaub war, sind ein paar Dinge passiert ... Unter anderem wurde bei mir zu Hause eingebrochen, und dabei kam mir der Roman abhanden, wir haben dir nichts davon gesagt, weil wir dich als vernünftigen Verleger schätzen, und da wäre es uns doch ziemlich ungut vorgekommen, dich in den Infarkt zu treiben. Jedenfalls habe ich dann noch einiges geändert. Sagen wir's mal so, der Plot ist weitgehend derselbe, aber die Perspektive ist eine ganz andere.«

»Gut. Das freut mich. Was du mir erzählt hattest, klang etwas arg ... wie soll ich sagen ...«

»Pessimistisch?«

»Ja, so ungefähr. Gut, heute Abend fange ich an zu lesen. Wann kannst du mir den Rest schicken?«

»Hast du's eilig?«

»Ja, ziemlich.«

Leonardo legte die Laptoptasche aufs Sofa.

Er hatte beim Betreten der Wohnung noch nicht einmal die Schuhe ausgezogen.

»Ist gut. Gib mir einen Moment, ich such's dir gleich raus.«

»Das ist nett von dir. Danke.«

Einige Sekunden verstrichen, während Letizia herumkramte und Leonardo nervös im Wohnzimmer hin und her ging. Dann kam sie wieder herein, in der Hand eine Visitenkarte.

»Bitte sehr. Ana Corinna Stelea, Polizia di Stato. Du hast es eilig, schon klar, aber lass doch bitte trotzdem die Tasche nicht auf dem Sofa liegen. Wer weiß, wo du die überall rumgezogen hast.« Letizia griff nach der Laptoptasche, während Leo die Visitenkarte einsteckte. »Sag mal ...«

»Was?«

»Warum ist die Tasche eigentlich so leicht? Was ist mit dem Computer?«

»Was für ein Computer?«

»Na, der rote, der von der Firma. Der so aussah wie deiner. Ich dachte, du hast ihn in diese Tasche gepackt, bevor du gegangen bist.«

»Ach, der? Den habe ich jemandem überlassen, der ihn braucht. Pass auf, ich gehe kurz die Bohnenstange anrufen, bin gleich wieder da.«

»Wieso denn, kannst du das nicht von hier aus machen?«

»Nee. Gewisse Gespräche führt man am besten von einem Münztelefon.«

»Hallo?«

»Hallo, sp'eff iff mit *aschempe* Schpelea?«

»Ja, am Apparat. Wer spricht da?«

»Daff iff' egal. Iff wollp' nu' sfagen, daff heup' um schwei himpe' de' Famp-Agapa-Kapelle die Einbreffe' von Leade'ffofp fiff mip 'em Hehle' p'effen.«

»Entschuldigung ... sagten Sie Santa-Agata-Kapelle?«

»Gamf gemau. Schie wiffen, wo daff iff?«

»Sicher. Aber hören Sie mal, wer ...«

Leonardo legte mit feierlicher Geste den Hörer auf die Gabel. Dann nahm er die Frühkartoffel aus dem Mund, und das erste spontane Grinsen der Woche huschte über sein Gesicht.

»Papa, Papa, Papa!«

Sachbearbeiter Birigozzi saß in seinem Lieblingssessel vor dem Fernseher und drehte noch nicht einmal den Kopf. Was er, wenn sein Sohn nach ihm rief, auch sonst eher selten tat. Seine Frau hatte unbedingt ein Kind gewollt, sollte sie sich auch gefälligst drum kümmern.

»Was?«

»Darf ich das iPad? Bitte, bitte, darf ich das iPad?«

Unter normalen Umständen hätte Sachbearbeiter Birigozzi (der mit Taufnamen Yuri hieß) seinen Einziggeborenen (getauft, und wie die Sprache doch manchmal ins Schwarze trifft, auf den Namen Kevin) abschlägig beschieden und in nicht allzu geschliffenen Worten gebeten, ihm nicht auf den Sack zu gehen. Nur dass just in dem Augenblick, in dem der Sprössling sein unschuldiges Ansinnen vorbrachte, auf dem Fernsehbildschirm das Logo von *La voce degli spogliatoi* erschien.

Bei einer Weigerung wäre der kleine Kevin imstande gewesen, während der gesamten Sportschau Theater zu machen. Und da die Frau gerade Dienst hatte, traf es eben ihn.

»Schau mal in Papas schwarzer Aktentasche. Aber mach mir bloß keine Kratzer rein, sonst werde ich grantig.«

So kam es, dass der kleine Kevin, als er in Papas Tasche nach dem magischen Gerät guckte, einen feuerroten Computer in die Finger bekam, so leicht wie ein Elfenkuss und so funkelnd wie der Ferrari von Fernando Alonso.

Und als waschechter *digital native* schaltete er das Ding natürlich gleich ein.

»Hallo?«

»*Agente* Stelea?«

»Am Apparat.«

»Hier spricht Pierpaolo Tenasso von der Firma Leader-Soft. Ich hätte da eine äußerst dringliche Information.«

»Tatsächlich? Ich höre.«

»Vor etwa vier Minuten hat jemand meinen Computer eingeschaltet. Ich hatte eine Nachricht von der Dropbox auf meinem Handy, dass mein Computer sich automatisch eingeloggt hat.«

»Aha. Und was genau kann man dem entnehmen?«

»Alles. Ich kann Ihnen die vollständige IP-Adresse des Computers nennen. Das Gerät ist, während wir sprechen, physisch zu orten. Haben Sie was zu schreiben?«

MONTAGNACHT, ZIEMLICH SPÄT

Das wichtigste Talent eines guten Polizisten besteht darin, warten zu können.

Über die äußeren Umstände konnte Corinna sich nicht beschweren: Die Temperatur war erträglich, die Nacht ruhig, alle weiteren Bedingungen optimal. Zehn Meter von ihr, hinter einer Hecke, stand das, was vom stellvertretenden Polizeipräsidenten Anniballe übrig war, den eine Magen-Darm-Grippe auffällig hatte abmagern lassen, der jedoch willig der Pflicht nachging, ein Auge auf seine Untergebene zu haben. Gut versteckt und praktisch unsichtbar.

Kopfzerbrechen bereitete Corinna eher ihre eigene Sichtbarkeit. Schön und gut, so kurzfristig fand sich keine Wohnung oder Versteck, und natürlich mochte es nötig sein, mit den Verdächtigen Kontakt aufzunehmen, aber das hier war doch etwas übertrieben.

»Die Überwachung findet auf einem offenen Platz statt«, hatte Dr. Corradini gesagt. »Sie kennen die Santa-Agata-Kapelle?«

»Nicht näher, Dr. Corradini.«

»Die Kapelle liegt in einem wahren Labyrinth von Gassen. Da ist es praktisch unmöglich, jemanden zu beschatten, auf welche Weise auch immer«, sagte der Polizeipräsident. »Mit Autos würden wir nicht weit kommen. Und die

Vorlaufzeit war zu knapp, um das anders zu organisieren. Wir müssen also direkt vor Ort sein. Und wir müssen auch die Möglichkeit haben, die Aufmerksamkeit etwaiger Verdächtiger zu erregen.«

»Die Aufmerksamkeit zu erregen?«

»Sicher doch. Wir können ja schlecht jeden, der auf den Platz vor der Kapelle kommt, darauf ansprechen, ob er gestohlene Computer im Auto hat. Also müssen wir es so anstellen, dass die Einbrecher ihrerseits mit uns in Kontakt treten. Unsere Aufgabe besteht darin, den Schauplatz der Übergabe offen, aber scheinbar unbeteiligt zu überwachen. Die Täter, wer sie auch sein mögen, müssen sich durch unsere Anwesenheit gestört und veranlasst fühlen, uns des Platzes zu verweisen. Hier sind nun Sie gefragt, Stelea. Sie werden unsere *agente provocante.*«

»Sie meinen wohl *agent provocateur?*«

»Ich meine genau, was ich gesagt habe.«

So lehnte Corinna in diesem Augenblick an der einzigen Straßenlaterne auf dem Vorplatz der Santa-Agata-Kapelle, in Netzstrümpfen und extrakurzem Minirock, eine würdige junge Kollegin von Dr. Corradinis Frau Mutter. Das Einzige, worin sich Corinnas Aufmachung von der einer professionellen Gunstgewerblerin unterschied, betraf ihre persönliche Sicherheit: Die junge Frau hatte ihr Handtäschchen nicht etwa mit Präservativen bestückt, sondern mit ihrer Dienstpistole.

Alles Weitere war ununterscheidbar.

Die Verkleidung war so wirkungsvoll, dass Corinna sich fragte, was sie wohl tun sollte, wenn ein Auto anhielt und neben der Laterne die Türe aufging.

»Und wenn jemand anhält, dann steigen Sie ein, nennen ihm eine Gasse, in die er fahren soll. Auf dem Weg dorthin zücken Sie die Dienstmarke und erklären dem Betreffenden, dass er es mit einer verdeckten Ermittlung zu tun hat und heute Abend wohl leider selbst Hand anlegen muss.« Dr. Corradini lachte. »Aber immer mit der Ruhe, da hält schon niemand an.«

»Sehe ich so hässlich aus?«

»Reden Sie keinen Unsinn, Stelea. Wir sprechen von einer verkehrsberuhigten Zone. Einer dunklen, aber ruhigen Gegend. Nur ein Schwachkopf würde da seine Pferdchen ins Rennen schicken. Das ist eine Wohngegend, ein Viertel für Familien. Wenn einer zu den Nutten will, verbindet er das doch nicht mit dem Gassigehen.«

Und läuft auch nicht mit Rucksack durch die Gegend, dachte Corinna, als sie den dritten Passanten des Abends auf sich zukommen sah. Die ersten beiden waren ein Ehepaar um die fünfzig gewesen, wahrscheinlich auf dem Heimweg aus einem Programmkino, und sie hatten im Vorübergehen ein Gesicht gezogen, das ebenfalls programmatisch zu nennen war. Doch während die zwei Eheleute einige Meter Abstand gehalten hatten, mit betont würdevoller Gleichgültigkeit, steuerte der Bursche mit dem Armeerucksack direkt auf Corinna zu.

Als er näher kam, musterte ihn die junge Frau und überlegte, ob er als möglicher Verdächtiger zu gelten hatte. Sie verwarf den Gedanken auf der Stelle.

Er war kräftig gebaut. Viel zu kräftig, als dass es sich um dieselbe Person hätte handeln können, die auf dem Überwachungsvideo zu sehen war. Aber was wollte er dann?

Während Corinna überlegte, kam der Typ auf weniger als einen Meter an die Straßenlaterne heran und pflanzte sich direkt vor ihr auf.

Er war kräftig gebaut.

Viel zu kräftig, als dass sie keine Angst bekommen hätte. Ganz abgesehen von seiner Visage, diesem teilnahmslosen, fast genervten Gesichtsausdruck, und von einer der Ohrmuscheln schien ein ganzes Stück abgebissen zu sein ...

»Vom wem bist du?«

Corinna starrte den Typen an, ohne zu begreifen. Nach ein paar Sekunden wiederholte er: »Von wem bist du? Wer passt auf dich auf?«

Da hatte sie den Salat. Von wegen ruhige Gegend. Jemand musste den örtlichen Zuhältern Bescheid gesagt haben, dass sich da eine Nutte ohne Erlaubnis in ihrem Revier herumtrieb, und da hatten sie einen Gorilla geschickt, um die Kleine zu verscheuchen. Lass dir Zeit, Corinna, lass dir Zeit.

Während Corinna stumm blieb, kam ein zweiter Mann um die Ecke. Ein kleiner, schmächtiger Kahlkopf, der sich rasch umsah.

»Wer passt auf dich auf?«, fragte der Erste noch einmal. Diesmal versuchte er es auf Rumänisch.

Corinna gestattete sich ein gezwungenes kleines Lächeln. Ganz ruhig.

Ich bin hier, um zwei Einbrecher dingfest zu machen, jetzt erwischt es halt den Laufburschen eines Zuhälters. Das war's dann wohl mit den Einbrechern. Aber was soll man schon von einem Einsatz erwarten, bei dem man sich als Nutte verkleiden muss?

Na schön. Der Tanz ist eröffnet, dann wird eben getanzt.

»Die Polizia di Stato passt auf mich auf«, antwortete Corinna. Ebenfalls auf Rumänisch.

In der Zwischenzeit hatte der zweite Typ das seltsame Paar erreicht. Wie Corinna aus dem Augenwinkel sehen konnte, trug auch er einen großen Rucksack auf dem Rücken.

»Was ist los?«, sagte er etwas außer Atem.

Als wäre der Rucksack schwer.

»Die Kleine macht Witze«, sagte der Kräftige, ohne Corinna anzusehen.

»Für meinen Geschmack ist die zu lang«, antwortete der Mickerling, noch immer außer Puste. »Ab mit ihr.«

Der Kräftige grinste, trat noch näher an Corinna heran und packte sie am linken Arm.

Eine Bedrohung.

Allerdings nicht so bedrohlich wie die Dienstberetta, die Corinna ihm nun vor die Nase hielt.

Während der Kräftige blass wurde, drehte der Mickerling sich um und rannte los.

Er kam zehn Meter weit, bevor er vor Anniballe stehen blieb, der die Pistole im Anschlag hatte.

»Alles in Ordnung, Stelea?«

»Alles bestens, danke. Und bei Ihnen?«

»Wird schon besser, ja«, sagte Anniballe zitternd. »Ich hätte die Rennerei keine fünf Meter mehr ausgehalten. Ein Glück, dass der Bursche mit zehn km/h unterwegs war, mit diesem Trumm Rucksack auf dem Rücken.«

»Der muss ja sauschwer sein«, sagte Corinna.

»Allerdings«, antwortete Anniballe und öffnete den

Reißverschluss. »Na, kein Wunder. Das sind ja lauter Computer. Schön, schön. Dann wenden wir uns mal dem Papierkram zu. Im Moment haben wir zwei Festnahmen wegen Widerstands gegen die Staatsgewalt. Der Rest kommt von alleine. Jetzt sagen wir erst mal dem Oberboss Bescheid. Wie spät ist es eigentlich?«

Zwei Uhr vierzig.

Wenn seine Frau mitbekommen hätte, dass er so spät noch auf war, hätte sie ihm die Hölle heißgemacht. Aber Emerico Luzzati war nicht verheiratet. Also konnte er den Herrgott einen guten Mann sein lassen und weiterlesen.

Nachdem er die Fußstütze vor seinem Sessel platziert hatte, nahm Dr. Luzzati wieder Platz, schlug die Beine übereinander und seufzte zufrieden.

Dann griff er zum Manuskript und setzte die Lektüre fort.

Zwanzigstes Kapitel

»Lassen Sie mich das nochmals unterstreichen: Nein. Es ist nicht möglich, den Urheber einer Komposition zu erkennen, indem man die Melodie nummerisch analysiert. Oder gestatten Sie mir, mich zu berichtigen: Was mich betrifft, ist das nicht möglich. Ich habe es nicht geschafft. In dieser Hinsicht hat meine Karriere keine wesentlichen Ergebnisse erbracht. Der einzige Beitrag, den meine Studien augenscheinlich zu leisten vermochten, ist meine Definition der fraktalen Dimension. Das also, was Sie alle als die › Trivella-Zahl ‹ kennen. Eine Zahl, die die fraktale Dimension beschreibt, ob es nun um einen Text geht

oder ein Zeichen oder ein Stück Schnur, das sich entlang einer einzelnen Dimension wie etwa der Zeit erstreckt, oder um ein System von Notenlinien oder ein Blatt Papier oder irgendetwas anderes, was Ihnen vorschwebt. Diese Zahl vermag viele Kompositionen zu bestimmen und zu unterscheiden, deren Urheber sie charakterisiert. Aber Vorsicht: Viele bedeutet nicht alle. Zahlreiche von Händels Kompositionen zum Beispiel haben eine Trivella-Zahl nahe zwei, aber bei einigen unterscheidet sich die Zahl eklatant. Das überrascht nicht, wenn man bedenkt, dass Händel sich gerne bei den Melodien seiner Zeitgenossen bediente. Sein bevorzugtes Opfer war Bononcini. Angeblich wurde er einmal von einem seiner Schüler dabei ertappt, wie er ein Thema des Italieners für eine eigene Komposition nutzte. Auf die Frage des Schülers, warum er das tue, soll Händel geantwortet haben: › Das Material ist viel zu gut für ihn, er weiß damit doch nichts anzufangen.‹ Nichtsdestoweniger entziehen sich auch Kompositionen, die keine, wenn Sie so wollen, Zitate enthalten – manche Fälle sind wirklich rein Händel –, dieser meiner Klassifikation. Und andererseits gibt es Fälschungen, die sich nur als miese Händel-Imitationen bezeichnen lassen und doch eine Trivella-Zahl nahe der Zwei aufweisen. Um es kurz zu machen, der Gedanke, jedem Komponisten eine eigene fraktale Dimension zuzuordnen, ist wundervoll. Er ist elegant, schön und faszinierend. Er hat nur einen Nachteil: Er funktioniert nicht.«

Das Publikum, das witterte, dass die Rede auf ihr Ende zuging, rutschte auf seinen Stühlen nochmals in eine bequeme Position. Für mich wäre das eigentlich der Moment gewesen, die Saalkellner zu benachrichtigen, dass der Redner in etwa fünf Minuten fertig sein würde und sie sich folglich wieder ans Werk machen müssten. Carlo, der in der Zwischenzeit einen

Schritt zurückgetreten war, warf einen Blick in die Runde. Nachdem er sich vergewissert hatte, dass der Saal auf ein Fazit wartete, sprach mein Bruder in einem Ton weiter, in dem ich eine gewisse Gelassenheit zu hören glaubte.

»Und damit, liebe Freunde, sind wir am Ende meines Vortrags angelangt. Den ich mit einer Frage begonnen habe und auch mit einer Frage abzuschließen gedenke. Wie bewertet man Sinn und Nutzen einer wissenschaftlichen Untersuchung?«

Carlo trat noch weiter vom Tisch zurück und begann, mit langsamen Schritten auf- und abzugehen, gefolgt von den Augen, Köpfen und Hälsen der Anwesenden. Seine langsamen, gemessenen Schritte schienen auf einen ganz bestimmten Punkt zuzusteuern.

»Gibt es lächerliche Forschungsfragen und wichtige Forschungsfragen? Kann man den Wert einer Studie auf Grundlage ihres Gegenstands bestimmen? Ich bin Mathematiker und habe mich doch mein Leben lang mit Musik befasst. Gewachsen ist dabei nur mein Bewusstsein davon, wie wenig ich weiß. Mein ganzes Leben lang habe ich mich gefragt, ob das, was ich da tue, auch nur halbwegs Sinn ergibt oder ob ich damit meine Zeit verschwende. Bevor ich versuche, darauf eine endgültige Antwort zu geben, darf ich Ihnen Dr. Mansoor Rashid vorstellen.«

Während er sprach, war Carlo hinter einen groß gewachsenen jungen Mann getreten, der auf einem Stuhl saß. Er hatte eine gebeugte Körperhaltung, schmale Schultern und einen unmöglichen Schnauzbart, der ein verlegenes, etwas unbeholfenes Lächeln verbarg.

Carlo legte diesem zu groß geratenen Jungen die Hände auf die Schultern, dessen Verlegenheit dadurch nicht kleiner wurde, und fuhr in feierlichem Ton fort.

»Viele von Ihnen haben heute Dr. Rashids Vortrag gehört. Für diejenigen, die ihn verpasst haben, darf ich in Erinnerung rufen, dass Dr. Rashid uns einen Algorithmus für Erdbeben erläutert hat, der es erlaubt, die zeitliche Entwicklung einer Folge von Erdstößen für eine Woche im Voraus zu berechnen. Mit anderen Worten, wir haben hier einen Algorithmus zur Vorhersage von Erdbeben.«

Aha. Dann war das hier das epochale Ereignis, von dem Carlo am Anfang seiner Rede sprach. Na gut, ich muss zugeben, das war nicht übertrieben.

»Zum ersten Mal in der Geschichte der Wissenschaft ist ein Algorithmus dazu geeignet, die Entwicklung einer Reihe von Erdstößen nicht nur rückblickend zu analysieren, also, vergangene Erdbeben zu studieren. Er lässt sich vielmehr präventiv einsetzen, auf nachvollziehbare Art und Weise. Dr. Rashids Methode hat sich nicht nur bei ihrer Anwendung auf Fälle aus der Vergangenheit als korrekt erwiesen, wobei sie erfolgreich die weitere Entwicklung der sogenannten Vorbeben vorhersagen konnte, ob diese nun zu einem größeren seismischen Ereignis führten, wie im chinesischen Haicheng, oder kein heftiges Beben nach sich zogen, wie in dem berühmten Fall von Parkfield in Kalifornien. Im vergangenen Jahr konnten dank der Analyse Dr. Rashids, wie Sie sich erinnern werden, zwei Städte vorgewarnt werden, dass Beben oberhalb des siebten Grades der Richterskala bevorstünden. In beiden Fällen kam es dann tatsächlich zu Erdbeben. Vielleicht ist es noch zu früh, um zu behaupten, dass fortan jedes Erdbeben vorausgesagt werden kann, aber es steht doch fest, und ich wiederhole es gerne: Zum ersten Mal wurde der scientific community eine klare, nachvollziehbare Methode vorgestellt, um die Entwicklung einer Reihe von Erdstößen zu berechnen. Nun stellen Sie sich vor, wie bewegend es für mich war, als sich zeigte, dass ein wesentlicher Teil von Dr. Rashids Methode darin besteht, jeder einzelnen Verwerfung eine fraktale Dimension zuzuordnen. Genauer gesagt eine Trivella-Zahl, berechnet nach der Trivella-Methode. Dr. Rashid, ich bitte Sie aufzustehen.«

Während Dr. Rashid sich erhob, trat Frau Professor Fitzsimmons-Deverell neben meinen Bruder, eine blaue Samtschatulle in der Hand.

»Bevor Frau Professor Deverell nun die Ehre hat, Dr. Rashid im Namen des ISAM die Conti-Plakette zu überreichen, und ich mich von Ihnen als Direktor dieses Instituts verabschiede, möchte ich die letzte von mir gestellte Frage beantworten, und zwar auf dieselbe Weise wie die vorangegangene: mit nein. Der Sinn wissenschaftlichen Forschens ist nicht absehbar, weil niemand mit Sicherheit voraussagen kann, ob eine bestimmte Studie nutzlos ist und für immer bleiben wird. Als ich meine Theorie der fraktalen Dimension entwickelte, hätte ich niemals gedacht, dass sie eines Tages auf dem Feld der Geologie Anwendung finden würde. Wir können nicht wissen, ob mathematische Theoreme, deren Impuls aus der Untersuchung von Musik bezogen wurde, zu gegebener Zeit bahnbrechende Anwendungen in der Medizin, in der Geologie oder in der Kernphysik nach sich ziehen werden. Uns bleibt nur, Bausteine herzustellen. Aber universelle Bausteine, mit denen man alles Mögliche anfangen kann. Wir können damit Häuser errichten, Türme, Krankenhäuser und sogar Fabriken, in denen Bausteine hergestellt werden. Unsere Pflicht ist, sie solide zu bauen, so solide wie möglich, damit die Türme, die wir mit diesen Bausteinen errichten werden, möglichst hoch wachsen und unser Leben überdauern. Und wenn uns jemand – irgendein Controller, der sich sicher ist, dass Kultur und Wissenschaft nichts Verwertbares

*abwerfen – danach fragt, was wir da eigentlich tun, sollten wir
die Antwort Faradays an Gladstone im Sinn haben. Kennen Sie
die Anekdote, Dr. Rashid?«*

Noch immer lächelnd, schüttelte Dr. Rashid den Kopf. Carlo
half ihm aus der Verlegenheit.

»Als Gladstone, der damals Minister war, in Michael Faradays Labor kam, betrachtete er ziemlich enttäuscht, was für ihn
nach nutzlosen Eisenstücken aussah. Er fragte den schottischen
Gelehrten, wozu diese Elektrizität denn gut sein könne. Worauf
der gute Faraday freimütig erwiderte: › Wozu ist ein Neugebore-
ner gut, Herr Minister?‹«

Carlo machte eine effektvolle Pause. Die letzte.

»Dann fügte er nach kurzem Nachdenken hinzu: › Einer
Sache bin ich mir jedenfalls sicher, Sir: Der Tag kommt, an dem
Sie darauf Steuern erheben können.‹ Meine Damen und Her-
ren, ich darf Sie bitten, sich zu erheben. Zum vierten Mal seit
Bestehen unserer Gesellschaft haben wir beschlossen, eine Conti-
Plakette zu verleihen.«

»Und, wie war ich?«

»Sagen wir's so, du hast mich überrascht.«

»Ja? Um dir die Wahrheit zu sagen, ich habe mich selbst
auch überrascht. Reichst du mir mal die Flasche da?«

Mit einer Langsamkeit, die ganz und gar beabsichtigt war,
griff ich zur Wasserflasche und ließ den Vermentino stehen.

»Das ist aber nicht deine Art, das Ersuchen eines Gastes
misszuverstehen«, sagte Carlo mit einem Lächeln.

»Es ist ja auch nicht deine Art, zu saufen wie ein Kosake«,
gab ich zurück, während ich ihm einschenkte. Mein Bruder
trinkt nämlich nicht. Oder besser gesagt, er trank nicht. Schon
immer hatte er seine Umgebung damit genervt, dass Alkohol

dumm macht – er sagte: »die geistigen Fähigkeiten trübt« –
und auf lange Sicht auf die Gesundheit schlägt – er sagte: »physische Folgen nach sich zieht«.

»Ich weiß, ich weiß. Aber ich war neugierig zu sehen, was
ich verpasst habe. Man kann ja nicht sagen, dass etwas keinen
Sinn ergibt, bevor man es nicht ausprobiert hat, oder?«

»Ganz deiner Meinung.«

Zwischen uns trat Stille ein. Eine Stille, wie es sie nur selten
gibt.

»Du meinst nicht nur den Alkohol, oder?«

Carlo schüttelte den Kopf, während er den ersten geschmacksneutralen Schluck an diesem Abend hinunterkippte. Dann
wischte er sich den Mund ab und fasste seine Bestätigung in
Worte.

»Nein. Siehst du, ich kenne die Arbeit meines iranischen
Kollegen schon seit Langem. Aber Tatsache ist, dass mir erst
heute, als ich ihn sprechen hörte, etwas aufgefallen ist, und das
hat mich auf eine Idee gebracht. Weißt du, so eine Idee, bei der
man denkt, das kann doch gar nicht sein, dass da noch keiner draufgekommen ist, und dann schlägt man nach«, Carlo
machte eine Geste, als bewegte er eine imaginäre Maus, und
stieß dabei sein Glas um, »und stellt fest, dass es wirklich so ist,
da ist noch keiner draufgekommen. Unglaublich, aber wahr.
Habe ich da eine Sauerei veranstaltet?«

»Nein, nein«, gab ich zurück und machte mich ans Saubermachen. »Und was für eine Idee wäre das?«

Anstatt mir zu antworten, schüttelte Carlo weiter zufrieden
den Kopf. Die Stille setzte sich noch einen Moment lang fort,
während ich versuchte, den See einzudämmen, den mein Bruder ganz ungezwungen auf dem Tisch hinterlassen hatte.

»Ist dir schon mal in den Sinn gekommen«, sagte Carlo nach einem kurzen Augenblick, »dass die Leute zu viel reden?«

»Oft, würde ich sagen«, erwiderte ich, während ich meine Aufräumarbeit abschloss. »Zum Beispiel heute Abend ...«

»Oh ja. Aber denk doch mal drüber nach. Wir leben in der Ära der Realityshows, der Talkshows, der Talentshows. Jeder muss seine Meinung in die Welt blasen. Ich habe noch nie erlebt, dass jemand öffentlich sagt: ›Dazu äußere ich mich nicht, ich habe von der Sache nämlich keinen Schimmer.‹ Vielleicht schickt einer voraus, dass er sich nicht auskennt, aber seine Meinung teilt er dir trotzdem mit. Wenn ich's mir recht überlege, gibt es nur eine Fernsehpersönlichkeit, die ich noch nie ein Wort habe sagen hören, und das ist Maggie Simpson. Wir sind dabei, den Eigenwert des Schweigens zu verlieren.«

»Willst du mir nicht vielleicht sagen, was das für eine neue Idee ist?«

»Alles zu seiner Zeit, alles zu seiner Zeit«, sagte Carlo und erhob sich auf ziemlich wackeligen Beinen von seinem Stuhl. »Also, wenn die Toiletten noch da sind, wo sie heute Nachmittag waren, gehe ich mal nachschauen, ob sie funktionieren. Und dann bräuchte ich wohl leider jemanden, der mich nach Hause bringt. Wartest du hier auf mich?«

EINIGE TAGE SPÄTER

»Und?«

Dr. Luzzati, der Giacomo auf dem »Sessel für Ehrengäste« hatte Platz nehmen lassen – einem Möbelstück aus abgewetztem Leder, mit wackeligen Beinen und völlig verschlissener Rückenlehne –, sah ihn über seine Hände hinweg an, die er vor dem Mund gefaltet hielt, als hätte ihm gerade jemand die Mundharmonika geklaut.

»Na ja«, sagte Dr. Luzzati über die Hände hinweg, »es ist ganz anders, als ich es mir vorgestellt hatte. Und als in dem Exposé stand, das du mir vor einem Jahr gegeben hast.«

»Ja. Ja, das stimmt.«

Dr. Luzzati saß schweigend da, die Hände gefaltet, tief in seinen Sessel eingesunken.

»Sagen wir's so« – Giacomo lachte –, »mir ist klar geworden, dass ich auf dem Feld des Büchermachens nicht mehr gern Golf spiele. Und da dachte ich mir, anstatt mich nach einem anderen traditionellen Sport umzusehen, könnte ich die Spielregeln doch gleich selbst bestimmen. Mir selbst ein Spiel ausdenken. Und schauen, ob jemand mitspielen mag.«

Dr. Luzzati lächelte über die Hände hinweg und wog dabei den Kopf hin und her.

»Also, Giacomo, ich kann mich täuschen«, sagte er, während er die Hände sinken ließ und sie auf die Armlehnen stützte, um sich aus dem Sessel zu stemmen. »Aber ich habe das Gefühl, für dieses Turnier braucht es eine ziemlich große Anzeigetafel.«

»Dann hat es dir gefallen«, sagte Giacomo und sah seinem Verleger in die Augen.

Der zur Antwort nur einige Male bedeutungsschwer nickte.

Dr. Luzzati war vollkommen kahlköpfig, was durch ein Paar Augenbrauen ausgeglichen wurde, die wie eine einzige wirkten; häufig scherzte er, dass er großartig in Form sei, von seinen praktisch dreihundert Jahren sehe man ihm höchstens die Hälfte an. Tatsächlich war er achtzig und hatte sich trotz einiger Herzprobleme das Hirn eines Vierzigjährigen bewahrt – und den Ehrgeiz einer Siebenundzwanzigjährigen. Vor allem aber einen Riecher für Bücher, der ans Übernatürliche grenzte. Den Beweis dafür bildeten lapidare Urteile über die zahllosen Manuskripte, die er im Laufe der Jahre auf den Schreibtisch bekam. Diejenigen, die er mit Kommentaren im Telegrammstil bedachte – dem äußerst seltenen »bemerkenswert«, dem häufigeren »lesenswert«, dem noch häufigeren »in Ordnung« oder dem ambivalenten »Stuss, aber verkäuflich« –, wurden auf der Programmsitzung diskutiert, und dann wurde ein Fahrplan für ihre Veröffentlichung aufgestellt; diejenigen, die ohne Kommentar blieben, gingen zurück an den Absender – es war klar, dass Dr. Luzzati sie unter keinen Umständen veröffentlichen würde. Manchmal kam es vor, dass ein anderer Verleger ein solches Projekt übernahm, was freilich nur in Ausnahmefällen jemand merkte.

»Sagen wir, es ist das Beste seit Langem«, sagte Dr. Luzzati, und der Sessel schaukelte im Rhythmus seines Kopfwiegens. »Ich hatte es dir ja schon am Telefon gesagt und bestätige es dir gerne noch einmal. Das Beste, was du mir seit mindestens zehn Jahren bringst.«

Giacomo rutschte ein wenig auf dem Sessel für Ehrengäste hin und her.

Schon die Sitzgelegenheit an sich bot Grund zu einer gewissen Bewegtheit, hatten doch im Laufe des kurzen Jahrhunderts Persönlichkeiten vom Kaliber eines Hemingway, Leonardo Sciascia, Bertrand Russell und Primo Levi darauf gesessen; allesamt Freunde von Dr. Luzzati, der aus diesem Grund davon absah, den Sessel neu beziehen zu lassen, und seinen Gebrauch ausschließlich jenen vorbehielt, die er besonders schätzte.

Doch Giacomos innere Bewegtheit hatte einen anderen Hintergrund. Sie rührte von dem Thema her, das er gleich anschneiden wollte.

»Eine lange Zeit, ja«, setzte er an.

»Ja, wirklich. Ich wüsste nicht zu sagen, wie lange es her ist, dass ich zum letzten Mal eines deiner Bücher genossen habe.«

»Ich vielleicht schon, wenn du mir etwas verrätst.«

Dr. Luzzati hörte auf zu schaukeln und zog die Augenbrauen so hoch, dass es für einen kurzen Moment aussah, als wären ihm noch einmal Haare gewachsen.

»Tatsächlich«, sagte er nach einem Augenblick und wurde vorausschauend wieder kahl. »Und das wäre?«

»Du brauchst mir nur zu sagen, wann du die Terrazzani eingestellt hast.«

Diesmal blieben Dr. Luzzatis Augenbrauen unten.

Giacomo holte tief Luft und sprach weiter.

»Emerico, ich arbeite jetzt seit zehn Jahren mit Angelica

zusammen. Alles fing damit an, dass ich ihr neue Projekte vorschlug, die sie dann mit der Begründung durchrasseln ließ, ›die Leute‹ würden ›von Mancini was anderes lesen‹ wollen. Und dabei rührt sie unermüdlich die Werbetrommel für Bücher, von denen sie höchstens ein Kapitel gelesen hat, die sie aber dem Publikum als wunderbar und gehaltvoll verkauft. Seit Jahren schon werden meine Bücher beworben, bevor sie überhaupt geschrieben sind. Und seit Jahren hoffe ich nur noch, dass ich in den drei Monaten, die zwischen der Ankündigung und der endgültigen Niederschrift liegen, nicht den Löffel abgebe, weil ich mir ausmalen kann, wie beschissen ich dann dastehen würde. Jahre, in denen ich mich mehr damit beschäftige, ein Buch abzuschließen, als es tatsächlich zu schreiben. Während mir diese Tante etwas von Marketing vorquatscht, von Packaging und Shelf-Planning, nur über eines verliert sie kein Wort – darüber, wie das Buch geschrieben ist.«

Dr. Luzzati hörte sich reglos an, wie Giacomo sich das alles von der Seele redete. Dann fragte er nach einer kurzen Pause:

»Aha. Und bei dem neuen auch nicht?«

»Dem neuen Buch?« Giacomo lachte auf. »Willst du mal in allen Einzelheiten hören, wie dieses Buch zustande gekommen ist?«

»Wenn du nichts dagegen hast ...«

So kam es, dass Giacomo den gesamten Hergang erzählte, minutiös, während Dr. Luzzati zuhörte und nur ab und an mit den Fingern auf seiner Glatze herumtrommelte.

Nach einem letzten kurzen Trommelwirbel griff er schließlich zum Telefon.

»Hast du vielleicht noch fünf Minuten, Giacomo?«

»Klar. Warum?«

Costantino ging erst beim achten Klingeln an den Apparat.

»Ja?«

»Guten Tag.«

»Guten Tag.«

Ja, guten Tag. Die Angst – der Grund, weshalb Costantino seit zwei Tagen nicht mehr aus dem Haus ging und ihm sein Herz, sobald das Telefon klingelte, bis zu den Ohren schlug – löste sich auf wie Instant-Kamillentee, als er registrierte, dass die Stimme des Anrufers nicht die des Buckligen war.

»Hier Martinelli von der SCAV, ist Ottaviano Maltinti zu sprechen?«

»Am Apparat«, sagte Costantino.

»Also, ich habe hier die Bewerbung liegen, die Sie uns vor drei Monaten geschickt haben«, sagte der Anrufer in geschäftsmäßigem Ton. »Wir suchen zurzeit einen erfahrenen Installateur für Wartungsarbeiten beim Kunden. Sind Sie noch immer an einer Anstellung interessiert?«

»Na, logisch. Ich meine, gewiss doch.«

»Ausgezeichnet. Sind Sie motorisiert?«

»Selbstverständlich.«

Selbstverständlich nicht. Aber das ist das geringste Problem. Wenn ihr mir einen Job gebt, knacke ich das Sparschwein mit einem Kopfstoß.

»Könnten Sie morgen zu einem Vorstellungsgespräch vorbeikommen? Die Stelle ist mit einer gewissen Dringlichkeit zu besetzen, und Sie sind momentan der einzige infrage kommende Kandidat«, erklärte der Personaler, »aber es ist bei uns doch üblich, zunächst ein persönliches Gespräch zu führen. Es ist uns ein Bedürfnis, Sie ein wenig kennenzulernen.«

»Ungefähr so groß wie ich. Braune Haare, Dreitagebart. Ich schätze ihn auf fünfundzwanzig, dreißig, wenn's hochkommt.«

»Kennen Sie ihn schon lange?«

»Wenn ich ihn schon lange kennen würde, hätte ich mich von ihm nicht so verarschen lassen, oder was meinen Sie?«

»Hier stelle ich die Fragen, Signor Bulleri«, sagte der Polizeipräsident und sah von der Akte auf. »Woher kennen Sie ihn?«

Der Bucklige musterte den Polizeipräsidenten durch sein Fertigmonokel.

»Über Bekannte. Die Namen weiß ich nicht mehr, ich war nur dabei, weil sie noch einen zum Kartenspielen brauchten. Eigentlich hätte ein Freund von mir hingehen sollen, aber dann hat er mich gebeten. Und dann hat der Typ mich abgezockt.«

»Und Sie wissen nicht, wo er wohnt?«

Der Bucklige verneinte, erst mit dem kahlen Schädel und dann auch verbal: »Nein. Leider nicht.«

Der Polizeipräsident nahm die Unterlagen in die Hand, blätterte darin und starrte dem Buckligen dann zwischen die Augenbrauen.

»Also, Signor ...« – der Polizeipräsident sah nochmals kurz in die Akte – »Bulleri, dass Sie sich auf Geschäfte mit jemandem einlassen, von dem Sie noch nicht einmal wissen, wo er wohnt, das erstaunt mich doch ein wenig.«

Der Bucklige lächelte und drehte sich zu seinem Anwalt um, der seinen Blick erwiderte. Halt dich an deine Version, besagten die Augen des Fachmanns. Fällig bist du so oder so, jetzt geht's darum, dass das Strafmaß so gering wie möglich ausfällt.

»So ist das halt bei Minderbemittelten, Herr Polizeipräsident«, sagte der Bucklige und breitete entschuldigend die Arme aus. »Überlegen Sie doch mal, wenn ich auf Zack gewesen wäre, hätte ich dann Computer geklaut? Um dann am eigenen Leib erfahren zu müssen, wie schwer man das Zeug wieder loswird?«

»So, so«, schnaubte der Polizeipräsident. »Hören Sie mal ...«

»Ja?«

»Der Name Leonardo Chiezzi sagt Ihnen nichts?«

»Nichts.«

Leonardo schüttelte betrübt den Kopf. Dann schloss er mit einem sanften Klick das Fenster seines E-Mail-Programms.

»Okay, Leonardo, wann hast du sie denn geschickt?«

»Na, vor fünf oder sechs Tagen.« Leonardo strich sich durchs Haar.

»Vielleicht dauert's halt noch ein wenig ...«

»Ja, schon gut. Aber wenigstens eine Eingangsbestätigung hätte ich doch erwartet. Ein paar unverbindliche Zeilen. ›Sehr geehrter Herr Chiezzi, vielen Dank für Ihre Bewerbung. Derzeit sind bei uns keine Stellen zu besetzen, die zu Ihrem Profil passen. Trotzdem noch einmal herzlichen Dank, die Unterlagen werden uns beste Dienste dabei leisten, uns den Allerwertesten ...‹«

»Leo, bitte. Du weißt doch, dass ich das nicht mag. Das ist eine schreckliche Ausdrucksweise.«

»Ich weiß, ich weiß. Aber an der Situation ändert das nichts. Wir sind in der Krise, um mit den Fernsehnachrichten zu sprechen, beziehungsweise stecken in der Scheiße, wie Chiezzi es ausdrücken würde. Chiezzi, der Arbeit sucht und dessen einziger bisheriger Arbeitgeber unter Eid aussagen würde, dass er ein Taugenichts ist. Sehen wir den Tatsachen ins Auge: Ich kann nur weitersuchen, aber einfach wird das nicht, was zu finden.«

»Tja, einfach wird das nicht, stimmt. Aber wir müssen ihn finden, oder? Haben Sie inzwischen noch etwas anderes als den Namen?«

»Nein«, sagte Corinna, an Dr. Corradini gewandt. »Die beiden Festgenommenen verwenden weiterhin nur den Vornamen, wenn sie von ihm reden. Bleibt uns nur eine übereinstimmende Personenbeschreibung: zwischen fünfundzwanzig und dreißig, etwa einen Meter und sechzig groß, schmächtiger Körperbau, dunkle Augen, braune Haare, ungepflegter Bart.«

»Erinnert Sie das an jemanden?«

»An meinen Vater, bis auf den Bart.«

Der Polizeipräsident sah Corinna ungläubig an.

»Schon klar«, sagte Corinna, auf den Blick des Polizeipräsidenten eingehend. »Der Riese in der Familie war mein Großvater. Anscheinend schlage ich nach ihm. Mein Vater ist wirklich ziemlich klein. Er bezeichnet sich immer als Riesenkonzentrat.«

»Aha. Wenn wir Ihre Familie mal beiseitelassen, erkennen Sie eine Ähnlichkeit zu polizeibekannten Personen?«

»Entschuldigung. Nein, auf den ersten Blick nicht.«

»Und zwischen den beiden Beschreibungen gibt es keinerlei Diskrepanzen?«

»Keine nennenswerten. Nach Aussage von Bulleri spricht der Mann mit einem leichten, aber eindeutigen toskanischen Akzent. Belodedici hat das nicht erwähnt, aber der ist ja Ausländer, vielleicht hat er's überhört.«

»Bulleri? Ach ja, der Bucklige«, sagte Dr. Corradini. »Unglaublich, wie so ein Spitzname sich durchsetzt, nicht wahr? Jedenfalls haben wir im vorliegenden Fall einen Vornamen, und zwar einen ziemlich ungewöhnlichen, würde ich sagen.«

»Das ist mir auch aufgefallen. Ich habe also ein bisschen recherchiert.« Corinna zog einen Zettel aus der Tasche und fing an zu lesen. »In der Provinz Pisa gibt es nur vier Personen mit dem Vornamen Costantino. In der gesamten Toskana etwa dreißig. Wenn man Bulleri glauben darf und dieser Costantino einen ziemlich markanten toskanischen Akzent hat, glaube ich nicht, dass man die Suche noch ausweiten muss.«

»Gut, gut. Tja, *agente* Stelea«, sagte Dr. Corradini und erhob sich aus seinem Ledersessel – da war ein Tier für eine schlechte Sache gestorben –, »nach dem Feuerwerk kommt das Aufräumen. Ich denke, es ist an der Zeit, diese ganzen Costantinos zu kontaktieren. Mal schauen, ob der Betreffende darunter ist.«

»Zu Befehl, Dr. Corradini. Aber ...«

»Ja?«

»Wenn Sie entschuldigen, da wäre noch etwas. Was machen wir mit diesem Signor«, Corinna senkte den Blick auf ihren Zettel, »Birigozzi?«

»Wieso, was ist mit Sachbearbeiter Birigozzi?«, fragte Leonardo und grinste.

»Äh, Sachbearbeiter Birigozzi ist vorübergehend beurlaubt. Weshalb ...«

»Was hat er denn angestellt, ist er am Schreibtisch eingeschlafen?«

»Hören Sie, dazu kann ich Ihnen nichts sagen. Gerüchten zufolge, aber das sind nur Gerüchte, ja, wird gegen ihn wegen Hehlerei ermittelt«, sagte der städtische Beamte, der sich am Telefon mit Ciappi gemeldet hatte. »Angeblich wurde bei ihm zu Hause Diebesgut gefunden. Aber davon weiß ich nichts.«

»Natürlich nicht. Das kann ich mir schon denken. Wo waren wir stehen geblieben?«

»Ich wollte nur sagen, dass ich aus dem genannten Grund bis auf Weiteres mit Birigozzis Aufgabengebiet betraut bin. Und bei der Durchsicht der Bußgeldbescheide ist mir aufgefallen, dass es in Ihrem Fall zu einem, sagen wir mal, Versehen gekommen ist.«

Leonardo hielt kurz den Atem an. Zu schön, um wahr zu sein.

»Zu einem Versehen? In meinem Fall?«

»Ja, so könnte man das sagen«, sagte der Sachbearbeiter Ciappi mit einem Seufzen. »Das heißt, der Inkassobehörde wurde ein einzutreibender Betrag in Höhe von dreizehntausendachthundertvierundzwanzig Euro übermittelt, während sich die fragliche Summe in Wirklichkeit auf einhundertachtunddreißig Euro vierundzwanzig beläuft.«

»Verstehe«, sagte Leonardo. »Und das heißt?«

»Das heißt, dass ich veranlasst habe, der Inkassobehörde den korrekten Betrag zu übermitteln. Ich bräuchte von Ihnen nur noch eines, um sicherzustellen, dass die Angelegenheit ordnungsgemäß zum Abschluss gebracht werden kann.«

»Ich stehe zu Ihrer vollen Verfügung«, sagte Leonardo. »Was hätten Sie denn gerne?«

»Dass du mir erklärst, ob das wahr ist, was Giacomo gesagt hat.«

Angelica saß auf dem schwarzen Ledersessel, die Beine übergeschlagen, und musterte Giacomo mit gespielter Zerknirschtheit.

»Ja, Emerico, das stimmt. Giacomo hatte noch nicht einmal eine Sicherungskopie des Romans. Da hat nicht viel gefehlt, und die Sache wäre den Bach runtergegangen.«

»Giacomo hatte noch nicht einmal eine Sicherungskopie«, wiederholte Dr. Luzzati und wog die Information langsam ab. »Und was ist mit dir?«

»Wie meinst du das?«

»Ich meine, hattest du auch keine Sicherungskopie?«

»Nein. Hatte ich nicht.«

»Verstehe. Dann hattest du nur einen Ausdruck.«

»Nein. Giacomo hatte mir noch nicht einmal einen Ausdruck geschickt.«

»Und wie oft hast du ihn darum gebeten?«

Angelica schnappte ein wenig gereizt nach Luft.

»Also, hör mal zu, Emerico ...«

»Nein, Angelica, jetzt hörst du zu. Wofür bezahle ich dich eigentlich? Was steht auf deiner herrlichen Visitenkarte, die aussieht wie von einem Kalligrafen entworfen?«

»Emerico, ich verstehe nicht, was du …«

»Angelica, du bist hier Lektorin. Dein Urteil ist gefragt. Dazu musst du lesen. Du musst dir eine Meinung bilden. Und wenn etwas schiefläuft, musst du eingreifen.«

Angelica lächelte mit einer gewissen Süffisanz.

»Also, ich halte ja nicht viel von Lektoren, die die Bücher ihrer Autoren umschreiben.«

»Von Umschreiben spricht hier niemand. Deine Aufgabe besteht darin, dem Autor mitzuteilen, wenn etwas so nicht geht. Du sollst ihn nicht korrigieren, sondern auf Dinge hinweisen. Das ist eine heikle Aufgabe, aber sie ist notwendig, und das weißt du auch. Niemand ist in der Lage, seine eigene Arbeit richtig zu beurteilen. Deswegen gibt es diesen Verlag. Wir wählen aus, wägen ab, kritisieren, und am Ende veröffentlichen wir. Wir haben die Pflicht, das Beste aus denen herauszuholen, die uns ihren Namen und ihre Ideen anvertrauen.«

Da beging Angelica einen Fehler. Um ihrer Auffassung mehr Nachdruck zu verleihen, tat sie so, als hätte sie nicht gehört, was Dr. Luzzati gerade gesagt hatte, und beschränkte sich darauf, ihre eigene Stellungnahme etwas lauter zu wiederholen:

»Also, ich halte ja nicht viel von Lektoren, die die Bücher ihrer Autoren umschreiben.«

»Weißt du, was ich von denen halte, die sie noch nicht einmal lesen?«

In einem solchen Tonfall hatte Giacomo Dr. Luzzati noch nie sprechen hören.

Der Verleger wandte den Kopf und sah seinen Autor entschuldigend an.

»Giacomo, ich habe im *Modus* reservieren lassen. Wärst

du so gut, schon mal vorauszugehen? Ich bin in zehn Minuten bei dir.«

Und sag ihnen, wir brauchen ein Gedeck weniger, las Giacomo unter der Augenbraue. Wir essen heute nur zu zweit.

TAGS DARAUF

»Damit ist alles geregelt«, sagte Leonardo. »Der berichtigte Bußgeldbescheid ist ins Inkassoregister eingetragen, und der falsche wurde gelöscht.«

»Super«, sagte Letizia. »Dann ist auch das Fahrverbot ...«

»... aufgehoben, ja. Wir können den Wagen wieder benutzen. Wohin wir damit fahren sollen, weiß ich allerdings nicht, denn du fährst ja mit dem Bus zur Arbeit, und ich habe das Problem zwar im Kern gelöst, aber rein theoretisch ...«

Letizia blieb für einen Moment stumm, während Leonardo mit seinem Schlüsselbund herumspielte.

»Leo ...«

»Ja?«

»Weißt du, Leo. Mir ist klar, dass dir an dem Auto liegt und so. Aber ich habe mich schon auch gefragt: Brauchen wir in unserer derzeitigen Situation denn unbedingt ein Auto?«

Leonardo schüttelte den Kopf, die Lippen zusammengepresst.

»Ja, das ging mir auch schon durch den Sinn. Das Problem ist nur, dass wir die Karre nicht einfach verschrotten können. Wir können uns kein neues Auto leisten. Und wem willst du das Ding verkaufen?«

»Einem, der das Auto zum Arbeiten braucht«, erwiderte Letizia pragmatisch. »Oder einem Fahranfänger, dem sein Papa ein altes Schlachtross kaufen will, mit dem er auch mal über die Bordsteinkante schrammen kann. Wir stecken in der Krise, da kann nicht jeder mit einem Mercedes herumkutschieren. Irgendein armer Teufel, der ein Auto braucht, wird sich schon finden. Wart mal ab.«

Volkswagen Lupo, Baujahr 2000. 2500 Euro. Tja, wenn ich die hätte.

Fiat Punto, dritte Modellgeneration, Baujahr 2006. 2000 Euro. Bisschen günstiger, aber immer noch mehr, als ich mir leisten kann.

Renault Clio 1.2., 1500 Euro. Renault? Nein danke.

Costantino fuhr sich durchs Haar, während das Gefühl, dass er sich zu weit aus dem Fenster gelehnt haben könnte, unangenehm laut wurde in ihm.

Das einzige erschwingliche Modell, das er bisher gefunden hatte, war ein Fiat Panda von 1998 für sechshundert Euro. Leider lebte der Eigentümer in Pantelleria. Da hätte ihn die Anreise mehr gekostet als der Wagen.

Eine neuerliches Drehen am Mausrad, und die Seite scrollte weiter.

Peugeot 206 1.4, 5-Türer. Baujahr 1998.

400 Euro.

Costantino klickte behutsam darauf.

Peugeot 206 1.4, 5-Türer. Hubraum: 1360. Farbe: silbergrau. Ort: Toskana, Provinz Pisa.

Weitere Informationen: hier klicken.

»Uns fehlt also jegliche weitere Information.«

»Bis auf eine Kleinigkeit. Ich weiß, dass er Leonardo heißt, der Barbesitzer hat ihn so angesprochen. Und ich weiß, wo er wohnt, aber das ist eine Mietskaserne mit Hinterhaus. Das sind insgesamt sechsundfünfzig Wohnungen, ich habe die Klingelschilder gezählt. Ein Leonardo steht leider auf keinem.«

Giacomo nickte nachdenklich. Paola ging vor ihm auf und ab. Irgendwann blieb sie stehen.

»Dann bleibt uns wohl nur, einen Espresso trinken zu gehen.«

»Für mich einen Macchiato im Glas, mit kalter Milch. Was nehmen Sie, *agente* Stelea?«

»Einen normalen«, antwortete Corinna. »In der Tasse, danke, nicht im Glas. Also, wie gesagt, von dieser Seite ist nichts zu machen. Costantino ist anscheinend ein Alte-Leute-Name. Der einzige Kandidat unter fünfundvierzig in der ganzen Toskana heißt Costantino Gigli.«

»Und den würden Sie jetzt gern aufsuchen«, sagte Dr. Corradini und rührte um.

Corinna schüttelte den Kopf.

»Das ist nicht nötig. Er ist Musiker, unterrichtet Cembalo am Konservatorium in Lucca und leitet ein Ensemble für Kammermusik. Ich habe mir seine Website angesehen. Abgesehen davon, dass er nicht dem typischen Profil eines Einbrechers entspricht, schätze ich ihn von den Fotos her auf leicht über hundert Kilo. Und da unser Costantino als schmächtig beschrieben wird ...«

»Verstehe.« Dr. Corradini hatte seinen Macchiato hinuntergestürzt und stellte das Glas mit einem trockenen

Knall auf den Tresen zurück. »Hören Sie, *agente* Stelea, soll ich Ihnen mal sagen, was ich denke?«

»Bitte sehr«, sagte Corinna.

»Wenn Sie mich fragen, dann verarschen uns die zwei Vögel nach Strich und Faden.«

Aber hallo. Corinna hatte noch nie erlebt, dass der Polizeipräsident zu unflätigen Ausdrücken griff. Aber ein solcher Kotzbrocken brauchte ja auch nicht viel zu tun, um die Grenzen des Anstands zu durchbrechen, da genügte es schon, wenn er zur Tür hereinkam.

»Die haben sich diesen Costantino einfach ausgedacht, als angeblichen Komplizen beim Einbruch in die Villa. Und dann soll er noch auf eigene Faust bei LeaderSoft eingestiegen sein, um einen Hehler für die gescheiterte Übergabe eines Computers zu entschädigen.«

Dr. Corradini untermalte seinen Gedankengang, indem er sein leeres Glas ergriff und es neben Corinna wieder auf den Tresen knallte.

»Und der Hehler wäre nach Angaben unserer zwei Ehrenmänner ein Informatiker, der zur Zeit des Einbruchs in der Firma angestellt war, die dieser mysteriöse Costantino ausgeraubt hat. Nur dass sie sich dafür einen Typen mit blütenweißer Weste ausgesucht haben, keine Vorstrafen, keine verdächtigen Zahlungseingänge, ein richtiger Otto Normalbürger.«

Dr. Corradini ging zur Kasse.

»Wissen Sie, wie ich das sehe, *agente* Stelea? Unsere zwei Freunde, der Bucklige und Gutta, sind darauf gekommen, dass es ein grober Fehler war, nach dem Einbruch in der Villa Mancini den Wagen auf dem Parkplatz stehen zu lassen, anstatt mit einem Kanister Benzin noch mal hinzugehen und das Auto in die Luft zu jagen. Aber das sind halt auch keine professionellen Einbrecher, das sind ein Dealer und ein Schläger mit nicht allzu viel Grips im Hirn. Ja, einen Macchiato und einen normalen Espresso, danke.«

Dr. Corradini steckte die Quittung ein und hielt Corinna die Tür auf. Vor der Bar sprach er weiter.

»Langer Rede kurzer Sinn, unsere zwei Helden haben gemerkt, dass sie das Ganze auf die leichte Schulter genommen haben. Und da sind sie auf die Idee gekommen, sich einen Sündenbock zu suchen, und sie haben den Tatwagen ein zweites Mal benutzt, um bei LeaderSoft einzubrechen und dann alles diesem Signor Chiezzi in die Schuhe zu schieben. Wahrscheinlich wussten sie von den Videokameras. Apropos, ist Ihnen das aufgefallen? Der Bursche auf den Videoaufnahmen hat denselben Körperbau wie der Bucklige, also, Bulleri.«

Stimmt. Der Bucklige war kaum über eins fünfundsechzig groß und schien Streichhölzer statt Knochen im Leib zu haben.

»Als sie am Ende verpfiffen wurden, haben sie sich diese dubiose Geschichte vom Hehler ausgedacht, der dem inexistenten Costantino den Wagen geliehen hat, und der wiederum kennt sich wahnsinnig gut mit Alarmanlagen und Sicherheitssystemen aus, optimal für einen Einbruch. Jetzt mal ganz unter uns, halten Sie das für möglich?«

»Tja«, sagte Corinna. »Da ist schon einiges komisch. Ich weiß nicht so recht. Ich könnte vielleicht noch mal überprüfen ...«

»Ja, ja, Sie könnten noch mal überprüfen. Wenn Sie in den kommenden Monaten nicht zu viel zu tun haben, was ich jedoch, offen gesagt, bezweifle.«

»Wie meinen Sie das, Dottore?«

»Die Postpolizei hat mich um die zeitweilige Überstellung eines Kollegen gebeten, der ihre Reihen verstärken soll. Der Betreffende soll jung sein und gewandt im Umgang mit den neuen Technologien, über Grundkenntnisse in Informatik verfügen und überdurchschnittlich gute Beurteilungen haben. Ich habe daraufhin eine Liste der infrage kommenden Kandidaten übersandt, und die Wahl würde, sofern Sie Interesse haben, auf Sie fallen.«

»Eine Stelle bei der Postpolizei?«

»So ist es. Internetbetrügereien, Pädophilie, Cybermobbing. Kurzum, die miesesten, widerwärtigsten Verbrecher auf dem Planeten. Es eilt allerdings, man würde es gerne sehen, wenn Sie bereits in den kommenden Tagen zum Übertritt bereit wären. Ihr Beitrag zu den vorliegenden Ermittlungen wäre damit zwangsläufig abgeschlossen. Stellen Sie sich zur Verfügung?«

Soll das heißen, kein Dienst mehr am Schlagbaum?

Kein »Fünf Espressi und einen Cappuccino, *agente* Stelea, und zwar zack, zack«?

Kein »Jammerschade, dass eine wie Sie zur Polizei gegangen ist, Sie könnten doch auch als Model arbeiten«?

Wo muss ich unterschreiben?

»Ja, Dr. Corradini. Ich stelle mich zur Verfügung.«

»Doch, der ist noch verfügbar. Ja, genau, vierhundert Euro. Wie bitte? Gleich heute? Och, ja, von mir aus. Wie ist Ihr Name?«

Kurze Stille, während Leonardo notierte.

»Martini, sagten Sie? Ah, Verzeihung, Maltinti. Ja. Ja. Okay. Ja, genau, die Adresse ist die, die Sie in der Online-

Anzeige sehen können. Ist ziemlich leicht zu finden. Am Bahnhof, ja. Sie wissen Bescheid?«

»Bei meiner Seele, ja, ich weiß Bescheid«, bestätigte der Barbesitzer Consani. »Signor Leonardo. Nach dem wird hier jeden zweiten Tag gefragt.«

»Ich glaube, das ist er«, sagte Giacomo und stellte sein Tässchen auf der Untertasse ab. »Könnten Sie mir vielleicht sagen, wie er mit Nachnamen heißt?«

Der Barbesitzer schüttelte bedauernd den Kopf.

»Nein, tut mir leid, den Nachnamen weiß ich nicht. Ich weiß, dass die Frau Letizia heißt, und ich glaube, sie wohnen hier in der Nähe.«

Giacomo nickte langsam. Das war schon mal etwas. Leonardos gab es sicher eine ganze Menge. Aber Leonardos, die mit einer Letizia verheiratet waren, das mussten deutlich weniger sein. Vielleicht konnte er beim Standesamt …

»Wenn Ihnen das weiterhilft«, sagte der Barbesitzer, während Giacomo seinen Gedanken nachhing, »ich kenne sein Auto.«

»Sein Auto?«

»Ja. Sehen Sie den silbernen Peugeot da drüben mit der ausgeleierten Tür? Das ist sein Wagen, er parkt immer dort.«

»Also wirklich«, sagte Giacomo, während er sich nach dem Fahrzeug umdrehte.

Ein Auto, das immer am selben Ort steht.

Mit einer Tür, die nicht schließt.

Geistesblitz.

Kein wirkliches Wunder, verstehen wir uns richtig.

Auch Giacomo hatte seinen Edward De Bono gelesen.

EPILOG

Manchmal bedarf es nicht viel, um mit sich selbst im Reinen zu sein.

Den Ellbogen auf sein Auto gestützt, das er gerade vor der Piazza Garibaldi geparkt hatte, freute sich Costantino schon auf einen Aperitiv nach der Arbeit. Und das genügte schon, damit er sich fühlte wie der König der Welt.

Die Sicherheit, dass gewisse Dinge in seinem Leben wieder gegeben waren: die Arbeit, ganz genau. Und dass anderes wiederum durch Abwesenheit glänzte: etwa der Bucklige, dessen erkennungsdienstliches Foto auf der Seite des *Tirreno* prangte, die der Typ dort zwei Meter weiter gerade las, unter der Schlagzeile: »Einbruch in der Villa Mancini: Täter festgenommen«.

Doch während Costantino in diesen wohligen Gewissheiten schwelgte, fragte ihn eine Frauenstimme in unverkennbarem Verhörton und ohne jegliche Vorrede:

»Sagen Sie mal, was machen Sie eigentlich mit diesem Auto?«

Costantino drehte sich um und fand sich in etwa zwanzig Zentimeter Abstand (im einschlägigen Jargon: eine Halslänge) zu einer jungen Maid, deren Top (im einschlägigen Jargon: ein tiefer Halsausschnitt) ein goldenes Kruzifix sehen ließ. Darüber erhob sich einer der schönsten Kreuzwege, die Costantino je gesehen hatte.

»Was?«

»Ich fragte, was Sie in diesem Auto machen«, wiederholte die junge Frau und beugte sich noch weiter vor.

Schließlich sah Costantino über den Titten auch das Gesicht.

Nicht übel. Nein, überhaupt nicht übel.

Und außerdem hatte Costantino seit jeher eine Schwäche für überdurchschnittlich große Mädchen.

Nur schade, wenn dann der Charakter zu wünschen übrig ließ.

»Na, ich habe geparkt«, antwortete er.

»Das sehe ich. Ich möchte wissen, warum Sie drinsitzen.«

»Weil das mein Wagen ist. Ich habe ihn erst gestern gekauft.«

Die junge Frau warf einen sichtlich ungläubigen Blick auf das Fahrzeug und nahm dann wieder den Fahrer ins Visier.

»Sie haben ihn gebraucht gekauft?«

»Ja, das sieht man doch wohl. Wenn das ein Neuwagen wäre, hätten die mich sauber gelinkt, oder?«

»Würden Sie mal bitte aussteigen?«

»Wenn Sie mir sagen, wer Sie sind, warum ich aussteigen soll und was Sie dazu veranlasst, mir auf die Pelle zu rücken, und wenn Sie das alles mit der gebotenen Höflichkeit tun – ja, dann könnte es sein, dass ich aussteige.«

Erst in diesem Augenblick wurde Corinna bewusst, dass sie keine Uniform trug.

»Entschuldigen Sie«, antwortete sie nach einem kurzen Moment und lächelte etwas verlegen. »Ich wollte Ihnen nicht zu nahe treten. Das ist eine etwas längere Geschichte.«

»Sehr schön. Wenn ich Sie auf einen Aperitiv einladen darf, dann können Sie mir die erzählen.«

Corinna sah den jungen Mann an, der sie noch immer anlächelte.

Seit dem Vormittag, also seit Dr. Corradinis Mitteilung an Giacomo Mancini, dass die Einbrecher festgenommen und der ganz überwiegende Teil der Beute wiedergefunden worden seien, hatte Corinna wahnsinnige Lust auf zweierlei.

Erstens, wie üblich, Dr. Corradini zwischen die Pfosten zu treten, bis er noch mehr einem Eunuchen glich als ohnehin schon. Dieses Stück überreife Schweinescheiße hatte sich nämlich den gesamten Verdienst an den Ermittlungen selbst zugeschrieben. Nicht nur hatte er Corinnas Beitrag unerwähnt gelassen, er hatte sich sogar ausdrücklich für etwaiges Fehlverhalten seiner Untergebenen entschuldigt und der Hoffnung Ausdruck verliehen, dass sie die Inspiration und den inneren Frieden des Schriftstellers durch ihre Aufdringlichkeit nicht allzu sehr gestört hätten.

Corinnas zweiter Wunsch bestand darin, jemandem zu erzählen, was wirklich passiert war und wie gut, wie ganz hervorragend sie ihre Sache gemacht hatte; denn die einzige Anerkennung dafür hatte bisher in einer Höflichkeitsgeste Signor Mancinis bestanden, der sich zuerst für sein kleinkariertes Verhalten beim Ortstermin entschuldigt und dann Corinna gefragt hatte, ob sie wirklich alle seine Bücher gelesen habe, wie sie es bei ihrer ersten Begegnung erwähnt hatte. Auf ihre Bestätigung hin hatte er ihr einen Papierausdruck seines letzten Romans gegeben, der erst in ein paar Wochen in den Buchhandel kommen sollte.

Jetzt wollte also dieser Junge, der eigentlich ziemlich nett reagiert hatte, ihr gerne zuhören.

Na gut, warum nicht?

»Weil ich das noch nie gemacht habe. Das ist nicht mein Tätigkeitsgebiet. Ich weiß nicht, wie das geht.«

Giacomo Mancini schüttelte den Kopf.

»Pass auf, mein junger Freund: Als deine erste Freundin dir die Arme um den Hals gelegt hat und ganz nahe herangerückt ist, wie hast du da reagiert? Hast du zu ihr gesagt: ›Entschuldige, aber ich habe das noch nie gemacht, ich weiß nicht, wie das geht‹, oder hast du sie abgeknutscht, wie es sich gehört?«

»Na, das ist doch was anderes«, sagte Leonardo. »Sie müssen das schon verstehen. Ich sperre mein Auto auf, und da liegt ein fertig unterschriebener Vertrag von einem der wichtigsten Verlage des Landes, der mich als Lektor für italienische Autoren einstellen will. Ich bin einen Tick verunsichert, einen Tick unentschlossen.«

»Daran tust du auch gut. Das ist nämlich ein Scheißjob.«

Leonardo, der im auf Hochglanz polierten Salon der Villa Mancini auf der Kante seines Sessels saß, fing an, nervös auf seinen Knien herumzutrommeln.

»Ach, herrlich. Das macht mir ja richtig Mut. Warum ist das ein Scheißjob?«

»Im Einzelnen ist das schwer zu erklären. Sagen wir's mal so – wenn du deine Arbeit gut machst, dankt dir keiner, und wenn du sie schlecht machst, bist du fällig. Der Autor erntet den gesamten Ruhm, und wo es bei ihm hapert, weiß außer dir keiner. Du darfst es auch nicht herumer-

zählen, sonst …« Giacomo fuhr sich mit der Handinnen-
kante den Hals entlang.

Leonardo zog die Augenbrauen hoch und musterte Giacomo, bevor er mit folgender Frage antwortete:

»Haben Sie eigentlich mal gearbeitet?«

»Wie meinst du das?«

»Ich meine, haben Sie je etwas anderes gemacht als
Bücher schreiben?«

»Nein. Nein, ich habe immer vom Schreiben gelebt.«

»Genau das dachte ich mir. Tut mir leid, wenn ich das
so deutlich sage, aber siebenundneunzig Prozent aller Jobs
sind so. Es ist völlig normal, dass man unsichtbar bleibt,
solange man funktioniert, und dass man als Sündenbock
herhalten muss, wenn was danebengeht. Das ist bei Ärzten
so, bei Steuerberatern, bei Angestellten, einfach überall.
Wenn das das Schlimmste sein soll, kann ich mich, glaube
ich, ganz gut darauf einstellen.« Leonardo lächelte zum
ersten Mal. »Angst macht es mir jedenfalls keine.«

Hoffen wir bloß, dass sie's nicht merkt, ich mache mir vor
Angst fast in die Hose.

Seit einer guten Stunde unterhielt sich Corinna mit Costantino oder, wie sie ihn kannte, Ottaviano. Als er erfahren
hatte, dass sie Polizistin war, hatte Costantino es für sinnvoll erachtet, ihr seinen Nachnamen zu verschweigen. Genau genommen hatte Costantino noch gar nichts gesagt,
Corinna war diejenige, die sprach, froh, jemanden gefunden zu haben, der zuhören konnte, einen, der sie nicht
ständig unterbrach, sondern ihrer Erzählung mit unverkennbarer Aufmerksamkeit lauschte. Costantino, nun wieder Ottaviano, folgte den Ausführungen der jungen Frau

tatsächlich hoch konzentriert, insbesondere nachdem ihm klar geworden war, dass der mysteriöse Einbrecher, den die zwei Kleinkriminellen sich ausgedacht hatten, kein anderer war als er.

»Am Ende hat der Polizeipräsident den ganzen Verdienst für sich beansprucht.« Corinna fuhr sich durchs Haar. »Doch ich habe bei der Sache immer noch meine Zweifel. Jetzt werden Sie wohl verstehen, wie das für mich war, Sie in dem Wagen sitzen zu sehen. Mir ist gleich ganz anders geworden.«

»Ja, das kann ich mir vorstellen«, sagte Costantino. »Tja, also, wenn ich gewusst hätte, dass die Karre bei einem Einbruch verwendet worden ist, hätte ich glatt einen Rabatt verlangt. Am liebsten würde ich den Vorbesitzer anrufen und ihm sagen, dass ich die Hälfte vom Kaufpreis zurückhaben will.«

Corinna lachte zum ersten Mal.

Ein aufrichtiges Lachen der Sorte, die Spannungen auflöst und alle Beteiligten auf dieselbe Seite bringt, um was es auch gehen mag.

»Das wäre eine Idee«, fuhr Corinna fort, als sie sich wieder beruhigt hatte. »Da müsste ich Sie übrigens um einen Gefallen bitten.«

»Ja?«

»Also, bei der Erklärung meines Verhaltens sind mir ein paar Informationen herausgerutscht, die ...«

»Schon klar. Jetzt weiß ich Sachen, von denen ich nichts wissen dürfte.«

»Genau. Und deshalb ...«

Costantino, ganz der Gentleman, antwortete beschwichtigend: »Kein Problem, ich bitte Sie. Als guter Italiener«, fuhr er dann in scherzhaftem Tonfall fort, »möchte ich dafür natürlich eine Gegenleistung.«

»Ach ja? Na, schießen Sie los.«

»Erstens könnten wir uns eigentlich duzen. Wir sind doch im selben Alter.«

»Klar. Gerne.«

»Zweitens wüsste ich noch gern ...«

»Ich weiß nicht, ob ich ...«

»Es geht nicht gerade um ein Staatsgeheimnis. Habe ich richtig verstanden, dass der Typ da« – Costantino zeigte auf den Artikel in der Lokalzeitung, in dem von der Festnahme der zwei Kriminellen berichtet wurde und den Corinna vor sich gelegt hatte, um die Erzählung über ihre eigenen Verfehlungen einzuleiten – »unter dem Spitznamen der Bucklige bekannt ist?«

»Ja. Laut standesamtlichen Unterlagen heißt er Giancarlo Bulleri, aber alle nennen ihn den Buckligen.«

»Genau. Warum heißt so ein Schielauge der Bucklige? Ist er ein zweiter Marty Feldman, oder was?«

Corinna brach zum zweiten Mal in Gelächter aus.

»Nein, nein. Nichts dergleichen. Das kommt vom erkennungsdienstlichen Foto. Du weißt schon, wenn einer verhaftet wird, fotografieren wir ihn von vorne und im Profil, ja? Also, und auf den Aufnahmen von Bulleris erster Festnahme sieht man ihn frontal in die Kamera starren, und zwar im Profil genauso wie von vorne. Einer von denen, die damals dabei waren, hat anscheinend gesagt: ›Junge, ist der hässlich. Der sieht ja aus wie der Pik-Bucklige!‹«

»Der was?«

»Der Pikbube. Heißt der auf Italienisch nicht ›der Bucklige‹?«

Costantino grinste entspannt.

»Nein, nur auf Toskanisch«, antwortete er, noch immer lächelnd. »Auf Italienisch ist es einfach der Bube. Und auch bei uns in der Toskana nennen ihn nur noch die Alten der Bucklige.«

»Nein, Signore. Ich glaube nicht, dass ich zu alt bin.«

»Wir haben nicht *zu* alt gesagt, Seelan. Wir meinten, dass vielleicht angesichts deines Alters wie auch angesichts deines Gesundheitszustands ...«

»Erinnern Sie mir nicht, Signor Giacomo. Immer wenn das Wetter umschlägt, der Fuß ist eine Qual.«

»Na, genau deshalb, Seelan«, antwortete Giacomo. »Würdest du nicht lieber in Rente gehen und zu Hause bleiben?«

Seelan warf Giacomo einen Blick zu, dessen Beschreibung einen Pathetiker vom Rang eines Edmondo de Amicis überfordert hätte.

»Ich bin bisschen mehr alt, Signor Giacomo, das stimmt. Problem ist, dass meine Frau wird älter. Und bei mir das macht körperlich bemerkbar, aber bei ihr in Charakter. Immer beschwert sich, immer schimpft, und mach dies nicht und mach das nicht. Immer will im Fernsehen nur, was sie will. Ich wäre schon gerne zu Hause, Signor Giacomo, wenn nur meine Frau nicht da.«

Na so was.

Während Giacomo in ihn drang, wobei ihm bewusst war, dass er seinen Hausangestellten wohl schlecht zur Scheidung zwingen konnte, schaltete sich Paola erstmals aktiv ins Gespräch ein.

»Seelan, entschuldige, aber wie alt ist deine Frau eigentlich?«

»Sie jung. Jünger als ich, Signora Paola. Gerade fünfzig. Aber Alter nicht zählt, zählt Charakter. Und ihr Charakter schon immer schlecht, schon immer anstrengend. Und jetzt ...«

»Ja, Seelan, ich verstehe dich. Aber ich wollte dich eigentlich Folgendes fragen: Wäre sie bereit, arbeiten zu gehen?«

»Schwierig, Signora. Sie spricht viel wenig Italienisch, besser Englisch.«

»Das macht gar nichts. Seelan, deine Frau kocht ganz ausgezeichnet«, sagte Paola. »Und mir reicht es allmählich, immer dasselbe zu kochen. Was meinst du, könntest du sie mal fragen, ob sie gerne als Köchin bei mir anfangen möchte?«

»Als Köchin?«

»Ja, als Köchin. Allerdings könnte ich nur einen von euch beiden bezahlen. Das heißt konkret: Du müsstest aufhören, und sie würde deine Stelle übernehmen, nur halt mit anderen Aufgaben. Sie wäre bei uns, und du zu Hause bei dir.«

Der Ausdruck, mit dem Giacomo seine Gattin ansah, glich dem von Julius II. bei seiner ersten Begegnung mit Michelangelo nach In-Augenschein-Nahme der Sixtinischen Kapelle.

Aber sollte man sich die Genugtuung nehmen lassen, Seelan zum Lächeln zu bringen?

Mit einem vergleichbaren Lächeln legte sich Corinna ins Bett, nachdem sie den ganzen Abend in der Küche gesessen und gelesen hatte.

Neuer Job, neuer Freund. Erst einmal im unverbindlich-freundschaftlichen Sinn, dann schauen wir weiter.

Dazu ein schönes Buch, das sie bald ausgelesen haben würde, wohl noch heute vor dem Einschlafen.

Das neueste Buch von einem ihrer Lieblingsschriftsteller, bevor es überhaupt auf den Markt kam.

Das war schon nicht wenig befriedigend.

Letztes Kapitel

Ohne nach vorne zu schauen, streifte ich die weißen Handschuhe ab und legte sie vor mich hin. Dann verschränkte ich die Arme.

Mit meiner linken Hand drückte ich Morgantes Linke; meine rechte Hand fand die Rechte des Großmeisters.

Jemand flüsterte mir etwas ins Ohr, und ich wiederholte es. Und so taten es die Brüder auf meiner linken Seite, reihum, bis das Wort zum Ersten Wächter gelangt war.

»Meister«, sagte dieser und ließ die Hände seiner Nachbarn los, »die Bruderkette ist gerissen, und das Wort ist verloren.«

»Brüder, die Bruderkette ist gerissen«, antwortete der Großmeister mit einer Stimme, die eher wehmütig als feierlich klang. »Einer der Ringe ist gebrochen, und das Wort ist verloren. Nehmen wir wieder unsere Plätze ein.«

Ich ließ die Hände meiner Nebenleute los, so wie die anderen es taten.

»Bruder Sekretär, gebt uns den Namen«, sprach der Großmeister weiter. »Nennt uns den Bruder, der auf unseren Ruf nicht geantwortet hat und durch den das Wort verloren ist.«

»Verehrter Meister«, antwortete der Sekretär, »es ist unser Bruder Carlo Trivella, übergegangen in den Ewigen Orient am zwölften Tag des dritten Monats im Anno Lucis 6013, am 7. Mai

der gewöhnlichen Zeitrechnung. Er hat die Gemeinschaft der Lebenden verlassen.«

Ja.

Mein Bruder war schon seit einer Woche tot, und ich hatte noch keine Träne vergossen.

Vielleicht weil alles so schnell gegangen ist, überlegte ich, während die Brüder weitersprachen.

Viel zu schnell, um es voll und ganz erfassen zu können.

Einer der Computer seines Fachbereichs verweigerte den Login, und Carlo war in die Kältekammer gegangen (so hieß das Rechenzentrum, wie er mir einmal erklärt hatte, wegen der gewaltigen Kühlanlagen, wobei es dort trotzdem unangenehm warm war). Er wollte nachsehen, ob man die Maschine vielleicht von Hand neu starten konnte, nach dem alten Steckerraus-Stecker-rein-System.

Alle anderen waren bei der Fachbereichskonferenz, was sich Carlo als Emeritus schenken konnte; die Konferenz, nicht die Einbindung in den Fachbereich, dessen Räume er immer noch täglich aufsuchte.

Eine Stunde später fanden sie ihn in der Kältekammer, hingestreckt zwischen den Kabeln.

Infarkt.

Ein plötzliches Klopfen brachte mich in die Gegenwart zurück.

»Brüder der nördlichen Säule«, sagte der Erste Wächter, »wenn jemand von euch Zeugnis über die Tugenden unseres Bruders Carlo ablegen will, so möge er nun das Wort ergreifen.«

Wie vermutet, trat zu meiner Linken Morgante vor und stellte sich in die Mitte des Kreises.

Ildebrando Morgante war der beste Freund meines Bruders.

Ihre Freundschaft hatte während des Studiums begonnen und sich auch fortgesetzt, als beide Professor wurden, gegen jeden störenden Einfluss in den gefahrvollen, verschlungenen Gängen der Hochschule, die so gut geeignet sind, ähnliche Menschen in entgegengesetzte Richtungen zu treiben. Ich glaube, es war Morgante, der Carlo zur Freimaurerei brachte, aber es kann auch umgekehrt gewesen sein. Wenig später trat ich ebenfalls ein, angezogen vom Wesen einer der wenigen Vereinigungen, in denen das Wort eines Kellners so viel zählt wie das eines Professors. Im Lauf der Zeit habe ich das mal bereut, mal war ich stolz darauf.

»Brüder«, begann Morgante mit gelassener Stimme, »gestattet mir, unseren Bruder Carlo so in Erinnerung zu rufen, wie er sich das gewünscht hätte. Also nicht, indem ich über seinen Tod rede, sondern über sein Leben. Und zu diesem Zweck werde ich nun über uns sprechen.«

Morgante hielt einen Moment inne und zeigte auf einen bestimmten Punkt im Tempel.

»In jedem unserer Tempel, Brüder, gibt es eine Stelle, die von den Maurern ausgespart beziehungsweise unverputzt gelassen wurde. Diese Stelle erinnert daran, dass unsere Arbeit niemals beendet sein kann und dass die Natur des Menschen ihm nicht erlaubt – ihm nicht erlauben kann und nie erlauben wird –, alles bis ins Letzte zu begreifen, sich ein Wissen anzueignen, das vollständig, abgeschlossen und endgültig zu nennen wäre.«

Morgante machte eine Pause und sah zu Boden. Dann hob er den Blick in Richtung Decke und sprach weiter.

»Carlo hat mir einmal anvertraut, er habe wohl Angst vor dem Tod, aber das ewige Leben erschrecke ihn noch viel mehr.

Lebte man in alle Ewigkeit, so sagte er, gelangte irgendwann auch der größte Vollidiot an den Punkt, alles verstanden zu haben. Und dann wäre das Leben nicht mehr lebenswert. Alles zu wissen, keine Fragen mehr zu haben, keinerlei Neugier, das ginge gegen den Kern unseres Menschseins. Zu wissen, wie jede Geschichte endet, schon in dem Augenblick, in dem der Erzähler damit beginnt – mehr noch, sogar zu wissen, ob der Erzähler überhaupt beschlossen hat, sie erzählen zu wollen. Alles zu kennen, jeden einzelnen Menschen, jede Tatsache auf für uns nachvollziehbare Regeln zurückführen zu können, das würde das Leben auf lange Sicht zur Routine machen und die Menschen zu Automaten. Der Tod, sagte Carlo, ist mir lieber als die Langeweile, und zwar bei Weitem.«

Morgante hörte auf, ins Leere zu blicken, und sah uns an.

»Ich habe mir seine Papiere und seinen Computer angeschaut. Es ist offensichtlich, dass Carlo noch einmal begonnen hatte, sein altes Steckenpferd zu erforschen: die Möglichkeit, eine Rechenmethode zu ersinnen und zu entwickeln, um einen Musiker aufgrund der Partitur zu erkennen. Lange Zeit hatte sich Carlo dabei auf die Melodie konzentriert, das heißt auf die Noten. Seit ein paar Monaten aber war er im Gefolge einer Tagung dazu übergegangen, die Pausen in den Blick zu nehmen. Die Momente von Stille, die der jeweilige Komponist uns auferlegt, was man in gewisser Weise als die Zeichensetzung der Musik betrachten kann. Und da war er zu weitaus ermutigenderen Ergebnissen gekommen. Ich weiß nicht, ob sie eines Tages zu dem Algorithmus führen werden, zu der Methode, von der Carlo geträumt hat. Aber ich darf euch sagen, dass ich den Gedanken überaus faszinierend finde, ein Genie, ein großer Musiker sei nicht nur an dem zu erkennen, was er sagt, sondern auch daran, wie und wann er die Stille wählt.«

Morgante nickte einen Moment lang vor sich hin, bevor er in gelassenem Ton fortfuhr.

»Ich bin der aufrichtigen Überzeugung, dass diese neue Betrachtungsweise des Problems für Carlo jenseits der mathematischen Perspektive auch unter persönlichen Aspekten aufmunternd gewirkt hätte. Aus dem zurückhaltenden, desillusionierten Carlo, den ich Tag für Tag erlebt hatte, ein jämmerliches Abbild des Mannes, den ich einst kennengelernt hatte, war in den letzten Monaten wieder der vor Lebendigkeit strotzende Carlo in Hochform geworden, den wir alle gerne gesehen hätten. Es stimmt mich traurig zu denken, dass er ausgerechnet jetzt gehen musste, da er wieder begonnen hatte, aus voller Kraft zu leben. Aber es wäre wohl noch viel trauriger gewesen, wenn er früher hätte gehen müssen und sein Fehlen kaum aufgefallen wäre. Mir gefällt der Gedanke, dass es besser ist, diese Welt alt, doch voller Enthusiasmus zu verlassen, als langsam zu erlöschen, vergessen von allen, einschließlich uns selbst.«

Morgante hob den Kopf, und sein Blick mied den der übrigen Anwesenden, so gut er konnte.

»Jetzt ist Carlo, der die Stille erforscht hat, für immer in die Stille gegangen. Und so möchte ich euch bitten, dass auch wir, denen noch alles freisteht, ihm einige Minuten des Schweigens widmen.«

Ich sah zu Boden, so wie die anderen, und mir ging dabei durch den Sinn, dass Morgante wirklich bewegende Worte gesprochen hatte. Dann blickte ich wieder auf und betrachtete die Ziegel in der unvollständigen Ecke.

Es wäre schön, dachte ich, wenn Morgante seine Rede beim nächsten ISAM-Kongress noch einmal halten könnte, zum Gedenken an Carlo.

Doch sofort schoss mir durch den Kopf, dass Carlo nicht

mehr unter uns war und die folgenden Kongresse daher nicht mehr in meinem Hotel stattfinden würden.

Und da sah ich, wie die Umrisse der Ziegelsteine vor meinen Augen verschwammen und bebten.

ZUM ABSCHLUSS

Ich wäre niemals imstande gewesen, dieses Buch alleine zu schreiben (so wie auch sonst, versteht sich). Mir scheint daher recht und billig, all jenen zu danken, die mir dabei geholfen haben.

In erster Linie danke ich Stefania Maglienti für ihre arbeitsrechtliche Rundumberatung (und darüber hinaus, sie weiß schon, warum).

Ich danke Michele Giardino dafür, dass er mir die Abläufe, Windungen und Fallstricke des öffentlichen Bußgeldeinzugs erläutert hat.

Ich danke Cristiano Birga dafür, mir einige Probleme aus dem Bereich der Informatik erklärt zu haben, die der Postpolizei so manches Kopfzerbrechen bereiten.

Ich danke meinem privaten Team aus befreundeten Ingenieuren (Mimmo Tripoli und Massimo Totaro) dafür, mir erklärt zu haben, wie man ein Auto überredet, sich dem Erstbesten hinzugeben, ohne dass man die Türen aushebeln muss. Als greifbares Zeichen meiner Anerkennung verallerwerteste ich auch in diesem Buch den Ingenieursstand, wie gehabt.

Ich danke meinem Vater, meiner Mutter, Liana, Mimmo, Serena, Virgilio, Letizia, Massimo, der Cheli (ja, auch ihr, der geneigte Leser kennt sie bestimmt) und meinen virtuellen Mitbürgern von Olmo Marmorito für ihre kostbare

Vorablektüre, die wie immer dazu beigetragen hat, zahlreiche Fehler, Auslassungen und diverse Verwirrtheiten auszumerzen.

Vor allem aber danke ich Samantha, die unsere Beziehung einmal mehr aufs Hinterhältigste dazu missbraucht hat, mir eine Geschichte zu erzählen: Der Plot dieses Buchs ist tatsächlich ganz von ihr.

Mantua, 4. September 2013